GC NOVELS
異世界転移したら愛犬が最強になりました
My beloved dog is the strongest in another world.
シルバーフェンリルと俺が異世界暮らしを始めたら
5
龍央
Ryuuou
イラスト／りりんら
Ririnra

レオのことはまだ怖い？
アンリネルゼ
なでなでにご満悦
シェリー

レオ
一緒に遊びたい！

『タクミさん……私……』
『……クレア……さん』

GC NOVELS

異世界転移したら愛犬が最強になりました

My beloved dog is the strongest in another world.

シルバーフェンリルと俺が異世界暮らしを始めたら

5

龍央 Ryuuou

イラスト／

りりんら Ririnra

Contents

My beloved dog is the strongest in another world.

プロローグ

俺が乗っている馬車が門をくぐり、俺がお世話になっているお屋敷、公爵家の別邸の前に止まった。

馬車の中は少し前まで騒がしかったのだが、今は静まり返っている。

「到着いたしました、クレアお嬢様、タクミ様、アンリネルゼ様」

馬車の外、御者台から公爵家の執事セバスチャンさんに声を掛けられる。

そうしても、まだ馬車の中は静かで誰も声を発せず、動かない……聞こえていないはずはないんだけど。

馬車内には、俺の隣に座るクレアさん……リーベルト公爵家のご令嬢で、俺がこちらの世界に来て最初に出会った人。

そして、向かいに座るアンリネルゼさんは、バースラー伯爵家の一人娘。

俺も含めて三人がいるんだけど、クレアさんとアンリネルゼさんが睨み合っている状態だ。

喧嘩《けんか》をしている、とまでは言えないのかもしれないが、二人共譲らず言い合いが止まっても和やかになるわけでもなく、結構居心地が悪い。

屋敷に到着して、内心ホッとしたのは極力表に出さないように気を付ける。

どうしてこうなったのかというと、ここ最近屋敷近くにあるラクトスの街、その周辺を騒がせていた疫病、そして粗悪な薬を販売していたウガルドの店での決着を付けて、帰路についてからの事が原因だ。

公爵家現当主で、クレアさんの父親であるエッケンハルトさんが、レオの背中に乗って振り回されつつも楽しそうに走り回っている様子を馬車の中で見ていたアンリネルゼさん。

そのアンリネルゼさんが急に何か名案を思い付いたらしく、俺に結婚を迫ったからだったりする。

突然の事で驚いたのは俺だけではなく、クレアさんも驚いてアンリネルゼさんを問い詰めて言い合いに……そして今の状況というわけだ。

急すぎるというクレアさんの言い分と、貴族であれば当然と言いつつ勘やらフィーリングやらを重視するアンリネルゼさんの言い分はお互い平行線、なのかな？　とにかく、求婚された事に驚く俺をそっちのけで二人が熱くなってしまい、口を挟む事はできなかった。

……女性同士の言い合いって、男は口を挟みづらいよなぁ。

ともあれ、こうしてずっと馬車の中にもいるわけにはいかないので、意を決して腰を上げながら、できる限り明るい声を出す。

「クレアさん、アンリネルゼさん、降りましょうか」

「……そうですね」

「……えぇ」

馬車の扉を開けて促す事で、二人はようやく頷《うなず》いて動き出してくれた。

先に俺が馬車から降り、続いてクレアさん。

アンリネルゼさんが降りて来た頃には、二人共馬車内での雰囲気を振り払えたのか、険しい表情はなくなっていた。

女性だから、と言うのは語弊があるかもしれないけど、こういった切り替えは俺にはできそうにないなぁ、なんて気にしないような素振りをしながら体を伸ばす。

「ワッフー！」

「ぬおぉぉぉ!!」

そこに、大きな鳴き声と共に後から門を通って入って来たのは、こちらの世界にきてシルバーフェンリルという最強の魔物になった元マルチーズの愛犬レオと、その背中に乗ったエッケンハルトさん。

移動する馬車の前や後ろを走り回っていたレオは、どこか満足そうな鳴き声だ。

乗っているエッケンハルトさんは、勢いに負けてか相変わらず楽しそうな悲鳴？　歓声を上げているけど。

「よしよし、沢山走れたかー？」

俺の前で急停止したレオを撫でる。

馬車内での雰囲気を払拭、もとい気分を変えるにはレオと接するのが多分一番だ。

「ワフ、ワッフ！」

「ぜぇ、はぁ……レ、レオ様、もう少し加減して欲しかったです」

満足そうに尻尾を振って鳴くレオとは別に、伏せたレオの背中から、息を切らしたエッケンハルトさんが降りる。

馬に乗り慣れているエッケンハルトさんでも、レオの走る勢いは辛そうだ。

俺がほとんどの村人が病になってしまっていたランジ村に行った時よりも、速く走っている時があったからなぁ。

「ほっほっほ、旦那様の方は随分と楽しんでおられたようで、何よりでございますな」

フィリップさん達護衛さんに、馬車や馬を任せたセバスチャンさんが、クレアさんやアンリネルゼさんの様子を横目で窺《うかが》いながら、柔和な笑みを浮かべてエッケンハルトさんに声を掛ける。

馬車内での出来事は、御者台に座っていたセバスチャンさんなら当然知っているわけで……

二人共、表面上は何事もなかったかのようにしていながら、一言も発さないのがむしろ怖い。

「楽しんでいられるような余裕はなかったが……だがまぁ、得難い経験にはなったな。馬の襲《しゅう》歩《ほ》には慣れてはいるのだが、それ以上だ」

レオに乗って離れていたから知らないのも当たり前だけど、そんなクレアさん達の様子には気付かず、エッケンハルトさんは息を整えつつ、苦笑いで答えた。

襲歩……って、確か馬が全力で走る事だったっけ。

時速六十から七十キロくらいで、数分間走れるかどうか、という走り方だったように記憶しているけど……ラクトスから屋敷まで約一時間、しかも瞬間的には襲歩以上に速いかもしれないレオだから、エッケンハルトさんが辛そうにするのも無理はないか。

「それは他にない経験ですな。ともあれ、旦那様もお疲れでしょうし、屋敷の中に。ティルラお嬢様とシェリーが皆様のお帰りを待っておられるでしょう」

立ち話ばかりもしていられない、というよりクレアさん達の様子からこのままよりは、早く中に入ってしまった方がいいと考えたんだろう。

セバスチャンさんが屋敷へと促す。

まぁ、エッケンハルトさんやアンリネルゼさんは、遠くから馬に乗って来ているし疲れているのは間違いないだろうからな。

「疲れのほとんどは、今しがたレオ様に乗せてもらった影響もあるだろうが……そうだな。ティルラの成長も楽しみだ」

「前回からあまり経っていないので、成長という程ではないと思いますよ、エッケンハルトさん？」

クレアさんを心配して急いで屋敷にきた前回から、まだひと月も経っていないのに成長が楽しみと言うのは大袈裟《おおげさ》じゃないだろうか、と声を掛けた。

「はっはっは、子供の成長とは早いもので一日見ないだけでも、違うものだぞタクミ殿」

男子三日会わざれば、に近いのかな？　三日どころか一日だけど……豪快に笑うエッケンハルトさんに言われ、子供のいない俺にはわからない何かがあるのかもと思った。

子煩悩なエッケンハルトさんだからこそわかるのかもしれないが。

日本にいた頃、レオとよく遊んでいた子達としばらく会わなかったら、身長が伸びていたり大人びた事を言うようになっていたり、という事もあったから全くわからないわけじゃない。

「「……」」

「む、クレアはどうしたのだ？　何やら先程までとは違う様子に見えるが……」

屋敷の入り口へと向かう中、話さないクレアさんの様子に気付いたエッケンハルトさん。

先程というのは、ラクトスを出発するまでの事だろうけど、娘達の事を気にかけているからこそ気付けたというべきか、むしろ気付くのが遅いというべきか。

ちなみに俺には察する事はできないと思う……女性の機微に聡《さと》いわけではないからなぁ。

会話をすれば、声の調子とかで多少はといったくらいだろう。

アンリネルゼさんの方は澄まし顔で、表面上はなんともない風だけど、ラクトスにいた時と変わらずレオには一定以上近付かないようにして、時折ビクッと体を震わせていたりする。

「なんでもありませんよ。さ、中に入りましょう」

「ふむ、そうか……？」

首を振るクレアさんは、それで馬車内での事を振り切ったのか、普段と変わらない柔らかめな雰囲気で微笑《ほほえ》んで、屋敷へと向かった。

エッケンハルトさんはまだ不思議そうに首をかしげていたけど、セバスチャンさんが目配せしていたので、後で事情を教えてもらえるだろう。

なんというか、ウガルドの店に行く時も緊張したけど、帰りの馬車内からここまでが一番緊張してしまった気がするなぁ……なんて考えつつ「ワフ？」と鳴き声を上げて、静かに息を吐く俺を見るレオを撫でながら、エッケンハルトさん達について行った。

「「「「お帰りなさいませ、皆様！」」」」

「……うむ」

「帰ったわ……はぁ……帰りの馬車が一番疲れたわね」

「中々良い出迎えね。さすがは公爵家、と言ったところかしら」

「ただいま帰りました」

多くの使用人さん達の、相変わらず威勢良く揃った声に迎えられ、屋敷の中へ入る。

エッケンハルトさんはホールに揃った使用人さん達を見渡して頷き、クレアさんは溜め息を漏らす。

アンリネルゼさんはこうした迎え方に慣れていないのか、ちょっと驚いた様子だったけど、すぐに感心するように呟《つぶや》いていた。

……驚いたって事は、勢いのある迎え方は公爵家だけなのだろうか？　まぁ、他の貴族の迎え方に興味があるわけじゃないが。

「旦那様、すぐに夕食になさいますか？」

使用人さん達の中から、屋敷の女性料理長のヘレーナさんが進み出てエッケンハルトさんに聞いた。

ラクトスでエッケンハルトさんとの再会後、薬草の販売をしてくれているカレスさんの店で話をする前、セバスチャンさんがこの屋敷へ報《しら》せを送っていたらしく、俺達と一緒に来るのを待っていたようだ。

「……そうだな。今日は疲れた……夕食を取ってすぐに休む事にしよう」

「畏まりました。すぐにご用意致します」

エッケンハルトさんとの受け答えをしたヘレーナさんの後に、俺のお世話をしてくれるライラさんとゲルダさんが進み出て、俺の持っている荷物を受け取った……とは言っても、買い物をしてきたわけではないので軽い鞄一つと腰に下げている剣くらいだけど。

そうこうしていると、奥から駆けて来る影。

「お帰りなさいませ、姉様、タクミさん、レオ様！」

「キャゥキャゥ！　キャゥ！」

その影は、クレアさんの妹で公爵家二番目のご令嬢……という言葉がちょっとだけ似合わないティルラちゃんだ。

その腕には森で保護し、クレアさんの従魔となった子供のフェンリルであるシェリーを抱いている。

ティルラちゃんもシェリーも、嬉しそうな声で迎えてくれた……さっきまで感じていた微妙な雰囲気を一気に吹き飛ばしてくれる気がして、思わず心の中でティルラちゃんに感謝。

「ただいま、ティルラ。それから、シェリー……ふふ、いい子にしてたかしら？」

「キャウー！」

「ティルラちゃん、シェリー、ただいま」

「ワフ、ワフワフ！」

「うむ、ティルラも壮健そ……」

駆け寄ってきたティルラちゃんは、エッケンハルトさんの言葉が終わらないうちに一直線にレオへと駆け寄り、全身で抱き着く。

その直前に、シェリーはティルラちゃんの腕から飛び出して、クレアさんの足下をクルクル回っているな、微笑ましい。

エッケンハルトさんは無視された形だが、おそらくレオに注目しているティルラちゃんの目に入っていないんだろう……使用人さんに囲まれていて、背の低いティルラちゃんからは見えにくくなっているからな。

「……ティルラ、ティルラ。私もいるのだが」

「あれ？　父様もいます！」

レオに抱き着いたティルラちゃんに歩み寄って、声をかけるエッケンハルトさん。

そこでようやく気付いたティルラちゃんは、驚きの声を上げるが……抱き着いたレオからは離れない。

「うむ。それでだな、レオ様もいいのだが……この父の胸に飛び込んできても良いのだぞ？」

「レオ様の方が柔らかいです！」

「ぐぅ……！」

寂しそうな声音で言うエッケンハルトさんだが、ティルラちゃんにはすげなく断られてしまう。

まぁ、あのくらいの女の子なら、大柄な父親よりも可愛くて柔らかいレオを選ぶよなぁと納得。

何やら胸に手を当てて、ダメージを受けたような素振りをしているエッケンハルトさんの背中は、ちょっぴり哀愁が漂っている気がしなくもないけど。

「わたくしは、気付いてすらもらえませんが……」

さらに後ろから寂しい声が聞こえたと思ったら、アンリネルゼさんだった。

レオに抱き着いたティルラちゃんを羨ましそうに……いや、ティルラちゃんに抱き着かれたレオを羨ましそうに、かな？　子供好きなのかもしれない。

「あなたは、初めてここに来てティルラと面識もないでしょう？　しかもレオ様から距離を取っていて、私達の後ろに隠れているのだから、気付かれなくて当然よ」

「レ、レオ様……に近付くのは、まだ覚悟が足りませんわ……」

クレアさんの溜め息交じりの言葉に、声を震わせるアンリネルゼさん。

どうやら、とりあえず馬車内での雰囲気はここまで持ち越していないようで、話はできているみたいだ。

若干、クレアさんの声に刺《とげ》を感じなくもないけど。

「キャウー？」

そうこうしていると、尻尾を振ってクレアさんの足下を駆け回っていたシェリーが止まり、アンリネルゼさんを見上げて首を傾《かし》げた。

「な、なんですの……この可愛い生き物は！　い、犬ですの？」

アンリネルゼさん、シェリーを見下ろして大きく目を見開く。

ティルラちゃんが最初、レオを見た時にも犬と言っていたから、この世界にも犬はいるんだろうけどそれはともかく。

クリクリとした目で、首を傾げるシェリーは破壊力抜群だ。

可愛いもの好きならば一目で気に入る一撃だ……かなり大袈裟だけど。

その一撃にやられたらしいアンリネルゼさんは、目を見開いたまま震える両手をシェリーへと伸ばす。

「キャゥ！」

「そ、そんな……」

怯《おび》えたわけではなさそうだけど、アンリネルゼさんの伸ばした手は短く鳴いたシェリーに拒否された。

そのままシェリーはクレアさんの後ろに隠れ、アンリネルゼさんはがっくりと肩を落とした。

屋敷にいる使用人さん達相手とかでも、これまでそういった反応をしていなかったのに、珍

しいな……意外と人見知りとかするのかもしれない。

「あら、嫌われちゃったわね、アンリネルゼ？　ふふ、よしよし」

「キャゥキャゥ～」

しゃがみ込み、微笑んでシェリーを撫でるクレアさん。

シェリーは気持ち良さそうに鳴いていた。

「旦那様、お部屋の用意ができておりますのでまずはそちらに。お客様のお部屋の用意も済ませてあります」

シェリーや、ティルラちゃんの様子を朗らかに見ていた使用人さんの一人が、食事の前に部屋へと促す。

エッケンハルトさんもアンリネルゼさんも、移動してきたままだからな……連れていた護衛さん達が持つ荷物なども置かないといけないし、俺も一旦部屋で一息つきたい。

誰かを連れて来ている、という事はわかっていたのでエッケンハルトさんの部屋と、アンリネルゼさんの部屋はそれぞれ用意されていた。

「う、うむ。わかった」

ティルラちゃんを見ていたエッケンハルトさんが、気持ちを切り替えて歩き出し、まずはそれぞれの部屋に戻った後改めて食堂に集合する事になった。

レオに抱き着いていたティルラちゃんを背中に乗せ、俺が使わせてもらっている部屋へと向かうが……アンリネルゼさんも一緒だった。

同室、なんて事ではなく単純に用意された部屋が近いからだ。

屋敷に来た客が寝泊まりする部屋は、一階の同じ区画に集まっているだけなんだけどな。

ライラさんやゲルダさんも伴って、廊下を歩く途中に結婚の事を何か言われるかと思ったけど、それはなかった。

先程シェリーに拒否されたダメージが大きかったらしく、肩を落としながらの歩みで、それどころではなかったのだろう。でもレオとは距離を取っていたからだろう。

ちょっとだけ助かった。

とはいえ、冗談で言ったわけではないみたいだし、俺の方も逃げずにちゃんと答えを返さないとな——。

第一章　アンリネルゼさんとの事を考えました

「つぅ……」

「ワゥ……？」

「ははは、大丈夫だよレオ。ちょっと痛んだだけだから」

部屋に戻って汚れてしまった上着だけでもと思い、着替えをする途中に怪我《けが》をしていた左腕の痛みに、思わず声を漏らす。

レオが心配するようにこちらへ寄って来て鼻先を近付けるが、撫でて平気な事を伝えておく。怪我をしてすぐのように、舐められたら余計痛いからなぁ。

「タクミさん、怪我をしているんですか？」

「まぁちょっと失敗してね。動かしたらまだちょっと痛むけど、うっすらだから大丈夫だよ」

レオの背中に乗ったままのティルラちゃんに、苦笑しながら答える。

「……ゲルダ、お湯の用意を」

「はい！」

「あ、気にしなくても……」

カレスさんの店で、出ていた血を拭き取るくらいはしていたし、痛みと共に少しだけ血が滲んでいるくらいだから放っておけばいいと思ったんだけど……。

「いいえ、そのままにしてはいけません。ですが、タクミ様ならすぐに治療できるのではないですか？」

真剣な表情のライラさんと、既にお湯を用意するために部屋を出たゲルダさんを止めることはできなかった。

「まぁ、ロエばかりに頼るのもどうかなって。高い物ですし」

ロエを作れば傷跡も残らずすぐに治療できたけど、価格を考えたらこれくらいの怪我で使うのは気が引けてしまう貧乏性。

俺がこの世界に来た時備わっていたギフト、と呼ばれる特殊能力『雑草栽培』なら簡単にロエが作れるとはいえ、だ。

自分じゃなければ、すぐに使って治療しようと考えたんだろうけど、俺自身はちょっとした痛み程度なら我慢しようと考えてしまう。

エッケンハルトさんやアンリネルゼさんの方に注意が向いて、話をしているうちに怪我の事を忘れていたってのもあるけど。

「確かにロエは高価な薬草なので、ちょっとした怪我に使用するのを躊躇《ためら》う気持ちはわかりますが……」

「お湯を持ってきました！」

困ったような表情で言うライラさんの言葉を遮るように、お湯の入った桶を持って部屋に戻って来るゲルダさん。

早いと思ったけど、必要であれば体を拭くなどの準備をあらかじめしていた、と後で聞いた。

「ありがとうゲルダ……失礼します」

「っ……！　あ、ありがとうございます。すみません」

桶と一緒に持って来られていた布を湿らせ、怪我をしている俺の左腕に当てて滲んでいた血を優しく拭いてくれるライラさん。

触れられた際にちょっとだけ痛みが走ったけど、それよりも申し訳なさが勝って感謝と謝罪を伝える。

「いえ、タクミ様がご無事であればそれで」

首を振ったライラさんは、そのまましばらく丹念に怪我した部分を拭いてくれた。

気恥ずかしいのは、腕だけとはいえ誰かに拭いてもらう事に慣れていないからか……着替え途中だからなのもあるかもしれない。

インナー的なのは着ているけども。


滲み出た血を拭き取って、綺麗になった後は改めて上着を着直し、ライラさんとゲルダさんにお礼を伝えてレオやティルラちゃんと一緒に食堂へ。

あまりゆっくりしていた気はしなかったけど、食堂には既にエッケンハルトさん、クレアさん、アンリネルゼさんが揃っていた。

皆早いな……上着を替えただけの俺とは違って、全部着替えているようだし。

まぁ、クレアさんとアンリネルゼさんは、メイドさんに手伝ってもらって手早く準備したんだろうけど。

「お待たせしました」

声を掛けつつ、皆と同じように俺もテーブルに着く。

隣にはレオがお座りし、背中に乗っていたティルラちゃんはテテテ……とクレアさんの隣……はシェリーか、そのさらに隣へと座った。

アンリネルゼさんはシェリーに嫌がられたらしく、クレアさんとエッケンハルトさんの間だ。

嫌われたのかな？　人懐っこいシェリーにしては本当に珍しいな。

「えーっと……」

向かいに座るアンリネルゼさんは、先程までは馬に乗っての移動後だったために、女性らしいというよりは、活動的な服装だった。

それが今は、持って来ていたんだろうドレスに近い、少し派手目な服を着ているのが目に入った。

レオがお座りしたのを見て、ビクッとしていたから気になったとも言う。

ドリル……じゃない、縦ロールのゴージャスイメージそのまま、貴族令嬢を体現しているようなアンリネルゼさんだけあって、派手目な服でも嫌みにならずによく似合っている。

「なんですの？」

「いえ、なんでもありません」

アンリネルゼさんの方を見ていると、アンリネルゼさんに気付かれたので首を振って誤魔化しておく……女性の服装に関してジロジロ見ているとは言えないし、失礼だったな。

あと今はちょっと刺激しない方がいい気がしたのもある。

ただなんでだろう、クレアさんだったら似合っているとすんなり言える気がするのは……実際に言っていないから気がするだけだけど。

出会ってからそれなりに一緒にいて、気安い関係になってきているからかもしれないな。

「お待たせいたしました」

「うむ」

俺の事はともかくとして、ティルラちゃんや使用人さん達にアンリネルゼさんを紹介し終わった頃、食堂にヘレーナさんが入って来て料理を配膳、夕食が始まった。

始まったんだけど……。

「なんですの、こんな美味しい物をいつも食べていたんですの!?」

「アンリネルゼ、少し落ち着きなさい……ング、ング！」

「……落ち着くのはお父様もですよ？」

「ははは……」

料理を食べながら、驚きの声を発するアンリネルゼさんと、注意しながらも肉にかぶりつくエッケンハルトさん。

クレアさんの声を聞きながら、苦笑しつつ俺も食事を進める。

今日の夕食は、ヘレーナさんが腕に縒《よ》りをかけて作った肉料理……というよりステーキがメイン。

大きめのお肉はナイフとフォークで簡単に切り分けられるくらい柔らかく、口の中に入れて噛むと解《ほど》けていく。

ほんのり甘いソースがかかっており、いくらでも食べられそうなくらいだ。

肉の脂で口の中がくどくなってきたら、付け合わせの野菜やスープを食べてリセット。

酸味のあるドレッシングがかかったサラダも口直しにいい。

さらに、切り分けた肉や野菜を焼きたてで柔らかいパンに挟んでも良しと言う事なしで、アンリネルゼさんが絶賛するのもわかる。

日本人としては、肉と一緒にご飯をかき込みたくなるけど……さすがにないので仕方ない。

レオやシェリーも尻尾をフリフリしながら食べていて、ヘレーナさん達は皆の様子を見て嬉しそうにしている。

自分の作った料理が、美味しいと言って食べてもらえているからだろう。

しばらく、いつもより騒がしい夕食が続き、終わる……人が増えると、それだけ騒がしい食事になるなぁ。

行き過ぎは良くないかもしれないが、食事は皆で楽しくが一番だなと実感した。

「さて、腹が満たされた後に用意された物だが……」

食後、エッケンハルトさんが自分の前に置かれたグラスの中身をしげしげと見て呟《つぶや》く。

エッケンハルトさんだけでなく、俺やクレアさん、アンリネルゼさんやティルラちゃんの前にも置かれているそれは、グレータルジュース。

レオとシェリーの分は、グラスを持てないのでテーブルから離れた場所に用意された桶に入れられている。

ランジ村で病を広げるための素《もと》になっていた、グレータル酒を煮沸消毒のようにして飲んでも問題ないようにした物だな。

アルコールが完全に飛んでいて、お酒ではなくなり風味も多少損なわれているけど、皆に評判でここ最近は毎食後に出されるようになっていた。

「こちらはグレータルジュースとなります。ランジ村のグレータル酒から、病の原因を取り除き飲めるようにした物で……」

ここぞとばかりに説明をしてくれるセバスチャンさん。

勝手に脳内で説明お爺さんと呼んでいたりするだけあって、生き生きとしている。

「ふむ、これがそうか。んく……美味いな」

「……美味しいですわ」

エッケンハルトさんもアンリネルゼさんも、グレータルジュースを気に入ったようだ。

お茶などに砂糖を入れる事はないようで、甘い飲み物がほとんどないからかもしれないな。

「だが、酒ではない事が少々残念だな……」

「お父様、お酒を際限なく飲むんですもの」

「エッケンハルトさんは、お酒に強いんですね」

「強いとはいえ、旦那様はもう少し控えた方がよろしいかと」

エッケンハルトさんがお酒に強いというのは、見た目通りだから特に意外でもないか。

普段の様子からすると、人にも飲ませたいタイプのような気がするから、お酒を飲んでいる時にはあまり近付かない方がいいのかもしれない。

……理由はわからないが、酔っぱらう事がない今なら大丈夫かな？

「美味い酒はいくら飲んでも、飲み足りない気がしてな。だが、このグレータルジュースは元の酒よりは少し味が落ちている気がするな。いや、十分美味いのだが」

「あぁ、それでしたら、病の素を取り除くために熱を加えているからでしょうね」

「先程も説明いたしましたが……」

「ふむ、成る程」

単純な味としては、アルコールの要素を除いても煮沸しないままの方が美味しいのは間違いない。

その事について、セバスチャンさんと一緒にエッケンハルトさんへと説明し、納得してもらった。

ただ、グレータル酒と比べられるという事は……。

「エッケンハルトさん、グレータル酒を飲んだ事があったんですね」

「うむ。領内で造られる酒は全て把握し、一度は飲んだ事があるぞ。とは言ったが、自分達で飲むものだけを一家で少量造っている、となれば話は別だが」

お酒好きだから、方々から取り寄せて飲んでいるという事か……いや、領主様だから献上される事とかもあるのかもな。

お酒は保存できる飲料としても重宝されるため、この世界というか少なくともこの国では酒税法などで、自作するのを禁止されていないらしい。

一応、販売される物には酒税が課せられるみたいだけど。

だから、細々と各家庭で作る分には何も言われない……お金や物を使っての取引などがあれば話は別だが。

「まだ酒の状態では飲めないのか？　ヘレーナ」

「はい、現在タクミ様の協力のもと、薬草を漬け込んで病の素を取り除く方法を模索しております。数日中には結果が出るかと」

ランジ村から買い取ったグレータル酒は、全て病の素が入ってしまっているとレオが判別した物。

そのまま飲むのは危険なため、薬草を使ってどうにか飲めないかと試している最中だ。

いくつかの薬草を既にヘレーナさんに渡してあるので、近いうちに結果が出るだろう。

「その際には、レオ様にもご協力をお願いする事になります」

「ガフガフガフ……ワフ？」

夢中になって桶に口を突っ込み、グレータルジュースを飲んでいたレオは、名前を呼ばれた事に反応し、耳をピクッと動かした後顔を上げて首を傾げた。

呼んだ？　と言っているみたいだ。

「今じゃないけど、そのうちグレータル酒を飲めるかどうか、匂いを嗅いでほしいって事だよレオ」

判別してもらうのは、既にレオには伝えてあるしヘレーナさんにもそうして欲しいと俺が頼んでいる事だからな。

「ワフー！　ガフバフガフ……！」

俺の言葉に元気よく頷《うなず》いて、またグレータルジュースを飲み始めるレオ……美味しく飲んで、ご機嫌な様子だな。

シェリーと一緒に、尻尾をブンブン振っているし。

「レオ様にそのような事が……いや、シルバーフェンリルである、という事を考えたら何も不思議な事はないか」

エッケンハルトさんの中では、シルバーフェンリルだとなんでもありなのかもしれない。

まぁ、犬だって飼い主の匂いで体調を察する事がある、みたいな話を聞いた事があるし嗅覚が鋭いなりに感じられる何かがあるんだろう。

「タクミ殿、街にいる時にも言ったが……村の者達を助けてくれた事、感謝する」

「いえいえ、俺も村の人達にはお世話になりましたし、最後はレオがやってくれましたから」

ラクトスでも既に感謝されていたんだけど、グレータル酒やジュースの事もあってなのか、改めてここでも感謝される。

エッケンハルトさんが立ち上がり、頭を下げるのに合わせてクレアさん、そしてセバスチャンさん達使用人さんも、俺に体を向けて頭を下げた。

ランジ村での事、自分でも危なっかしいながら頑張ったとは思うけど……最終的に一番頑張ったのはレオだからな。

それに、村の人達にはレオも含めて良くしてもらったし、楽しかったから。

「レオ様も、ありがとうございます」

「ワブー！」

「……答える時くらいは、飲むのを止《や》めようなレオ？」

「はっはっは！　それだけレオ様はこのグレータルジュースを気に入ったのだろう」

俺が言ったからではないだろうけど、レオにも向き直って礼をするエッケンハルトさん。

今度は、呼ばれても顔を上げずに答えるレオに、俺は苦笑した。

「それにしても、もしかしたらこのグレータルジュースですの？　これが飲めなくなっていた可能性もあるんですのね……まったく、誰がそんな事を……」

「……アンリネルゼ、あなたの父上がやろうとした事よ。忘れないで」

「はっ！　そうでしたわ！」

よっぽど気に入ったのか、エッケンハルトさんと話している間にも何度かグレータルジュースをおかわりしていたアンリネルゼさんは憤慨しているようだけど、クレアさんに突っ込まれてハッとなっていた。

わざとなのか、本気で忘れていたのか……今日会ったばかりだから、どちらなのか判断できない。

ただクレアさん達の反応を見る限り、本気っぽい。

「美味しい料理と、美味しいお酒……今はお酒ではありませんけれど。これは是非とも、バースラー領にも持って帰らねばいけませんわね」

「領地というよりも、アンリネルゼが暮らす場所で食べられるように、だろう。だがその前に、領の統治など覚える事ややる事はあるがな……」

料理と飲み物に舌鼓を打ち、気に入ったアンリネルゼさんは意気揚々としていたけど、エッケンハルトさんの言葉に「そうでしたわ、大変そうですわ。部屋でボーっとしていたいですわ」なんて呟いていた。

まぁ、領地の運営なんて、楽なわけないよなぁとほんの少しだけ同情心が湧いたりもしたけど、結婚がどうのという話題にならなかった事に内心ホッとする。

できるだけそっちの話にならないよう、積極的に話題を逸らしていたりもしたんだけどな。

その後は街であった事をティルラちゃんへ簡単に話したりして、解散。

別れ際、クレアさんがジッと俺を見ていた気がするけど……なんて言えばいいのかわからずそのままになった。

「はぁ……」

お風呂から上がり、温まった体をベッドへと投げ出しながら息を吐く。

「ワフ」

横からレオが顔を近付けて来ていたので、少し体勢を変えて頬の辺りを撫でてやる。

「しかしアンリネルゼさん……本気なんだろうか？」

「ワフ？」

撫でながら呟いた言葉に、レオが首を傾げて反応する。

そういえば、レオはあの時エッケンハルトさんを乗せて走り回っていたから、アンリネルゼさんからの求婚の話を知らないんだよな。

「えーとな、レオ。驚きなんだが……」

「ワフ？　ワフワフ……ワフ!?」

レオにアンリネルゼさんから突然求婚をされた事を説明すると、声を上げて驚いていた。

急な話過ぎて、やっぱりレオでも驚くよな……。

「ワフワフ……ワフ！」

いい機会だから、これを機に身を固めろ？

「いや、レオ。まだアンリネルゼさんとは知り合ったばかりだから……断ろうと思ってるんだよ」

というかレオ、身を固めろとかいい機会だとか、どこで覚えたんだろう？　まぁ、今更細かい事か。

「ワフ？」

「嫌い……と言う程、相手の事を知らないからなぁ。突然の事だし、とりあえず考える時間をもらっている。明日までだけどな……」

「ワフワフ？」

それじゃあ、断る？　とレオが鳴く。

「そうするしかないんだけど、なんて断るか考えないと……。アンリネルゼさん、俺が断るなんて考えてなさそうだったし……」

「ワフゥ」

レオと話しながら、アンリネルゼさんにどう断るかを考える。

嫌いと言える程の付き合いはまだしていないから、そう言うのも説得力はなさそうだからな。

クレアさんもそうだけど、アンリネルゼさんも多くの男性がすれ違う時振り向いてしまうだろう、と思うくらい美人だし。

縦ロールのドリルは、異性としてよりも男心をくすぐる何かがあるような……これはあまり関係ないな。

下手な断り方をして、だったらこれからの私を見ていて！　とか、お友達から！　とか言われたら俺にはどうしようもない……ただでさえ人からの頼みとかを断るのが苦手なのに、女性からの頼みを断るのはもっと困ってしまいそうだ。

「むむぅ……」

「ワムゥ……」

レオを撫でながら、一緒にどうしたものかと考え込む事しばらく……全然いい考えが浮かばない！

はっきりと、結婚する気はありませんと伝えればいいんだろうけど、理由を聞かれたらしどろもどろになってしまいそうな自分が想像できるからなぁ。

「ん？」

「ワウ？」

良い考えが浮かばず、頭を悩ませていると、部屋のドアがノックされた。

「はい、どなたですか？」

「私です、クレアです。タクミさん、今よろしいですか？」

「あ、はい。いいですよ、どうぞ」

外に向かって尋ねると、クレアさんの声が聞こえた。

こんな時間に、どうしたんだろう……もう寝ていてもおかしくない時間なのに？　と考えながらも、慌ててベッドから起き上がって端に座り、迎える準備を整える。

えーっと、お風呂上がりだからラフな恰好にはなっているけど、変ではない……よな、よし。

「……失礼します」

ゆっくりとドアを開けて入って来るクレアさん。

なんだか緊張している様子だ。

「タクミさん、申し訳ありません。こんな時間に……」

「いえ、大丈夫ですよ。他にする事もありませんでしたし。レオを撫でてゆっくりしていたくらいですから」

本当はアンリネルゼさんとの事を考えていたけど、とりあえず正直に話すのは憚《はばか》られる気がして、誤魔化すようにそう言った。

「ふふふ、レオ様もくつろいでいますね」

「ワフワフ」

俺が起き上がってから、すぐベッドの横で伏せの体勢になったレオを見て微笑《ほほえ》むクレアさんだけど、やっぱりどこか緊張しているようで、ドアからこちらに近付いて来る動きが少しぎこちない。

なんだろう、何故か俺も緊張してきた。

夜だからなのか、クレアさんと二人という状況だからなのか……あぁ、レオもいるか。

「隣に座っても？」

「はい、どうぞ」

座っていたベッドに、少しだけ横にずれるようにして座り直し、その隣にクレアさんが座る。

すぐ前で伏せているレオに手を伸ばし、二人で撫でる。

風呂上がりなのかな？　隣からふんわりと香って来るのは石鹸の匂いか……。

「タクミさん？」

「は、はい！」

「ふふふ、そんなに緊張しなくてもいいんですよ？　ここはタクミさんの部屋じゃないですか？」

「いや、まぁ、はい。そうですね……」

クレアさんに言われ、緊張しないように深呼吸を繰り返す。

そうするとまた、クレアさんの方から良い香りが……っとこれではまた緊張してしまうな、無心になれ、俺。

クレアさんの方は、俺が緊張しているのを見たからか、それともレオを撫でて癒されたからなのか、いつの間にか緊張は解けている様子だ。

「それで、タクミさん……」

「はい、なんでしょう？」

改まって、俺を呼んでこちらを真っ直ぐ見て来るクレアさん。

ここに来た目的はわからないが……そうしていると、クレアさんの綺麗な顔が近くて吸い込まれるような感覚に陥りそうになる。

「タクミさんに怪我までさせてしまって。それだけではありませんが……タクミさんを危険な目にあわせてしまいました、申し訳ありません！」

「は、え？」

「ワフ？」

よこしまな事を考えている俺とは違い、クレアさんはガバッ！　と頭を下げ、俺に謝る。

呆気《あっけ》に取られていと、クレアさんが顔を上げて俺が怪我をしている左腕に視線を注ぐのがわかった。

気にしているのは、ウガルドの店での戦闘によって俺が怪我をしてしまった事のようだ。

「本来は、私やお父様がなんとかしなければならない問題でした。タクミさんが危険な目にあう必要は……」

「ちょ、ちょっと待って下さい。えーと、あれは俺が行きたいと言い出した事ですから。クレアさんが謝る事じゃないですよ？」

セバスチャンさんと一緒にウガルドの店に行く、と言い出したのは俺だ。

クレアさん達なら、俺の希望を却下してどうにかできたかもしれないが、それでも俺の意思を尊重してくれたんだから、感謝こそすれ謝られる事じゃない。

実際、怪我は腕を動かしても痛みはなくなっているし……お風呂に入った時に石鹸が少しだけ沁みたけど、数日中には完全に治っているはずだ。

「それでも、タクミさんが気にしていないとしても、謝らないと気が収まらないのです。また、ランジ村の時のような事がと考えたら、私……」

「ランジ村の……わかりました。クレアさんの謝罪、しっかり受け取りました」

「……ありがとうございます」

オークにやられた時とはかなり違うけど、それでも俺が怪我をするという事に対して、クレアさんなりに心配してくれたんだろうと思い、謝罪を受け取る事にする。

あの時は、今回とは比べものにならない程酷《ひど》い怪我だったから、それを駆け付けたクレアさんが見た際には俺の想像以上に衝撃だったんだろう……その後も、ずっと心配されていたからな。

この世界に来る直前まで、レオ以外から心配される事が少なくなってきていたから、こうして気にかけてもらえるのは、素直に嬉しい。

とはいえ、このままだとなんだか気恥ずかしくも感じたので……。

「まぁ、最終的にはエッケンハルトさん達にいい所を持っていかれましたけど」

なんて、冗談めかして言っておく。

ウガルドはフィリップさんが縛った後だったし、他の人達も衛兵さんに押さえられていた。

もう俺にはやれる事はなかったんだけども。

「ふふ、カレスの店でタクミさんを待っている時、突然お父様が現れたんです……」

雰囲気を変えるため、俺の冗談に気付いたクレアさんが話に乗って、エッケンハルトさん達とウガルドの店に来るまでの事を話してくれる。

俺とセバスチャンさんがウガルドの店に向かって少し、エッケンハルトさんがアンリネルゼさんを伴ってカレスさんの店に来たらしい。

驚くクレアさんから事情を聞き、すぐにエッケンハルトさん達もウガルドの店へ。

セバスチャンさんが飛び出してくる前に、衛兵さん達に指示を出し、少しだけ様子を見るようにしたとか。

それで、俺がウガルドの店から出た時、レオが来るまで近くにはいても手出しをしていなかったらしい……さすがに、男達の武器が俺に振り降ろされる時、衛兵さんが割って入ろうとしていたみたいだけど。

だからあの時、すぐ近くまで衛兵さん達がいたんだな。

フィリップさんは少しだけ離れていて、セバスチャンさんはそちらに向かったみたいだけど、入り口が見える場所に配置されていたはずの衛兵さん達が、すぐに突入して来ないのは少しおかしいと今だから思える。

男達と戦っていた時はそんな事を考える余裕はなく、どうしたら時間を稼げるかばかり考えていたからなぁ。

「ですので、先程の謝罪にはお父様のせいで怪我をした、という意味もあるのです」

「そういう事ですか」

クレアさんが謝る時「それだけではありませんが……」と言っていたのはそれか。

公爵という貴族なんだから、悪い事をしなければデンと構えておけば良いのに、クレアさんはこういう所、律儀《りちぎ》だなぁと思う。

「お父様は、いい機会だからと言っていましたが……タクミさんの怪我は、本来ならしなくてもいいものだったんです」

なんでも、俺がちゃんと鍛錬しているか試す部分もあったらしい。

剣の修行の一環、みたいなものだろう。

それでも俺が飛び出すのがもう少し遅ければ、突入させる気だったらしいけど。

「確かに、予定通りならもっと早く衛兵さん達が突入して、俺は怪我をしなくても済んだかもしれませんけど……でも、いい経験になりましたから気にしないでください。心配してくれて、ありがとうございます」

「いえ……お父様は、屋敷に戻ってから叱っておきました。この先このような事はさせませんから！」

俺が食堂に行くまでの間に、エッケンハルトさんはクレアさんに叱られていたのか。

ティルラちゃんはレオについて俺と一緒だったから、ある意味ちょうど良かったのかもしれない。

「……クレアさん、俺の代わりに怒ってくれて、ありがとうございます」

「いえ、明らかにお父様が悪かった事ですし」

「それでも、俺は嬉しいと思ったんです。俺のために怒ってくれて、心配もしてくれた事が」

「……そ、そうですか」

フイッと、顔を逸らして素っ気なく答えるクレアさん……照れさせてしまったのかもしれない。

　仕事で理不尽に怒られる事はあったし、怒りたい事もあった。

　でも、その時俺の周囲にいた人間は、誰も代わりに怒ってくれる事なんてなく、ただ自分の方へ火の粉が降りかからないようにするだけだったからな。

　今のように大きくなったレオがいてくれたら、もしかすると代わりに怒ってくれる……なんて事もあるだろうが、そうすると大惨事になりそうだ。

「それに、クレアさんが代わりに怒ってくれたから、俺もエッケンハルトさんに怒るという、身分知らずな事をしなくて済みました」

　一般人でしかない俺が、公爵家の当主様を怒るなんてとんでもない事、クレアさんに今回の裏事情みたいな部分を教えてもらわなくても、できなかったとは思うけど。

「身分知らず……ですか？　でも、タクミさんの事はお父様も気に入っていますし、友人のように接しています。身分はあまり関係ないと思いますが……？」

「それでも、です。エッケンハルトさんは公爵家の当主。公爵様ですから。貴族でもない俺が、公爵様に怒るなんて……できないでしょう？」

「……それは確かに……そうかもしれません」

　逸らしていた顔を俯《うつむ》けるクレアさん。

　うーむ、また雰囲気が少し重くなってしまったけど、あまり好きじゃないから、空気を変えないと。

レオも、あくびをしてストレスサインを出している……ただ眠いだけかもしれないが。

「ははは、まぁ、エッケンハルトさんじゃないですが、俺も、クレアさんを怒らせないように気を付けないといけませんね」

「もう、タクミさん……私はタクミさんに怒るような事はありませんよ？」

それはどうだろう……？

確かに今までクレアさんに怒られた事はないが、この先何があるかわからないからなぁ……。

とりあえず、怒らせないように気を付けようとは思う。

「ワフワフ」

「おぉ、レオ。お前もありがとうな。一番に駆け付けて来てくれて、助かった。やっぱり頼りになるな」

「ワフ」

「レオ様は本当に、タクミさんが好きなのですね……」

「ワフ！」

自分も頑張った！　と言うように、顔をこすりつけて来るレオを撫でて感謝する。

クレアさんもレオを撫で、和やかな空気が流れる。

「それと、タクミさん。もう一つ聞きたいことがあるのですが……」

「はい、なんでしょうか？」

和やかな雰囲気になったのも束の間、クレアさんが表情を引き締めてこちらを見た。

何かの覚悟を決めているような表情だ……もしかして、こちらの方が本題だったりするのかな？

「アンゼ……アンリネルゼからの結婚の申し込みは、どうされるのでしょうか？」

「あぁ、その話ですか……」

「本当は、私が答えを先に聞いてしまうのは、いけないのだと思います。ですが……どうしても気になってしまって……」

クレアさんは、俺がアンリネルゼさんにどう答えるのか気になっているみたいだ。

確かに、俺がどう答えるかでこの先どうなるかが変わるから、気持ちはわかる。

俺がもしアンリネルゼさんと結婚したら、この屋敷にはいられないだろうし、伯爵位を継いだアンリネルゼさんと一緒に、隣の伯爵領へと行く事になるだろう。

……その場合、公爵家と交わした薬草販売の契約はどうなるんだろう？

とか考えてみるが、俺の答えは決まっているしな。

「大丈夫ですよ。俺はアンリネルゼさんの誘いを断ります。今も、クレアさんが来るまでどう言って断ろうかを考えていたところですから」

「そうなのですか!?　……断る……そうですか……良かった」

俺の言葉に、立ち上がって驚くクレアさん。

後半の言葉はよく聞き取れなかったが、ホッとした様子だ。

よっぽど、俺との薬草販売契約を気にしていたのかな？

「ただ断るとしても、どう言えば相手を傷つけずに断れるのか……こういう経験はなくてですね……ちょっと困っています。クレアさんも、お見合いを断る時はこんな感じだったんですか？」

ベッドに座り直すクレアさんに悩んでいた内容を伝えつつ、エッケンハルトさんが持って来たお見合い話の時はどうだったのかを聞いた。

「そうですか。……私の時は、おそらくタクミさんよりも気楽だったと思います。こちらは公爵家、お相手側は貴族の時もあれば、平民の時もありましたが……どちらにせよ、貴族という事で結婚を迫る感じではありませんでしたから」

「そうなんですね。貴族の方から誘われた時、平民はなんて断ればいいのか……悩みますね……」

貴族の中でも公爵は爵位として最上位で、その上は王家くらいらしい。

そう考えると、クレアさんのお見合い話の時は基本的に立場が上で、相手側の立場が下になる。

だとしたら、今回の俺の場合よりも断るのは楽だったのかもしれない。

「……数が多かったので、お断りするのに悩む事もありましたけどね。毎回同じ断り方というのも、相手方に失礼になりますし……」

「そうなんですね……」

数が多いというのも、それはそれで大変だったんだろう。

立場が上だとしても、毎日のように断り文句を考えるようなら、辟易《へきえき》するのも無理はない。

「もし、貴族が平民に……立場が上の人の方から結婚の誘いをした時、誘われた側はどうするんでしょう？」

「レオ様がいて、ギフトを持っているタクミさんは平民とは言えないと思いますが……」

「俺なんて……と卑下するつもりはありませんけど、とりあえず平民って事で」

クレアさんの返答に、苦笑する。

エッケンハルトさんが初対面でレオに土下座したりとか、貴族の話を聞いたりした時に、シルバーフェンリルのレオは公爵位よりも上、みたいな事は言っていた。

さらに俺も『雑草栽培』というギフトを持っていて、特別な存在として見られるみたいだけどそれはともかくだ。

俺自身は、自分の事を特別だとか貴族と同等なんて事は考えていない……クレアさん達からは、親しく接してもらえているけどな。

日本では小心者な一般庶民でしかなかったわけで、こちらでもそれは大きく変わっていないから平民でいいと思う。

「仮定という事で、わかりました。そうですね……基本的には、誘いを断る事はありませんね。特に今回の場合、貴族同士ではなく貴族が平民に……ですから。平民が貴族になれる事はほとんどありません。その中で、数少ないチャンスでもありますから」

とりあえずと言った俺の言葉を了承してくれたクレアさんが、平民に対しての場合を教えてくれる。

「成る程。だからアンリネルゼさんはあんなに強気だったんですね」

「あれは、はい。それもあると思います。まぁ、アンリネルゼが強気なのは、いつもの事ですけれど……」

いつもの事なのか……クレアさんを見ていると、強気な貴族令嬢というのが中々想像しづらかったが、そういう事もあるみたいだ。

あれ？　フェンリルの森へ行く時は強気だったか？　……いや、あれはセバスチャンさん達に対してだったな。

後でクレアさんに謝られたし、あの時の事はあまり思い出さないようにしよう。

それはともかく、貴族から申し込まれたら平民は断らない、か……。

確かに貴族になれるチャンスはそこらへんにあるとは思えないから、平民が貴族になるために誘いを断る事はそうそうないだろうと理解できる。

それに、貴族は全て何不自由ない贅沢な暮らしができる……とか考えている人も多いだろうしな。

あまり例がない事なのか、増々俺が断るのが難しいような気がしてきた。

いや、だからといって受ける気はないんだけど。

「貴族から平民に、というのが少ない例ではありますがないわけではありません」

「そうなんですか？　貴族は貴族と……っていうのばかりだと思っていました」

よくある話として、貴族同士、貴族と王族とか有力者、他国の貴族や有力者などでの婚姻が多い。

まぁ、俺が知っているのは大体物語の中の話だけど、日本でも歴史上そういう話は多かったはずだ。

有力者や他貴族と婚姻関係になる事で、血筋を受け継がせていくのはもちろん、家同士のつながりを強くして力を強くしていく……みたいな。

あと、尊い血筋は同じく尊い血筋としか、といった思想もあったりするかな。

「公爵家は特にそうなのですけれど、この国では貴族と平民との結婚もそれなりにあるのです。歴史を遡《さかのぼ》れば、貴族同士よりも、平民と結びつく方が多かったと聞いた事があります」

そういった話は、セバスチャンさんが詳しそうだ。

機会があるかはともかく、聞いたら喜んで説明してくれるだろうなぁ。

「平民と結婚する方が多いんですか？」

「貴族同士だと、数が限られてしまいますからね」

「まぁ、それはそうかもしれませんけど」

平民と貴族では、平民の方が多いのは当然だろう。

結婚するのに同年代を選ぶとしたら、もっと数が少なくなるから必然的に平民からとなる……のかもしれない。

「貴族側が断られる事があったりするんでしょうか？」

「どうでしょう……あまり聞いた事はありません。先程も言ったように、貴族になれるチャンスでもありますから」

「そうですよね」

貴族という特権階級になれるのだから、断るという選択肢は出てきにくいだろう。

あと、相手が領主貴族だとしたら断りづらい、というのもあるかもしれないが。

とりあえず、この世界……というよりこの国では、貴族と平民の階級差は俺が考えていたよりも大きくないのかもしれない。

……ラクトスで衛兵さん達がエッケンハルトさんに跪《ひざまず》いていたように、間違いなく特権階級ではあるんだろうけど。

「ですが絶対に断らない、とは言い切れません。なので、タクミさんがアンリネルゼの申し出を断っても、誰も悪く思ったりはしないはずです」

「そう言われると、少し気が楽ですね」

権力とか圧力がないのなら、断る事に躊躇いはない……元々あまりなかったけど。

とにかく悪い影響がないのなら、アンリネルゼさんによる結婚の申し出は断る前提として、あとは断るための言葉を考えればいいだけだ。

ただ、結婚をと言った時のアンリネルゼさん、断られると想像すらしていなかった様子だから、できるだけ傷付けない方法や言葉がいいと思うけど……。

「とはいえ……ふぅむ、どう断ったものか」

「悩みますよね。私も経験があるのでわかります」

クレアさんと二人、頭を悩ませながら断りの言葉を考える。

二人共、ベッドに座ってレオを撫でながらだ。

こういう時、レオがいてくれると和んで心が休まるなぁ。

「タクミさん、こういうのはどうでしょう？」

何やら思いついた様子のクレアさんが、俺へと顔を向ける。

「何か、いい考えが浮かびましたか？」

「はい。タクミさんは、今我々公爵家と薬草販売の契約を結んでいます。つまり、公爵家との繋《つな》がりが強い、と言えるわけですね？」

「そうですね。……まぁ、それだけじゃなく、この屋敷にもお世話になっていますが」

公爵家との繋がりが強い、というのは確かだろう。

クレアさんやティルラちゃん、エッケンハルトさんはもちろん、この屋敷の使用人の皆さんに、お世話になっている事は間違いないしな。

「伯爵家の者になってしまうと、今まで通りの契約では薬草の販売ができなくなると思います。タクミさん個人というより、伯爵家との契約になりますから」

「……そうなんですか？」

「はい。貴族はその家々で商売をするとしていますが、貴族間での契約というのは、ほとんどありません」

確か、貴族は税金収入の他に、自分達の暮らしの向上のために商売をする……んだったか。

商売に成功すれば、領民への税金も安くする事ができるため、そうする事を推奨しているんだとか……。

まぁ、バースラー元伯爵のような悪徳商売や、失敗をしなければ良い事なんだろうと思う。

失敗したりして生活が困窮したら、税金を上げる貴族もいるのかもしれないが。

他領に対して商売をする事はあるだろうが、基本は自領で行うだろうし、他領に対してもその商売の先はそこに住む領民だ。

貴族間での契約が全くないわけじゃないんだろうが、稀《まれ》な事らしい。

別の貴族を通すという事は、当然その貴族にも利益が出るはずで……その分出費が増える、という事かもしれない。

他領民に対して直接商売をした方が、大きな利益になるだろうからな。

日本でも、業者を通さず直売する方が費用が少ないために、安い値段で販売できる……という利点があるしな。

……当然、不利な点もあるけど。

「貴族間で契約を結ぶのは難しいため、今回の申し出を断る……というのはどうでしょう？」

「成る程……契約を理由に断るという事ですね。それだと、アンリネルゼさんを傷つけずに断る事ができるかもしれません」

「はい。容姿や性格など、理由を挙げて断ってしまえば、どうしても相手を傷つけてしまいますからね。……アンリネルゼは少しくらい傷ついても良いと思いますが」

「ははは、人を傷つけて断る、という事が苦手なので……俺の性分ですかね」

「そういう優しい所も良いのですが……いえ、んん！　もう少しお願いを断る、という事を考えないといけませんよ？」

おっと、注意されてしまった。

クレアさんは、俺を上目遣いで見ながら少しだけ口を尖らせている。

そうだな……以前フェンリルの森に行く時もそうだったし、さっきも頭の中で考えたけど、俺は強くお願いされると中々断れない性格だ。

断る事で、相手ががっかりしないかと考えてしまうのが原因だろうか。

クレアさんにとっては、懇意にしている相手がそこら辺の人にお願いされて、なんでも言う事を聞いていたら面白くない……のかもしれない。

なんでそうなるのかは、俺にはよくわからないけどな。

「ありがとうございます。おかげでいい断り方が考えられそうです」

あまり傷つけないようにとばかり考えても、という事ならここまで頭を悩ませる必要はなかったのかもしれない。

でもおかげで、クレアさんとこうしてゆっくり話をする事ができたのは、悪くないと思う。

「いえ、お役に立てたのなら……。でも、タクミさん？」

「はい、なんでしょう？」

「今回のアンリネルゼからのお話、タクミさんにとっては良い事しかないかもしれませんよ？　確実に貴族になれますし……」

「そう、かもしれませんね」

アンリネルゼさんの父親が更迭されて、しばらくは大変だろうけど……持ち直せば、贅沢な暮らしをしてのんびり暮らす事もできるはずだ。

ある程度の事はしないといけないだろうし、むしろ忙しくなる可能性もあるけど。

でも、日本にいた頃よりは楽になる事は間違いない。

けど……。

「でも俺は、今の状況が気に入っているんですよ」

「今の状況ですか？」

「はい。この屋敷でクレアさん達のお世話になって、レオと一緒に皆と遊んだり。薬草を作る事で、公爵家や街の人達のためになる事ができたりと、ですね」

「屋敷の事はお気になさらなくても良いのですが……そうですか」

「それに、クレアさんやセバスチャンさん、ティルラちゃんやミリシアちゃんと一緒に笑っていられるのが、今は一番楽しいですから。あとは……そうですね、今日と同じような事はさすがに困りますが、剣の鍛錬や魔法というのも、最近は楽しんでいますよ」

「そう、ですか。……私達と一緒が」

貴族になれるのが魅力的な事なのは間違いない。

けど今言ったように、この世界に来てからの生活が今は楽しくて仕方がない。

以前の、仕事で使われて疲れ果てていた頃とは全く違う生活。

レオもいてくれるし、他の人達は優しい。

まぁ自分が貴族になって、大勢の使用人や領民相手にふんぞり返っている姿が想像できない
……というのが一番の理由かもしれないけど。

「いずれ、この屋敷を出ないといけない事もあるかもしれませんが……それまでは楽しくここで過ごしていきたいですね」

なんだか、色々語ってしまって少し恥ずかしいが、その恥ずかしさに負けないくらいこの屋敷にいる事が楽しいのだと伝えたかった。

「そんな……タクミさんがよろしければ、いつまででもこの屋敷にいてくれて良いんですよ……？」

「……クレアさん？」

そうしていると、いつの間にかクレアさんがさっきよりも近付いていていて、俺の方に体を寄せて頭を肩に乗せていた。

……これだけ近いと、頭から追い出していたクレアさんのいい香りが……！

「タクミさん……私……」

「……クレア……さん」

「いつまででも、この屋敷に……。最初、出会った森で助けられた時から、私……」

肩に乗せた頭の向きを変え、俺を見上げるように顔を覗き込むクレアさん。

こんなに近いと、俺が少しでも動いたら……。

心臓の鼓動が激しく、音がうるさい。

クレアさんにまで聞こえていないだろうかと、心配になってしまう程だ。

手足がしびれたように動かなくなりクレアさんから逃れる事ができず、目を離す事もできなそうだ。

アンリネルゼさんに結婚を申し込まれた時は、こんな感覚になる事はなかったのに……あちらは驚きの方が強かったからか。

「……タクミさん」

「……ワフ！」

「はっ！」

「っ！　レ、レオ!?」

クレアさんが何を思ったのか、目を閉じて俺に身を委ねるようにした時、レオが急に吠えた。

……危なかった……あと数秒遅れていたら……ん？　何が危なかったんだ？

「フワゥ……ワフワフ」

「レオ、どうしたんだ？」

「……レオ様？」

急に吠えたレオが立ち上がり、溜め息を吐きながらゆっくりと部屋の入り口に近付いて行く。

「ガウ！」

「うぉ！」

「きゃあ！」

「なんと！」

「キャウ～」

レオが後ろ足立ちになり、前足でドアを押し開けた。

……レオ、お前ドアを開けられるんだな……というのは置いておいて、それよりもドアが開くと同時になだれ込んで来た人達だ。

「エッケンハルトさん……？」

「お父様……セバスチャンに、ティルラも？」

部屋になだれ込んできたのは、下からティルラちゃん、セバスチャンさん、エッケンハルトさんの順番で、その上にシェリーが乗っていて、ちょっと楽しそうだ……これは遊びじゃないと思うが……。

「く……苦しいです……」

ティルラちゃんの小さい体が、エッケンハルトさん達の下敷きになって苦しそうだ。

「おっと、すまんな」

「失礼しました」

下敷きになっているティルラちゃんの声に気付き、サッと体を起こしたエッケンハルトさん達。

「お父様、まさかとは思いますが……覗いていらしたので？」

「は、ははは——いや……まぁ、な、セバスチャン？」

「……私に振るのは当主らしくないですよ、旦那様」

笑みを顔に張り付けたエッケンハルトさんが、セバスチャンさんに顔を向けたけど、すげなく返される。

いやまぁ、セバスチャンさんも一緒なんだし、当主らしいとかはさておいて説明する場面ではあるのかもしれないと思うんだけど。

「ワフゥ……」

二人の様子を見て、レオが溜め息を吐いていた。

様子から察するに、もしかして皆ずっとここにいた……とか？

「……ティルラ？」

隣に座っていたクレアさんが目を細めつつゆらりと立ち上がり、エッケンハルトさん達の方に近付きながらティルラちゃんに問いかける。

「は、はい！　父様が、並々ならぬ覚悟を決めた姉様がタクミさんの部屋に行ったので、何かあるだろうと。面白そうだから見に行こう、と仰っていました！」

俺からはクレアさんの背中しか見えないからわからないが、気を付けの姿勢になったティルラちゃんが焦って事情を話すのを見るに、相当怖い顔になっているのかもしれない。

背中だけでも、何かこう……怒りのオーラのような物が見えるような気がするし。

ただの気のせいかもしれないが。

耳まで真っ赤になっているようだから、覗かれていた事がよっぽど恥ずかしかったんだろう。

……いや、怒っているせいか？

「キャゥ、キャゥ！」

シェリーがティルラちゃんの足下で同意するように鳴いているけど、こちらは楽しそうで今の状況をよくわかっていないっぽいな。

「ティ、ティルラ！　待て、それを言ってしまったら……！」

焦ったエッケンハルトさんが、ティルラちゃんを止めるが時すでに遅し。

「へぇ……そうなのね……？」

地の底からそこから湧き上がるような、おおよそクレアさんから出たとは思えないような声。

震えているようにも聞こえるのは、激情を押さえつけているからか……。

状況を把握するだけしかできず、動けない俺にはそんなクレアさんを止める事はできない。

そんな中、ふとクレアさんがくるりと俺のいる方へ振り返った。

「タクミさん、申し訳ありません。今日はここまでのようですね。色々話せて楽しかったです」

にこやかなんだけど、奥の方に何かが渦巻いているような、そんな気がする表情のクレアさんが、明るい声でそう言った。

「えーっと。俺も楽しかったです……よ？」

なんとかそう返した俺に、笑みを深めたクレアさんが再びエッケンハルトさんの方へと振り返った。

「「っっ!!」」

「キャウ〜？」

エッケンハルトさん、セバスチャンさん、ティルラちゃんの三人が、ビクッと体を震わせるのがわかった。

シェリーは、キョトンとして首を傾げているだけだったけど。

「お父様！　貴方は公爵としてこんな、覗きなんて事を……！」

エッケンハルトさんに叫びつつも、優雅という表現が合う動きで近付き……。

「ちょ、ま、待てクレア！　私が、私が悪かった！　謝るから！　ああぁぁぁぁ！」

弁明をしようとするエッケンハルトさんの言葉を無視し、襟首を掴んで引きずって行った。

クレアさんの細腕で大柄な男性が引きずられて行く姿は、迫力があり過ぎるなぁ。

なんて、雰囲気にそぐわない感想が頭に浮かんだ。

というか、あの体で抵抗してるはずのエッケンハルトさんを、片手で引きずるって……クレアさんも結構、力持ち？

「旦那様……お達者で……」

「姉様、怖いです……」

セバスチャンさんは、引きずられて行くエッケンハルトさんに対して目を閉じているし、ティルラちゃんはクレアさんに怯《おび》えている様子だ。

「はぁぁぁぁ……」

クレアさんとエッケンハルトさんが去っていき、ちょっと前までの緊張や、公爵様自ら覗きをしていた事への呆れを込めて、俺は重い溜め息を吐いた。

胸の中に色々溜まっていたんだろう。

「タクミさん、疲れていますか？」

「ティルラちゃん……そういう事じゃないんだけどね？」

ティルラちゃんが座っている俺の顔を覗き込みながら心配そうな顔をしているが、溜め息の理由は疲れじゃない。

……精神的には疲れているけどな。

「しかし、なんでこんな事をしたんですか、エッケンハルトさんは……？」

「理由は、私が旦那様にアンリネルゼ様とタクミ様の事を報告したから、でしょうな」

「俺とアンリネルゼさんの？」

「はい。アンリネルゼ様に結婚の誘いを受けた事ですな」

「……あー、成る程」

屋敷に入る直前、クレアさんの様子がおかしい事に気付いたエッケンハルトさんは、後でセバスチャンさんに報告しろという話をしていたっけ。

「旦那様に報告すると、クレアお嬢様の様子が気になったようでしてな？　どのように考えているのかと……」

そこでなんで俺やアンリネルゼさんではなく、クレアさんが気になったのかはわからないけど、父親として思うところがあったのかもしれない。

「ここで、クレアお嬢様が思い悩んでいないかという心配ではなく、面白そうだから……と少年のような表情をなされるのが旦那様です」

「それは……娘を持つ父親としては正しくない気がします」

「まったくその通りですな。タクミ様ならアンリネルゼ様の申し出をどうするのか、というのもなんとなく見通していたから、かもしれませんが」

「まぁ、アンリネルゼさんとは会ったばかりですし」

エッケンハルトさんなら、俺が断るだろうと見抜いてもおかしくない、と思う。

多分だけど、夕食の時に俺が話題を避けていた事すら、エッケンハルトさんにはバレていそうだ。

「ともかくそれで、クレアさんの様子を見ようと？」

「はい。旦那様がクレアお嬢様のお部屋を訪ねようとした時、クレアお嬢様は人目を避けるように部屋から出て行かれるのを発見しました」

「……その時、クレアさんにバレなかったんですか？」

「いえ……旦那様が、部屋から出て来たクレアお嬢様から身を隠しましてな……大方、屋敷に戻ってからの事を思い出して身がすくんだのでしょうが……」

怒られた事を気にして、もしかしたらまた怒られるかも……と考えて見つからないようにしたのか。

俺がいる時は特にそれらしい様子はなかったんだけど、とにかくそれを思い出したのかもしれない。

エッケンハルトさん程の大柄な体で身を潜めるのは、一苦労な気がするが……屋敷を熟知しているセバスチャンさんがいれば、簡単だったのかもな。

しかし、それで何故覗こうなんて考えたのか……。

「その後、クレアお嬢様が落ち着かない様子で、タクミ様の部屋に入るのを見ました。あとは、ティルラお嬢様が話した通りです」

「はぁ……面白そうだからってやつですか。別に、何もありませんよ？」

覗いて、何を話していたか知っているセバスチャンさんにこう言っても、説得力はないかもしれないけどな。

案の定、セバスチャンさんはニヤリと笑っている……あまりいい顔じゃないですよ？

「まぁ、何を話して何が行われていたかは、追及しない事にします。……その方が面白そうですからな」

「……本音が漏れていますよ？」

あの主人にしてこの使用人ありってとこだな。

似たもの同士かな……？　主従だから似たのかもしれないけど。

そういえば、最初の頃からセバスチャンさんはこんな様子を見せる事が多かったか。

「おっと、これは失礼しました。ちなみにティルラお嬢様は、クレアお嬢様を追っている途中の廊下で、会いました」

「父様に、面白いものが見れるだろうからって、誘われました！」

「そう、なんですね……」

本音が聞かれても、しれっとしているセバスチャンさん……やっぱりいい性格だよな。

ティルラちゃんは、もしかしたら寝られなくて遊び相手を探していたのか、それともトイレにでも起きて来たのか。

それはさておき、こんな子供も誘うなんて……エッケンハルトさんは……はぁ。

「ドアが開いていたのも幸いでしたな。おそらく、クレアお嬢様が入る時、緊張で閉め忘れたのでしょう」

俺やクレアさんにとっては、幸いじゃないけどな。

まぁ、わざわざ閉めたドアを開けようとしたら、もっと早くレオが気付いたんだろうな。

もしかしたら、レオは最初から気付いていたのかもしれないけど。

公爵様と言っても人の親、自分の娘がどういう行動をするか、気になるのはわからないでもないんだけど……もう少し自重して欲しい。

「それでは、遅い時間に失礼しました」

「おやすみなさい、タクミさん！　レオ様！」

「ワフワフ」

「おやすみ、ティルラちゃん。……セバスチャンさんは、止めなかったので同罪ですからね？」

「ほっほっほ、なんの事かわかりかねますなぁ」

「とぼけるならそれでも良いですが……明日しっかりクレアさんに報告しておきます」

「……申し訳ございませんでした」

元気に挨拶するティルラちゃんへ、レオと一緒に挨拶を返しつつ、セバスチャンさんを牽制する。

笑ってとぼけているセバスチャンさんだが、クレアさんの名を出すと、すぐに振り返って深々と頭を下げた。

……そんなにクレアさんが怖いのか……確かにさっきのクレアさんは、かなり怖かったけど。

まぁ、あれは父親相手の気安さがあるからだ、と思いたい。

「はぁ……嵐が去った気分だな」

「ワフゥ……」

セバスチャンさんとティルラちゃんが退室し、俺とレオだけになった部屋で溜め息を吐く。

レオも、俺と同じで溜め息を吐いているけど、やっぱりさっきのは呆れるよなぁ？

「しかし……クレアさん、か」

「ワフワフ、ワフ？」

「いや、そんな事はできないだろ。相手は貴族だぞ？　こっちからなんて……」

覗きが判明するまでのクレアさんの様子を思い起こしていると、レオから声をかけられる。

しかし、その内容はあまり考えたくない……レオ、お前もそんな事を考えるんだな……犬、いやシルバーフェンリルだからか？

貴族と平民との婚姻の可能性の話はしていたけど、あれは貴族側が平民に対して求婚をする場合であり、今のアンリネルゼさんと俺の状況の事だ。

一般人、平民である俺から公爵令嬢のクレアさんになんてなぁ……。

ともあれ、邪魔が入る前のクレアさんの様子にはかなり緊張した。

初めて会った時から綺麗だと感じていたクレアさんだけど、隣に座って、触れ合う程の距離で見ると、その事がより実感できた。

クレアさんは少々お転婆なところはあっても、公爵令嬢としてしっかりしているし、だからといって偉ぶった事もしないし、むしろそんな事を嫌う人だ。

貴族のマナーなんて全く知らない俺にも、きさくに話して気にしなくていいと言ってくれる。

食堂での食事とか、何も知らない俺は、絶対マナーとしては何か間違った事をしていてもおかしくないしな……。

そんなクレアさんが、さっきまであんなに近くに……しかもあの時、もしレオが吠えず、エッケンハルトさん達がなだれ込まなかったとしたら。

雰囲気、ムード、意味は一緒だがとにかく、そういった流れっていうのは怖いものだな。

あのまま流されていたらどうなっていたか。

でも、あの流れは俺ではなくクレアさんから作ったようにも感じる。

だとしたらもしかして、クレアさんは俺の事を……？

「……いや、寝られなくなりそうだ。この辺りにしておこう」

本人のいない所で、俺が勝手に想像して勘違いしちゃいけないと、首を振って考えを打ち消した。

考え過ぎたら、想像がどうなろうと眠れなくなりそうだからな……主に俺の心臓が激しく鼓動を刻むから。

「よし、寝ようかレオ。もう結構遅い時間だ」

「ワフワフ」

レオに声をかけ、ベッドの隣で丸くなったのを少し撫で、俺もとベッドに潜り込んだ。

明日もやる事はあるんだ、早く寝ておかないとな。

……眠りに就く直前、アンリネルゼさんに対する断り文句も考えなきゃ……という事を思い出したが、すぐにクレアさんの方へ考えが行ってしまうので、何も考えないようにして目を閉じる。

今日だけでも色々な事があったからだろう、全身を覆うような眠気に身を任せていると意識が夢へと旅立って行った――。

翌日、レオが顔を舐める感触で目を覚ます。

日本にいた時も、よくこうして起こされていたなぁ。

眠りが浅かったのか少しだけ起きるのが辛かったけど、顔を洗って朝の支度をしているうちに、意識がはっきりとしてきた。

「よし！」

「ワフ⁉」

決意を込めて、頬を軽く叩いて自分に気合を入れる。

レオを驚かせてしまったようなので、謝って撫でておきながら、決心した。

今日は迫られた結婚に対する答えを出さなきゃいけない日、個人的にはもう少しじっくり考えさせて欲しいとは思うけど、そうしたところで多分答えは変わらない。

あれこれと考えて、アンリネルゼさんを傷つけないようになんてうだうだ考えていても、結局答えが変わらないのだからあまり意味はなさそうだ。

お願いされたら断れない性格なのは自覚があるし、ここでそうする意味があるのかはわからないけど、とにかくこれまでの自分を少しでも変えるためにきっぱりと断ろう！

情けないけど、すぐに全てを変える事は難しそうだから……これをきっかけに少しずつでもだ。

気合を入れて決意を固め、レオを連れて部屋を出た。

食堂が近付くにつれ、決意が薄れてしまったのか廊下を歩く速度がゆっくりになってしまったのは、自分でも情けなかった……。

後ろから押してくれてありがとう、レオ。

「おはようございます。クレアさん、ティルラちゃん。アンリネルゼさんも」

食堂に入ると、エッケンハルトさん以外の面々が揃っていた。

ティルラちゃんが眠そうに目を擦り、シェリーの方は椅子の上で丸まって寝ているけど。

昨日は遅くまで起きていたから、仕方ないか。

「タクミさん、おはようございます」

「おふぁようございます……」

「ごきげんよう、タクミさん」

それぞれに挨拶をして、俺も椅子に座る。

ティルラちゃんだけ、眠気のせいかはっきりと喋れていないな。

アンリネルゼさんの目覚めは悪くないらしく、縦ロールをきっちりセットして、姿勢良く座っていた。

「……エッケンハルトさんは、やっぱり？」

「ええ。いつものように、まだ寝ています」

以前もそうだったが朝に弱いエッケンハルトさんは、昨日あれからクレアさんに説教をされたのもあってか、今日は特に起きられなかったんだろう。

そんなクレアさんも表面上は眠そうな雰囲気を出してはいないが、目の下に隈《くま》のようなものがうっすらと見える。

……一体どれだけの間、エッケンハルトさんに怒っていたんだろうか？

「それでは、頂きましょう」

「はい。頂きます」

「ワフ」

「キャゥ」

「はーい」

「頂きますわ」

ヘレーナさんが作ってくれた料理が配膳され、クレアさんの言葉で皆が食べ始める。

ティルラちゃんやシェリーも、料理の匂いで目が覚めて来ているらしい。

特にシェリーは料理が食堂に運び込まれて来た瞬間に、目を覚まして顔を上げ、鼻をヒクヒクとさせていた。

さすが、匂いに敏感なんだな。

「やっぱり、美味しいですわね」

「ヘレーナ……この屋敷の料理長は、自慢の料理人だもの」

アンリネルゼさんは、ヘレーナさんの料理が気に入ったようで上機嫌だ。

そんなアンリネルゼさんを横目に、クレアさんと目を合わせ、頷く。

食事が終わったら、改めて昨日の話を断らないといけないからな。

「はぁ……満足ですわ。朝からこんな美味しい物が頂けるなんて。昨日も言いましたけれど、クレアさんは贅沢ですわね？」

「そんな事はないわ、料理人の腕がいいだけよ。素材は領民がいつも食べている物とそう変わらないわ。……腕のいい料理人がいる事が贅沢と言うのなら、そうかもしれないけど」

食後、ライラさんとミリシアちゃんが淹れてくれたお茶を飲みながら、満足した様子のアンリネルゼさんとクレアさんの話を聞くともなしに聞き、どう言ったものかと考える。

断る事は当然として、理由もなんとなく決めたが……どういう言葉で伝えるかは決めていなかった。

まぁ、ここは出たとこ勝負か。

あまり考え過ぎてもいけないだろうし。

「えっと……」

「そうだわ。タクミさん、昨日の答えは出ましまして？」

俺がアンリネルゼさんに話しかけようと声を出した瞬間、向こうの方からズバリ聞いてきた。

覚悟を決めたのに先制された気がして、少しだけ尻込みしてしまうが……男は度胸だ。

……こんなところで使うものじゃないかもしれないが。

「その事ですが……すみません、お断りさせていただきます」

「……は？　今なんと？　せっかくのわたくしからの誘いを断る……と聞こえたのですが？」

「その通りです。お断りします」

アンリネルゼさんは俺の言った事が信じられないらしく、聞き返して来たが、はっきり断ると伝えた。

緊張し過ぎて、テーブルの下で握ってる手にじっとりと汗を掻いているが、あまり気にしないようにしよう。

クレアさんの方は俺がはっきりと断った事が嬉しいのか、ニコニコしている。

ティルラちゃんはキョトンとしているから、よくわかっていないのだろう……そういえば事情を教えてなかったっけか。

「ま、まさか……貴族になれるチャンスですのよ？　それを断る、と仰るのですか？」

「……はい」

まだ信じられない、という様子のアンリネルゼさんに再度聞かれ、深く頷く。

貴族になる、というのはこの世界に住む人にとっては魅力的な事なんだろう。

けど、俺にはそこまで魅力的には思えないからな。

「……理由を聞いてもよろしいですか？」

「はい。まず、俺はクレアさんやエッケンハルトさんを始めとした、公爵家と薬草販売の契約を結んでいます。そんな俺が貴族になると……」

驚いた表情で顔が固まってしまったアンリネルゼさんに、昨日クレアさんと話した内容を頭に思い浮かべながら、契約を大事にしたいため、貴族になるつもりはない事を伝える。

クレアさんの後ろの方でセバスチャンさんが頷いているから、間違った事は言っていないんだろう。

「そんな……そんな事のために、貴族になれるチャンスをふいにするなんて。わたくしにもなびかない、そんな人は初めてですわ」

俺の話を聞いて、さらに信じられないと目を見開いている。

確かにアンリネルゼさんは美人だから、それだけでも結婚は魅力的に思えるだろう。

それに加えて貴族家の次期当主だから、当然結婚相手も貴族になるわけで。

けど、俺にはどちらもそこまで魅力的に思えないのだから、仕方ない。

アンリネルゼさんが魅力的じゃないというわけじゃないけど、まだ会って間もないし一足どころか二足も三足も飛び越えて結婚だなんて考えられない。

まぁ……アンリネルゼさんの見事な縦ロールは、ちょっと弄《いじ》ってみたかったりはするけど、それは結婚とは別の話だ。

「そんな……まさか断るなんて……貴族は特権階級。皆が自分に跪くんですのよ？」

「俺は、跪かれたいとは思いませんし……」

レオはエッケンハルトさんとの初対面の時、跪かれたというか土下座はされたけど、それはともかくだ。

「アンリネルゼ、残念だったわね。でもタクミさんをこれ以上、貴族になれるという理由で誘うのは見苦しいわよ？」

ショックを受けているアンリネルゼさんに対し、クレアさんは嬉しそうだ。

そんなに、俺がはっきり断ったのが嬉しいのかな？

「まさか、こんな事が……貴族になれる事、わたくしというものを手に入れる事を断る殿方がいるだなんて」

目を見開いたまま俯《うつむ》き、ブツブツと呟くアンリネルゼさん。

大丈夫かな……随分ショックを与えてしまったみたいだけど、瞳孔とか開いていないかな？

食堂は明るいけど。

「はっはっは！　タクミ殿は貴族がどうので揺らぐような男ではないからな！　さすがは私の見込んだ男だ！」

アンリネルゼさんがショックを受け、クレアさんが嬉しそうにしている中、突然食堂の扉が開き、エッケンハルトさんが笑いながら入って来た。

どうやら、さっきの話を聞いていたらしい。

……ライラさんが扉の近くでそっぽを向いているから、もしかすると、気付いて少しだけ扉を開けて中を見せていたのかもしれない。

「はぁ。お父様、また盗み聞きですか？　昨日あれ程言ったのに……」

「いや、そのな？　ちょうど食堂に入ろうとした時に、タクミ殿が断ろうとしているところだったから、邪魔しないようにだな……？」

目を細めて、エッケンハルトさんが盗み聞きしていた事を咎《とが》めるクレアさん。

昨日に引き続きだからな……そう言われるのも仕方ないと思う。

エッケンハルトさんは、昨日のクレアさんの怒りを思い出してたじたじになっている。

「はぁ……まぁ、今日は仕方ありません。タクミさんが覚悟を決めて断るのを、邪魔してはいけませんしね」

「そ、そうだろう？」

仕方なさそうに溜め息を吐くクレアさんに、光明を見出《みいだ》したエッケンハルトさん。

ここぞとばかりに頷くけど……懲りてなさそうだなぁ。

「ですが、同じような事はしないようにするんですよ？」

「うむ、わかった」

クレアさんの言葉に頷き、エッケンハルトさんがテーブルにつく。

ライラさんがサッとカップを用意して、お茶を注いだ。こういう動きは、洗練されていてさすがだなぁと思う。

「さて、アンリネルゼ。残念だったな」

「公爵様……何故タクミさんは、貴族になる事をお断りになられるのでしょうか……？」

「答えは簡単だ。タクミ殿は私の庇護下にあるのだからな。公爵家と伯爵家、比べればわかるだろう？」

「……公爵の方が爵位が高いから、ですか」

アンリネルゼさんは、呆然としながらもエッケンハルトさんに断られた理由を聞くが……。

それじゃ俺が、公爵家というより強い権力を取った……という事になるじゃないですか！

「いや、あの……エッケンハルトさん？　俺は公爵家だからとか、伯爵家だからとかまで考えていませんよ？」

「そうなのか？」

「当然です。タクミさんは、権力の強弱で物事を決めるような方ではありません」

「ふむ……それは確かにそうか。そういう事だ、アンリネルゼ……諦めろ」

俺とクレアさんに言われて、納得したエッケンハルトさん。

日本で生まれ育ったから、権力の有無で結婚相手を決めるような事はしたくないんだよなぁ。

まぁ、人によるだろうが……権力やお金を求めてそうするという人もいるだろうし、実際はあまり日本人だからとか関係ないかな？

「権力で動かないなんて……そんな方が……」

一応の理由を知ったアンリネルゼさんは貴族という権力をちらつかせても、揺らがない人間がいる事に驚いている様子だ。

伯爵家の事はよく知らないが、今までそういう人達に囲まれて育ったんだろうな、と思う。

俺は幸いにも、権力を笠《かさ》に着ない公爵家……クレアさんやエッケンハルトさんと知り合ってお世話になっているが、もしかすると貴族と貴族の関わりだとか、上流階級はそういった権力欲のようなものが渦巻いているのかもしれない。

……日本でも、似たような事はなくならないから。

間章　クレアの葛藤と見守る者

ラクトスの街から屋敷へ戻り、夕食を終えて自室に戻ってきた私は、最近頭を悩ませていた疫病やウガルドの店に関して解決したにもかかわらず、湧いて出てきてしまった別の問題にまだ頭を悩ませている。

「はぁ……」

思わず出てしまう溜め息も、自覚はあるけど止められないわね……。

「何か、気がかりな事がおありのようですね、クレアお嬢様？」

「まぁ、そうね」

着替えを手伝ってもらっている使用人、この屋敷に来る際にも付いて来てくれた、私が生まれてからずっと面倒を見てくれている屋敷のメイド長であるエルミーネに、溜め息交じりに頷《うなず》いた。

エルミーネはセバスチャン程ではないけれど、この屋敷にいる使用人の中でも年長で、身の回りの事を全てやってくれるわ。

明るい色の長い髪を後ろでまとめて、私より少し低い身長であまりタクミさん達の前には出て来ないから、タクミさんはあまり話した事がないんじゃないかしら？

セバスチャンとは仲がいいのよね、タクミさん。

「差し支えなければ、お聞きしてもよろしいですか？」

「そうね……わかったわ。タクミさんの事で……」

話せば楽になる、という類《たぐい》のものではないとは思うけれど、話す事で自分の中でも整理できるかもと、少し期待してエルミーネに悩みを打ち明ける事にしたわ。

とはいえ、私が話さなくても明日にはセバスチャン経由で、皆に知れ渡っているとは思うけれど。

特に口止めもしてないし、明日答えが出る事ではあるから。

「成る程、タクミ様にアンリネルゼ様が求婚を迫っていると。確かにそれは、クレアお嬢様も気が気ではありませんね。もしタクミ様が、アンリネルゼ様の誘いを受けてしまったらと……」

ラクトスからの帰り道の事を聞いたエルミーネは、手伝ってくれていた私の着替えを終わらせ、腕を組んで悩まし気にそう言うけれど、表情は楽しそうね。

「アンリネルゼ様とクレアお嬢様で、タクミ様の取り合いとなるわけですか。中々面白……いえ、なんでもありません」

「ほとんど口に出していたわよ、エルミーネ。はぁ、そうだったわ。エルミーネはこういう話が好きだったわね」

相談する相手を間違えたかしら？　エルミーネは誰と誰が好き合っているとか、そういう恋愛話が好きだったのを思い出したわ。

「この年になると、若者達のそういった話は微笑《ほほえ》ましいのですよ。それに、『他人の恋愛に首を突っ込めば大変な事になるかもしれないが、話を聞き、見ている分には楽しめるうえに若さを保つ秘訣にもなる』という言葉がありますから」

「……それは誰の言葉なのよ。今エルミーネが考えたわよね？」

「いえいえ、どこかの誰かがそう言っていたらしいのですよ。ほほほ」

口に手を当てて笑うエルミーネは、とても楽しそうね。

若さの秘訣というのはまだ私にはよくわからないけれど、お父様より高い年齢にも拘《かか》わらず、肌艶《はだつや》が良く使用人の中でも年長には見えないから、本当に効果があるのかもしれないわ。

そう言えば、セバスチャンもこの手の話は好きだったはずよね……。

「そんな事より、話した以上私はどうすればいいのか、相談させてちょうだい」

悩んでいてそこまで頭が回らなかったとはいえ、打ち明けてしまった以上はエルミーネを楽しませるのだとしても、相談するしかない。

「はい、もちろんでございます。ただ……」

「ただ？」

「先程の話で、アンリネルゼ様は明日まで待つと仰っていたと。であれば、明日まで待てば自《おの》ずと答えが出るのではないですか？」

「それはそうだけれど……このままじゃ、気になって寝られそうにないわ」

「クレアお嬢様は、そうでしょうね」

頭の中でタクミさんはきっと断ってくれる、という考えと、アンリネルゼの求婚を受けてしまったら、という考えがグルグルとして、落ち着かないわ。

お父様やアンリネルゼ、ラクトスでのウガルドの店の事など、今日は色々な事があって疲れは感じるけれど、とてもじゃないけど寝られる気がしないわね。

もしこのまま、ずっと一人で悩み続けて朝を迎えたら……。

「タクミ様に、寝ずに朝を迎えたみっともない姿を、見られたくありませんものね？」

「……私の考えを読まないでよ、エルミーネ」

頭の中で考えていた事の続きを言われて、エルミーネを軽く睨む。

「ほほほ、ずっとクレアお嬢様を見てきたのです。何を考えているか、大体の事はわかります。それに今のクレアお嬢様は、特にわかりやすいですから」

「わかりやすい……もしかして、タクミさんにも色々伝わってしまっているのかしら？」

私の気持ちとか、気が付いたら目で追ってしまっているとか、タクミさんの声に耳を澄ませているとか……そういう事が伝わってしまっていたら。

もしそうなら、明日からどういう顔でタクミさんの前に出ればいいのか、わからなくなってしまうわ。

「いいえ、おそらくそれはないかと。タクミ様は、他人の事はよく見ているようではありますが、自分に向けられる感情などには、少々疎《うと》いように見受けられます。鈍いと言うよりは、自己評価が低く自分がそう思われるわけがない、と考えている節もあるかと」

「……そうなのね。良かった」

いいえ、本当に良かったのかはわからないけれど……でもタクミさんの自己評価が低い、というエルミーナの言葉は私もよくわかる。

なんとなくだけれど、これまでずっと誰かに否定され続けてきたからのような、そんな気がするわ。

私と出会う前のタクミさんの事、まだ少しだけしか聞いていないけれど、いつか教えてくれるかしら？　そのためにも、アンリネルゼの求婚をどうにかしないと。

でなければ、タクミさんは私の手の届かない所に行ってしまうから……。

「妨害は、やめておいた方がよろしいかと。タクミ様はおそらくですが、そういった事を好む方ではないでしょう。タクミ様の中で、クレアお嬢様の評価を下げてしまいかねません」

頭に思い浮かんだ、タクミさんがアンリネルゼの求婚を受けないよう、邪魔をすればいいのではという考えを口には出していないのにエルミーネに注意された。

確かにタクミさんは、卑怯な事をする人を好ましいと思う人じゃないわよね。

「……わかっているわよ。って私の考えている事を読んで……」

「クレアお嬢様は、考えている事が表情に出やすいですから。最近はタクミ様に関係する事は特になので、私でなくてもわかると思いますよ？」

「気を付けるわ」

「それで、タクミ様の事ですが……この際です。どういうお考えか、直接お聞きになるというのはどうでしょう？」

「直接？　それは……」

「幸い、まだ寝るには少しだけ早い時間です。タクミ様もまだ寝ておられないでしょう。部屋にはレオ様もおられるはずですので、タクミ様と一緒に撫でさせて頂きながら、お話をするというのはどうでしょうか？　あの、シェリーを見つけた時の森の中のように」

「森での事は、当然知っているのね」

私の我《わ》が儘《まま》で、タクミさんやレオ様を巻き込んで森の探索に行った時の事、タクミさんとレオ様が見張りと焚き火の番をしているところへお邪魔して、話をさせてもらった思い出。

あれからそんなに経っていないけれど、月と星、そして焚き火に照らされて話したあの時の事は、ずっと心に残っているわ。

……発端は、我が儘な私の発言や行動を、謝るだけだったのだけれど。

「当然です。離れている時の事を、私がセバスチャンさんから聞かないとでもお思いですか？」

「そうよね……それでこそエルミーネよね」

「その通りです」

自信満々に胸を張るエルミーネを見て、呆れの混じった息を漏らす。

セバスチャンもそういう話が好きで、同士のように話す事もあるみたいだから、当然伝わっているわよね。

何を話していたかとかも……あの時、セバスチャンは起きていて、私とタクミさんの話を聞いていたらしいから。

「まぁ、以前の事はいいわ。でもこんな時間にタクミさんを訪ねて、迷惑じゃないかしら？」

「タクミ様がランジ村に向かう前、ティルラお嬢様と押し掛けておいて、今更ですよクレアお嬢様。どーんとタクミ様の胸をお借りするつもりで、行ってみては？　もちろん、本当にタクミ様の胸をお借りしてもいいのですけど」

「そ、そんな事できるわけないじゃない！」

一瞬、頭の中でエルミーネの言葉に誘導されるように、私がタクミさんの胸に寄りかかっている姿が浮かんだわ。

けど、すぐに顔が火でも噴いたのかと思うくらいに熱くなってしまって、想像を振り払うように少し強い口調で否定した。

「そうですよね。それができたら、今ここで悩んでいませんよね。とにかくクレアお嬢様、女は度胸です！　タクミ様はクレアお嬢様が訪ねて来るのを、迷惑だと思う事はありません。お優しい方ですから」

「女は度胸って……」

それを言うなら、男は度胸、女は愛嬌じゃなかったかしら？　先程のエルミーネの若さの秘訣とは違って、こちらは昔の人が本当に残した言葉らしいけれど。

「でも、確かにタクミさんは私が訪ねて迷惑がるような人……ではないわよね？　そうよね？」

「旦那様に似て、一直線なところがあると思っていましたが、こういう時にはわりと面倒くさい性格になりますよね、クレアお嬢様……んんっ！　失礼しました」

「面倒くさい事くらい、私自身もわかっているわよ。けど、もしタクミさんに迷惑だと思われたら、私はもうどうしたらいいのかわからないわ」

タクミさん以外の人であれば、部屋を訪ねるかどうかと思い悩む事も、そもそもアンリネルゼとの事を気にする事もなかったはず。

でもどうして……かは自覚があってわかってはいるけれど、どうしてもタクミさんがとなると、本当にそれでいいのか、嫌がられたりしないか、という考えが先に出てしまうのよね。

「クレアお嬢様は、乙女になられました。見守らせて頂いている甲斐《かい》があるというものです。明日にでも、ヨハンナさんと共有しましょう」

「どうしてそこでヨハンナが出て来るのかしら……」

「いえ、セバスチャンさんとはまた違った意味で、同士ですから。とにかくクレアお嬢様、タクミ様に直接聞くのが、現状できる最善の手だと愚考いたします」

「ここでずっと悩んでいても、確かに意味はないのかもしれないわね」

「はい。もしアンリネルゼ様との事が聞きたいだけなのが気が引けるのであれば、そうですね……旦那様の所業を謝る、という名目はいかがでしょうか？」

「お父様の……成る程。お父様の代わりに謝るのは、理由になるわね」

ウガルドの店で、タクミさんが巻き込まれた荒事……あの時、実際はもっと早く止める事ができた。

それをお父様が衛兵の動きを抑えて、タクミさんの様子を窺《うかが》う事にしたから、怪我《けが》をしてしまったのよね。

この理由なら、タクミさんも部屋に訪問してきた私を変に思わないはず。

あわよくば、その後にアンリネルゼの事をどう思っているか、聞き出す事もできるかもしれないわ。

「名案よ、エルミーネ！　そうと決まれば早速……」

「お風呂に入りましょう。身綺麗にして訪ねるのが淑女としての嗜《たしな》みかと」

「え？　あ、そ、そうよね……タクミさんのお部屋に行くんですもの……。って、それはちょっと違うんじゃないかしら？」

タクミさんに会うのだから、綺麗な姿で見てもらいたい……のは間違いないのだけれど、エルミーネの言い方だと何か意味が違ってくるような気がするわ。

「いえいえ、何も違いはありません。私も、タクミ様にはクレアお嬢様の綺麗なお姿を見てもらいたいのです。レオ様もいらっしゃるのです、失礼があってはなりませんから。さぁ、準備ができました。参りましょう」

「やけに準備が速いわね……ちょ、ちょっと押さないで、わかった、わかったから！」

そうして、私が入浴するための準備を異様な速さで済ませたエルミーネに背中を押され、タクミさんの部屋に行く前にお風呂に入る事になった私。

上手く丸め込まれ、強引にはぐらかされたけれど、それに気付くのはタクミさんとの話を終えてからの事。

この時の私は、タクミさんとどう話すか、結婚を妨害するのは印象を悪くされそうだからできる限り中立を装って聞き出す方法を考える事で、いっぱいいっぱいだったから——。


「行きましたか……」

クレアお嬢様をお風呂に入れ、一旦部屋に戻って髪や服を整えて送り出してから、呟《つぶや》く。

「時折、我々使用人を困らせる事もあるくらい、行動的な方なはずなのに、タクミ様の事となるとこうも悩んでしまわれるのですね。そういうところも、お可愛いのですけれど」

最近は多少おとなしくなってきていますけど、昔は誰もが認めるお転婆だったクレアお嬢様。

タクミ様の事でお悩みの姿は、恋愛話が好物な私でさえ年甲斐もなく照れてしまう程です。

「それにしても、クレアお嬢様は気付かれませんでしたが……タクミ様がクレアお嬢様の事をどう思っておられるか、というのは傍《はた》で見ている分にはわかりやすいのですけれどね」

クレアお嬢様がお休みになられるベッドを整えながら、独り言を続ける私。

クレアお嬢様がよくタクミ様の事を目で追っておられるように、タクミ様もまたクレアお嬢様を目で追う事も多いですのに。

そんなタクミ様が、突然現れたアンリネルゼ様の求婚を受けるとは思えません……悩みはするとは思いますが。

「まぁ、クレアお嬢様にとっては初めての事で、自分の事に精いっぱいで気付いておられないのでしょうけど。それに、タクミ様は自分に向けられる感情には、なぜか鈍いですが……装っている、思いこもうとしている節もありますね」

お可愛い方達の事を考えていると、どうしても独り言が増えてしまいますね。

これも、年のせいという事にしておきましょう。

「タクミ様自身の気持ちには、本人が鈍くて全く気付かないという事はなさそうなのですよね。おそらくですが、見ないふりをしているように見受けられます」

長年恋愛話を楽しんできた私の見立てでは、タクミ様は自覚がないわけでも、鈍いわけでもなく、気付かないようにしているのでしょう。

それはおそらく、これまでの経験からか、それともクレアお嬢様の事を考えてなのか……先程クレアお嬢様にも言いましたが、自己評価が低いお方です。

もしかすると、いえ十中八九自分なんかがクレアお嬢様を、なんて考えてそうですね、難儀なお方です。

「レオ様と一緒にいる、ただそれだけでこの国の誰よりも、権力を持っているのと同義ですのに。しかも、ご自身にはギフトまで」

公爵家すら、簡単に平伏《へいふく》させる事もできましょう……いえ、実際に旦那様がひれ伏しておられましたか。

「ん、よし。完璧です。後はクレアお嬢様が戻って来られるのを待つだけですね。落ち着く必要があるかもしれませんし、お茶の準備だけはしておきましょう。……今夜お戻りにならない、という可能性もありますが」

いささか失礼、では済まないような想像をして、口角が上がるのがわかります。

とはいえこれはただの想像……いえ、妄想に近いでしょう。

「タクミ様のお部屋にはレオ様もいますし、タクミ様が積極的にクレアお嬢様を押し倒……げふんげふん。迫る事はありえませんね」

我々使用人とすら、同じ目線ではないか？　と思える接し方をするお方です、お互いの気持ちがはっきりと通じ合っていない状況で、積極的になるなんて事はないでしょう。

「ある意味安心ですが、少々クレアお嬢様が不憫とも言えますか。なんにせよ、まだまだ楽しませて……もとい、耄碌《もうろく》している暇はなさそうですね」

クレアお嬢様の成長の喜びは、これからもまだまだ感じられそうですね。

お茶のためのお湯を厨房に取りに向かいながらも、自然と口角が上がるのを止める事はできそうにありません。

セバスチャンさんや、ヨハンナさんともいい話のタネができましたね……。

第二章　薬酒の製作に取り掛かりました

「はぁ……アンリネルゼさん、相当ショックだったんだろうなぁ」

朝食後、裏庭に出て薬草作りをしながらさっきの事を思い出す。

アンリネルゼさんはあれからずっと「そんな……そんな……」という言葉を繰り返して、呆然としていた。

それだけ、断られると思っていなかったという事なんだろうけどな。

今まで伯爵家という地位のおかげで、誰かに何かを言って断られる……という経験が少なかったんだろう、とも思う。

「まぁ、だからこその公爵家での教育……なのかな」

エッケンハルトさんに預かってもらい、クレアさんみたいになれるように教育してくれ……という事らしいが、すぐには無理そうだ。

クレアさんは貴族だからと驕《おご》ったところはなく、誰が相手でも分け隔てなく接している。

公爵家という事を全面に出して、人に言う事を聞かせようとも考えていない。

以前フェンリルの森の中で話したように、クレアさんを始めとした公爵家は、権力を誇って無理矢理に……というやり方を嫌うみたいだからなぁ。

正反対とまでは言わないが、伯爵家という権力を表に出す事を厭《いと》わないアンリネルゼさんとは、向いてる方向性が全く違う。

「これは……教育と言っても、一筋縄ではいかないだろうな。俺にはあまり関係ないかもしれないけど」

「そうだな。今まで思うように生きて来た事を急に変えろと言うんだ、すぐには変われないだろう」

「……エッケンハルトさん？」

「よう、タクミ殿。薬草作りか？」

「はい。昼前には、ニックが薬草を取りに来ますからね」

一人で呟《つぶや》きながら薬草を作っていたら、エッケンハルトさんがやって来た。

どうやら、俺の呟きも聞こえていたらしい……変な事を言ってなくて良かった。

「アンリネルゼさんは？」

「用意された部屋にこもっている。よほど、タクミ殿に断られた事が堪《こた》えたみたいだな」

「……大丈夫でしょうか？」

「まぁ、このくらいは自分でなんとかしてもらわねばな……」

俺に断られた事が原因で、アンリネルゼさんは部屋にこもってしまったようだ。

貴族という事を全面に出せば、断られないと信じて疑っていなかったため、それが崩れ去った事によるショックは大きいのだろうと思う。

公爵家と伯爵家……方針が違い過ぎるから、こういう事もあると予想していたんだろう。

「貴族の誘いを断っても、良かったんでしょうか？」

「なんだ、貴族になりたかったのか？」

「いえ、そういうわけではないんですが……」

「それなら、問題はない。貴族だからと、結婚を強要する事は許されないからな」

「公爵家は権力を笠《かさ》に着ない……という事で、そうなんでしょうけど」

「なんだ、クレアから聞いたのか？　そうだな、公爵家は権力で強要する事を良しとしない。

……仕方がない部分もあるがな」

「それは、そうですね」

いくら権力を持ち出して何かをしようとはしない……と考えていても、公爵である事は間違いないんだ。

エッケンハルトさんやクレアさんにその気がなくても、機嫌を損ねないようにだとか、取り入ろうだとかを考えて行動する人もいるだろうからな。

「伯爵家との考えが違うのはわかっていた事だ。アンリネルゼが今までの生活と変わって、戸惑うであろう事もな」

「伯爵家は、やっぱり公爵家とは違うんですか？」

「あちらの……バースラーは私とは考えが違うからな。人間だから仕方ないだろうが、あちらは伯爵である事を大いに活用して領地を統治していた」

人の考え方が違う……というのはもちろん当然の事だ。

十人十色、という言葉もあるわけで、バースラー伯爵はエッケンハルトさんとは違って、伯爵だからと好き勝手やって来たんだろうな。

ウガルドの店やランジ村への襲撃……自領ではなく隣の領地への行いも含めると、民をただの駒のようにしか考えていないのかもしれない。

民を大事に、というクレアさん達の考えとは全然違うな。

「あぁ、そうだ。アンリネルゼの話ばかりになってしまったが、本題は違うのだ」

「どうしたんですか？」

エッケンハルトさんが、何かを思い出したように話を変える。

俺の所に来たのはそっちが目的だったようだが、何かエッケンハルトさんが来るような用事ってあったかな？

「ウガルドの店での事、すまなかった」

「え？　あ、はい」

エッケンハルトさんは、昨日の事をしっかり謝るためにここまで来たみたいだ。

頭を下げて謝るエッケンハルトさんに、少し戸惑う。

「備えていたとはいえ、危険な事をすべきではなかった。タクミ殿の成長に期待し過ぎていたようだ……」

「期待ですか？」

俺に、エッケンハルトさんが期待するような事って、あったかな？

『雑草栽培』の事はまだしも、他の事はまだ色々慣れなくてまだまだだと思うし……。

剣の腕なんて、未だにレオにもエッケンハルトさんにも、当てる事すらできないくらいなのにな。

「ランジ村を守った事も、薬草の事も……剣の腕に関してもだな。タクミ殿ならなんとかする、そんな期待を理由もなくしてしまっていた。そんなはずはないのだがな」

「……そう、ですね。俺にも限界はありますから。もちろん、できる事であれば何とかできるよう努力しますが」

「そうだな」

ランジ村の事も、俺の力で全て解決できたわけじゃなく、レオがいた事が大きい。

薬草はそもそも、『雑草栽培』のおかげだからなぁ……俺の力とも言えるのかもしれないけど、いつの間にか手に入れていた力だから、そこまでの実感はない。

剣の腕は……薬草のおかげで、通常よりも多く鍛錬する事ができているだけだし、今の所あまり成長しているという実感はあまりない。

オークと戦った時や、ウガルドの店では役に立ってくれたけど。

「タクミ殿には、無理な事を押し付けてしまっていたな……すまない。以後は、危険な事は極力避けると約束する」

「わかりました。でも、役に立つ事があるのであれば、協力しますよ」

「ありがたい。では早速なんだが……レオ様の事でな？」

「レオの？　何かありましたか？」

改めて謝られ、これからは昨日のような事はしないと約束してくれた。

公爵様が、貴族でもなんでもない俺に頭を下げて謝るんだ、約束は守られるだろう。

まぁ、エッケンハルトさんはさっきまで話していたように、自分は公爵だから……という考えは少ないんだろうけど。

ともあれ、エッケンハルトさんはレオの事で何か困ってるようだ。

レオが何かしたかな？　そんな感じはなかったと思うんだけど……。

「その……だな。今朝食堂に行った時からなんとなく、睨まれているような気がするんだ」

「レオにですか？　今朝から……昨日はそうではなかったんですよね？」

「うむ。昨日は乗せて頂くという貴重な経験をさせてもらったが、それだけだ。睨まれているように感じたのは今朝からだな」

うーん、昨日は何もなかったはずで、レオも楽しそうにエッケンハルトさんを乗せて走っていたのに、今日になって急にというのはおかしいな。

何かあった……あ、もしかして。

「昨日、クレアさんと部屋で話していた時の事なんですけど」

「ふむ、タクミ殿とクレアが、お互いを見つめ合っていた時だな」

「……それは忘れて下さい」

クレアさんの父親に、あの時の妙な雰囲気の事を言われると微妙な気持ちというか、何故か申し訳ない気持ちになってしまうから。

「そうじゃなくて、その前にクレアさんが話してくれたんですよ。さっき、エッケンハルトさんが謝った事に関して」

「そういえばそうだったな。うむ、聞いていたぞ」

そこで誇らし気に胸を張るのは、クレアさんに怒られても反省していないと見られて不味《まず》い気がするけど、俺は気にしないでおこう。

というか、あれも聞いていたという事は最初から全部、俺とクレアさんが話していたのを見られていたと考えて良さそうだな。

今度から、誰かと話す時は部屋の出入り口とか窓とかを警戒しておこうと思う。

「多分、俺もそうなんですけどレオもあの時初めて知ったんだと思うんですよ。それでかなぁと」

「そ、そうなのか……」

あれに関しては、クレアさんが代わりに怒ってくれたみたいだけど、まだレオは気にしているのかもしれない。

俺が怪我《けが》をした事を、屋敷に戻っても心配してくれていたからなぁ。

「……であればレオ様にも謝りたいのだが、シルバーフェンリルに睨まれてしまうと、どうもな……」

「レオが怖い、と？」

「そういう事だ。公爵家として、シルバーフェンリルは敬う存在。私が睨まれる、という状況は如何《いかが》なものかとも……な？」

「成る程……」

公爵家とシルバーフェンリルの関わりは、以前にも聞いたから、当主としてはシルバーフェンリルに睨まれ続けるのは避けたいんだろうなぁ。

怖いというのも、正直な気持ちなんだろうけど。

「わかりました。それじゃ、レオを呼びますね？」

頷《うなず》き、レオを呼ぶ事にした。

レオは今、ティルラちゃんとシェリーを背中に乗せて走りまわって遊んでいる。

楽しそうに遊んでいるのを邪魔するのは悪いが、レオは気にしないか。

「う、うむ……」

エッケンハルトさんが頷くのを見て、走り回っているレオへと顔を向けた。

「おーい、レオー！」

「ワフ？」

走っているレオに声をかけると、すぐに俺の方へ向いて止まる。

「ちょっと来てくれー！」

「ワフワフ！」

「タクミさん、どうしたんですか？」

「……む」

俺の所へ呼ぶと、ティルラちゃんとシェリーを乗せたまま、こちらへ走って来た。

エッケンハルトさんは、少し後退《あとずさ》り気味だ。

「遊んでいる最中にすまないな。えっと……エッケンハルトさん？」

「う、うむ……そのだな、ティルラ？　すまないが、あっちでシェリーと遊んでおきなさい」

「……はい、わかりました。シェリー！」

「キャゥ！」

「……これで私とタクミ殿と、レオ様だけになったな」

「ワフゥ？」

及び腰のエッケンハルトさんは、娘であるティルラちゃんにあまり情けない姿を見せたくないんだろう。

シェリーと別の場所で遊ぶように言い、素直に従ったティルラちゃんを見送った。

レオは、そんなエッケンハルトさんに首を傾げて、なんの用があるのかと俺に視線を向けた。

用があるのは俺じゃなくて、エッケンハルトさんだからな？

「レ、レオ様？」

「ワフ？」

言いにくそうに声を出すエッケンハルトさんと、それを見るレオ。

その様子は、俺から見ても昨日の事を気にして睨んでいるようには見えないから、やっぱりエッケンハルトさんが怖がってそう感じているだけなんだろう。

「昨日の事なのですが、謝りたいのです」

「ワフ、ワフワフ？」

「昨日の事ってもしかして？　と言っているようです」

レオが何を言っているのかエッケンハルトさんにはわからないから、俺が通訳になっているな。

「その……タクミ殿を危ない目にあわせた事、反省しております。もうこのような事はしないと約束致しますので、許していただけないでしょうか？」

「ワフゥ？　ワフワフ、ワウ！」

「……レオ様は、なんと？」

「えーと、本当に？　もし次があったら、許さないぞ！　……と言っています」

「はっ、約束させて頂きます！　もう昨日のように、タクミ殿を危ない目にあわせないように致しますので、なにとぞ！」

「ワウワウ。ワフ」

鳴き声を上げて、通訳をしている俺を見るレオ。

ちゃんと伝えて欲しい、という事のようだ。

「ん、わかった。——同じ事をしないのであれば、今回は許す。だそうです」

レオに謝るエッケンハルトさんに、俺が通訳して何を言っているのかを伝える。

「ほ、本当ですか!? ありがとうございます!」

安心したように、というか嬉しそうにお礼を言うエッケンハルトさん。

レオが言っている事を考えると、気にしていないわけじゃなかったみたいだけど、まぁともあれこれで解決というか、仲直りだな。

「ワフワフ? ワフ、ワフワウ」

「ん? あぁ、そうだな。その方がいいかもしれないな。——エッケンハルトさん、えっとですね……」

レオからの提案を受けて、俺が頷く。

さっきティルラちゃんがレオに乗っていたように、エッケンハルトさんも一緒にというお誘いだ。

睨まれているように感じていたためか、昨日ラクトスからの帰り道に乗った時とは違い、及び腰ではあったけど、ティルラちゃんと一緒ならレオが無茶をしないと思ったんだろう……エッケンハルトさんは頷いた。

「さ、どうぞ」

「父様、どうぞ!」

ティルラちゃんとシェリーを呼び戻し、伏せをしたレオに乗るようエッケンハルトさんを促す。

「う、うむ……」

「ワフー」

「キャゥー」

先にティルラちゃんが乗り、それに引っ張られる形でエッケンハルトさんもレオの背中へと乗った。

楽しそうに鳴くシェリーは、レオの頭の上だな……最近はそこがお気に入りのようだ。

「さ、レオ」

「ワフ！」

「うぉ！」

俺の言葉に頷いたレオが立ち上がり、さっきまでティルラちゃんと遊んでいた場所へと走り出す。

「ワッフー！」

「きゃー、レオ様その調子です！」

「ちょ、ちょっと速度を出し過ぎではないですか、レオ様⁉」

「キャゥ！　キャゥ！」

走り出したレオに、ティルラちゃん達がそれぞれ歓声を上げている。

「……楽しそうだな」

離れた場所を走るレオを見ながら、呟いた。

レオも楽しそうだ。

「さて、あちらばかり気にかけていても仕方ない。……薬酒《やくしゅ》の事でも考えるか」

いつもの薬草作りは粗方終わったので、時間の空いているうちに薬酒にできそうな物を考えないとな。

これによって、買い取ったグレータル酒が良い物になるかが決まってくる……かもしれない。

今のままでも、ジュースにしたら美味しいんだけどな。

でも、ランジ村の産業にもできる可能性があるから、しっかり考えたい。

「薬酒といえば、あの赤い箱のやつが最初に思いつくけど……でもどんな物でできているか、詳しく知らないしな……生薬を入れているのはまぁ、当然知っているけど」

日本にいた頃、何度か飲んだ事はある。

お酒があまり好きじゃなかったため、常飲はしてなかったが。

「ふむ、どうするか……体に良い成分。漢方は詳しくないからなぁ……」

日本は物に溢れていたから、あれが体にいいだの、これが体にいいだのといった物はいっぱいあった。

でも、仕事にかまけていて関心はなかったし、あまりそういった事に凝ったりもしてない。

仕事の疲れを取りたいと思う事はあったが、いくつか試しても実感は得られなかった。

……効果があるとかないとかは関係なく、仕事ばかりで、ろくに休めなかったのが原因なんだろうけどな。

「どれだけ効果のある物でも、休まなければ意味がないしなぁ……」

それこそ、この世界に来てから作った疲労回復の薬草や、筋肉疲労を取る薬草の方が、よほど効果が実感できる。

あれは、『雑草栽培』という特別な能力で作った薬草だからかもしれないが。

ずっと起きて活動していれば精神的に疲れるわけで、休まなくても良くなるわけじゃないけどな。

……考えてみると、魔法に近い物なのかもしれない。

「ふむ、疲労回復か……あの赤い箱の薬酒も、疲労回復効果があるらしいよな？」

誰に聞かせるともなく呟き、考えてみる。

グレータル酒に混ぜ込み、味を損ねる事なく効果が表れるかどうかというのはわからないが、試してみるのもいいかもしれない。

「まずはラモギだな。とりあえず今、屋敷にあるグレータル酒の病原を取り除かないと」

どれだけ疲労を回復できるお酒を作れたとしても、病原があるままでは飲む事はできない。

疲労が回復したとしても、病気になっては意味がないからな。

まだラモギを使えば飲めるようになるかは試験中だけど、とりあえずできるものとして考えておこう。

そうして、ヘレーナさんに試作してもらうため、ラモギを多めに作りながら、薬草を考えて行く。

数日前にも、同じように考えて色々やってはみたけど、漠然としていたからな。

今回は具体的に色々考えてみよう。

「んー。疲労回復、栄養補給、眠気……は取らない方がいいか。寝る事で休まる部分もあるはずだしな。逆に眠気を誘発するのも悪くないか……睡眠薬？　いや、それだと強力過ぎて危ない」

作ったラモギを摘み取りながら、どんな薬草がいいかを考えていく。

「待てよ？　別に一つの物にしなくてもいいのか。それなら……」

摘み取ったラモギの処理を済ませ、ニックに渡すのとは別にして保管しながら考える。

……この場に他の誰かがいなくて良かった……ぶつぶつ言いながら薬草を作る姿は、怪しく見えても仕方ないだろうから。

「滋養強壮とかもあったな……あとは、血行促進……はアルコールと合わせたら危ないか」

量を守って飲むのであれば血行促進をしても大丈夫だろうが、この世界の人達は用法用量を守って……という考えが浸透しているとは考えにくい。

まぁ、言えば守ってもらえるかもしれないが、そこまでするのはちょっと手間かもしれないし。

主に、販売をする人達が……だけどな。

「アルコールが回って酔いが速くなるのは、酔いたいだけの人にはいいかもしれないが……やっぱり危険そうだから考えるのは止《や》めよう。そもそも、アルコールにも血行促進の効果があるしな……」

少量だけ飲む血行促進の薬酒を作ってもいいとは思うが、それはまた今度にしよう。

まずは、数多く出荷できる可能性のある物を考えるべきだ、ランジ村のために。

「欲しい効果は、疲労回復と滋養強壮と栄養補給……かな。この三つで、病気になりにくい状態にした方がいいか。健康であれば免疫力も上がって、病気になる可能性は減るはず」

病気になりにくければ、それだけラモギのような薬草を必要としなくなる。

絶対病気にならないわけじゃないから、需要はなくならないだろうけどな。

「疲労回復は、今ある薬草を使えばいいか。問題は、滋養強壮と栄養補給だな……まずは栄養だけど、色んな成分があるし……どうやって作るかだ……」

先に栄養補給をして、滋養強壮効果のある物を飲む。

そうする事で、必要な栄養分を体へと行き渡らせる事ができる……という考えだ。

知識なんて聞きかじった程度にしかないから、正しいとは言えないが、大きく間違ってはいないはずだ。

しかし栄養素なんて色々あるしなぁ……取り過ぎてはいけない物もあるし、難しいな。

「基本的には食事から栄養を取るだろうから……タンパク質とビタミン。あと鉄分あたりを少量含んでいるのがいいか。多過ぎてもいけないから、補助をするくらいので……」

健康補助食品と同じような考え方だな。

あくまで、通常の食事にプラスして飲む事で、足りない栄養素を補う事を考える。

ビタミンと鉄分を選んだのはよくサプリとかで補助をする話を聞いていたからだ。

タンパク質の方は、必要な栄養素と考えて真っ先に出てきただけだな。

過剰摂取は避けたいが、摂取するに越した事はない物のはず。

あと、ビタミンと考えてすぐに思い浮かんだのが柑橘系だったりしたのは、俺の発想や知識が貧困なせいかもしれない。

ともかく、それらの栄養素を滋養強壮の部分で必要な分吸収できる……とした方がいいだろう。

管理栄養士の資格とかを持っていれば、色々考える事ができたのかもしれないが、俺はそういった資格を取ったり、勉強をしたりはしていないからな。

この世界に、栄養素を分析する技術とかもなさそうだし。

「よし、滋養強壮と栄養補給の薬草を……」

ある程度考えをまとめ、地面に手を突いて『雑草栽培』を発動。

数秒おくと、いくつかの植物が生えてきた。

その植物を摘み取り、手のひらに載せてもう一度『雑草栽培』を発動。

乾燥しただけの物や、何も変わらない物などができて、多分処理は完了だ。

「むぅ、これが滋養強壮のための薬草なんだろうけど……他のがな……」

滋養強壮の薬草は、見た目がアシタバに似た薬草だ。

『雑草栽培』で処理すると、葉から黄色い汁が出てそれが全体を包み、葉が黄色くなったところで乾燥。

この状態で完成のようだ。

滋養強壮というイメージで『雑草栽培』を使ってできた物けど、この世界だとなんて名前なんだろうか？

効果も見た目もアロエに似たロエのように、強力な効果があったりするんだろうか……後でセバスチャンさんに聞くか、借りた勉強用の本で調べてみよう。

それはともかく、他の薬草。

いくつかの薬草が出来上がったんだが、そのどれもがいまいち効果がわからない。

栄養補給の事を考えて栽培したんだから、豊富な栄養素を持っている薬草だとは思うんだけど……五種類もあったらどれを使っていいのかわからないな。

これも、後でセバスチャンさんに相談……かな？

「とりあえず、こんなもんか。ラモギを持ってヘレーナさんの所に行こう。まずは試作してもらわないとな」

作った薬草を持ち、裏庭から屋敷へ入るために移動する。

「レオー、俺はちょっと厨房に行くから、そのまま遊んでていいぞー！」

「ワフー！」

「キャゥー！」

「タクミさん、いってらっしゃーい」

「ちょ、ちょっと待ってくれー！」

レオに声をかけ、ティルラちゃん達にも裏庭を離れる事を伝えてから、厨房へ向かう。

エッケンハルトさんだけは助けを求めていたようにも見えたけど……ちょっとだけ楽しそうな雰囲気だったから、そのままにしておいた。


「あ、ライラさん」

「タクミ様。どうされましたか？」

「薬草を作り終えたので、戻って来ました。えーと、これを……ニックが来たら渡しておいて下さい。俺はこれから厨房に、ヘレーナさんにグレータル酒用のラモギを届けに行きます。……ヘレーナさん、厨房にいますよね？」

「ヘレーナさんでしたら、今頃は昼食の準備のため厨房にいるでしょう、畏まりました、それではニックさんには私から薬草を渡しておきますね」

「お願いします」

厨房へ行く途中、ライラさんを見つけたのでニックに薬草を渡すのを俺の代わりにお願いしておく。

ついでにヘレーナさんが厨房にいるか聞いたが、昼食の準備のために厨房にいるという事で間違いないようだ。

ただ昼食の準備で忙しそうだし、相談はまた後の方がいいかもしれないなぁ……。

「失礼します。……えっと、今大丈夫ですか？」

厨房に入ると、数人の白い服を着たコックさん達が忙しそうに動いてる最中だった。

昼食の用意だろう、忙しい時に来てしまって少し申し訳ない。

「タクミ様？　何か御用でしょうか？」

「ヘレーナさんは、今こちらにいますか？」

「ヘレーナ料理長ですか。呼んで参ります」

俺に気付いた若い男性の料理人さんにヘレーナさんの事を聞き、呼びに行ってもらう。

「忙しい所を、すみません。お願いします」

行ってもらったのはいいけど……もし忙しくて手が離せないようなら、また後にしよう。

「タクミ様？　どうなされたのですか？」

「えーと、グレータル酒に入れるラモギを持ってきたんですけど……今忙しいですか？」

「あぁ、昼食の準備が山場ですからね。少し話す程度なら。はい、確かにラモギは受け取りました。グレータル酒の方は、先に試作したのがそろそろできそうです」

「わかりました。また、俺かレオを呼んで下さい」

「畏まりました」

イザベルさん曰く、病の素《もと》になっている微量な魔力を調べる魔法具があれば判別できるらしいが、ここにそんな物はないからな。

レオには手間を掛けさせてしまうが、お願いするしかない。

「それと、グレータル酒を改良するための薬草なのですが……」

「ヘレーナさん、お話し中すみませんが……！」

「わかったわ！　――タクミ様、申し訳ありません。調理の方が……」

忙しそうなヘレーナさんは他の料理人さんに呼ばれ、そちらへ行かなくてはならないようだ。

「あぁ、こちらこそすみません。邪魔をしてしまったようで。また後で時間ができた時に来ますね」

「すみません……」

申し訳なさそうにするヘレーナさんに、また後で来ると伝え、俺は厨房を出た。

皆の昼食を用意しているんだから、邪魔をしてはいけないな。

「おや、タクミ様？　厨房に何か御用がありましたかな？」

厨房を出てすぐのところで、ばったりとセバスチャンさんと出くわす。

セバスチャンさんも、何か厨房に用事があったのか？

「ヘレーナさんに、グレータル酒に漬け込む用のラモギを渡して来たんです」

「成る程、そうなのですか」

「他に、薬酒用の薬草も持って来たんですが……忙しそうでしたので、また後にしようと出てきたところですよ」

「この時間は昼食の支度で、厨房は戦場の様相ですからな、致し方ありません。しかし、薬酒のための薬草ですかな？」

自分の用件は後回しでいいのか、俺の持っている小さな布袋を興味深そうに見るセバスチャンさん。

「はい。裏庭で薬草を作っている時に、試しにと考えて『雑草栽培』を使ってみました。いくつか新しい薬草ができたので、ヘレーナさんに見てもらって、意見をもらおうかと……」

「そうでしたか。ふむ……それはどんな薬草なので？」

「えーと……簡単に言うと、体に必要な物を補う目的で作られた薬草です。病気にならないような強い体を、という考えで作りましたが……」

「が……？」

「いえ、セバスチャンさん。時間は大丈夫なんですか？　厨房に何か用があったんじゃ……？」

「おっと、そうでした。興味深い事でしたのでつい……。すみません、タクミ様。話はまた……ヘレーナと相談する時にでもしましょうか」

新しい薬草、という言葉に興味を示したセバスチャンさんだけど、厨房に用事があるのを忘れそうになっていたみたいだ。

昼食に関係する事かもしれないから、ここで立ち話して時間が経ってしまったらいけない。

「わかりました。ヘレーナさんに相談する時に、セバスチャンさんも呼びますよ」

「はい。お願いします。それでは……」

自分の用事を思い出したセバスチャンさんとは、相談の時に呼ぶ事を約束して別れた。

「さて、少し暇になったな。どうするか……エッケンハルトさんの様子を見に、裏庭に戻るかな？」

昼食まではまだ少し時間がある。

今日は他にやる事はあまりないため、暇になってしまった。

鍛錬に関しては、いつもは昼食後か夕食前にやっているし……ミリシアちゃんとの勉強は、今日は使用人見習いの方が忙しいいため、お休みだ。

昼食後から鍛錬をするまでの間に、ヘレーナさんやセバスチャンさんと相談する時間があるとしても、それまでの時間の予定は何もない。

「ニックへ渡す薬草は、ライラさんに任せたし……やっぱり裏庭かな」

こんな事なら、ニックに薬草を渡すのも自分でやっておけばよかったなぁ……と考えつつ、厨房を離れ、裏庭への廊下を歩く。

「ありがとうございます、姐《あね》さん。忙しいアニキの代わりをしてくれて」

「姐さんは止めて下さいと言っていますが……」

「……ん？」

廊下を歩いていると、男女の話し声が聞こえてきた。

使用人さん達が、何やら話しているのかとそちらに目を向けてみると、そこには薬草の入った袋を持つニックと、俺から預かった薬草を渡し終えたライラさんがいた。

「ライラさん、ニック」

「タクミ様？　用の方はもうお済みですか？」

「アニキ！　……忙しかったのでは？」

「厨房は今昼食の準備で大忙しみたいで、すぐに出て来ました」

玄関ホールの近くで話す、ライラさんとニックに話しかける。

二人共、俺がここに来るとは思っていなかったようだ。

何故かニックが嬉しそうな顔をしているが、さすがに俺に会えたからじゃないだろう……ないよね？

「そうでしたか。お預かりした薬草は、確かにニックさんに渡しました」

「ありがとうございます」

「確かに受け取りましたぜ、アニキ。しかし、今日は会えないと思っていたアニキと会えるなんて、いい日だなぁ……」

「いや、俺と会えて嬉しいのか……ニック？」

本当に俺に会えたから、ニックは喜んでいたらしい。

……男に喜ばれても微妙な気分だが、まぁ、嫌がられるよりはいいか。

「そりゃもう！　アニキは、俺が一番尊敬する人ですからね！　できる事なら毎日でも会いたいです！」

「……尊敬ね」

「懐かれていますね？」

「ライラさん……なんでこんな事になったのか……」

嬉しそうな顔をして、俺を尊敬していると答えるニック。

ニックに対して尊敬されるような事は特にしていないと思うが……ライラさんは楽しそうに俺を見ているし。

「アニキは、罰せられそうになっていた俺を助けてくれました！　それに、雇ってくれたうえ、他で働くよりも多い給金を出してくれて……これで尊敬しない方がどうかしてますぜ！」

「そ、そうか……それは何より、でいいかな。でも、真面目に働くんだぞ？」

「それはもちろんですぜ、アニキ！　カレスさんに教えられて、色々覚えている最中でさぁ。アニキの顔に泥を塗る事にならないよう、頑張ります！」

俺としては、更生の余地があるのなら……という思いだけで雇い、もしまた問題を起こすようなら、セバスチャンさんに頼んですぐ捕まえてもらおうと思っていたんだがな。

それに給金に関しては、真面目に働いてくれている対価だから、そこまで感謝されるとは思っていなかった。

薬草が思ったよりも高い価格で卸せているので、お金に余裕がある事と、真面目に働くやる気に繋《つな》がれば……と少し多めにしたのは確かだけども。

「アニキの事を知ったら、働きたいと考えるならず者は沢山いそうですぜ？　まぁ、中には真面目に働かない奴もいるだろうから、あまり公表しない方がいいですがね……」

「まぁ、今はニック以外に雇う事は考えていないけどな。公表するどころか、募集もしないぞ？　しかし、そんなに魅力的なのか？」

「それはもちろんですぜ、アニキ。給金がしっかり出て、さらに他の仕事よりも多い。聞けば、大体の事は教えてもらえる。学も何もない、ならず者からしたら、特に魅力的に見えるはずですぜ？」

「タクミ様、ラクトスの街に限った事ではないのですが……ならず者だけではなく、普通に暮らしている人達も、下働きの者達をこき使い、まともに給金を出さない者もいるようです。見つけ次第、公爵家の方で処罰しているのですが……これがなかなか上手くいかないようです」

「そうですか……」

いつでもどこでも、そういった事はなくならないのかもなぁ。

経営者は労働者を都合良く使い、それでも人件費はできるだけ安く抑え、会社や店の利益を挙げる事しか考えない……。

全ての人間がそうだとは言わないが、そういう考えの人が多いのも確かだ。

じゃなきゃ、俺がブラックな企業で働かされる事もなかっただろう。

……経営者には、経営者なりの苦労がある……というのも当然なんだろうけどな。

それから、ニックが言うならず者達というのは、日本で言う不良集団のようなものだろうと思う。

社会からのはみ出し者とも言えるかもしれないな。

そういった人達は安い賃金で働かされる可能性が高くなり、当然生活は苦しくなる……という悪循環だ。

まぁ、そういった人達自身に何も原因がないとは言わないが……難しい問題だ。

だからこそニックにとって、ろくでもなかった自分にしっかりとした給金が支払われ、十分な生活ができる程、多めにお金がもらえる……というのは手放しで喜べる事なのかもしれない。

「それじゃアニキ、俺はこれで。アニキの薬草は、しっかりカレスさんに届けます！」

「あぁ、頼んだぞニック」

「へい！」

「お気をつけて……」

玄関ホールまで来て、薬草を持つニックを見送る。

「……何か考えておいでですか？」

ニックが帰って行くのを見送った後、少しだけ思案していたら、ライラさんに声を掛けられた。

難しい顔をしていたつもりはないんだが、何かを考えている……というのはバレバレらしい。

……もっと、表情に出さないように気を付けないといけないかな？

セバスチャンさんには、どれだけ頑張っても通用しそうにないけどな。

「いえ……人を雇う事の難しさを考えていました。それと、ラクトスの街にもならず者がいるんだなぁ……と」

「ラクトスの街は、交易が盛んな街です。多くの人が王都へ向かうための通り道にもなっています。そのため人の出入りが激しく、そういった者の出入りもあります。ただ、人を雇う事に関しては……私にはわかりません。私も雇われている側ですから」

いくら公爵家が管理して、クレアさんやセバスチャンさんが近くにいるからといっても、ラクトスの街へのそういった人達の流入を防げない事を理解する。

「人の往来が多ければその分、そういった人も増えるのは当然でしょうね」

出て行く事もあるだろうけど、それは追い出された場合の方が多そうだし。

「それに、はは……俺も公爵家から見たら、雇っている人間に近いのかもしれませんね」

「タクミ様は少々違う気もしますが……ですが、もし他に人を雇おうとお考えでしたら、気を付けて下さい」

「……何をですか？」

公爵家と契約し、俺も雇われているのに近い事も考えていると、ライラさんが注意するように言った。

人を雇う以上、様々な注意点がある事はわかっているつもりだけど……ライラさんは何に気を付けろ、と言うんだろう？

「私はそういった事に詳しくはありませんが……今回タクミ様が雇ったニックさん、真面目に働いているのでタクミ様の選択は間違いではなかったのでしょう。しかし、ならず者には真面目に働かず、給金だけをかすめ取ろうとする者もいます。さらに言えば、雇い主を騙す者や盗みを働くために近付く者、最悪な事になると、殺してでも……という者もいるのです」

「……はい」

「そういった者を雇ってしまう事のないよう、気を付けて欲しいのです。すみません、差し出がましい事を……」

「いえ、ライラさんの言葉は、しっかり覚えておきますよ。ありがとうございます。もし人を雇う事になったら、今の言葉を思い出して、慎重に選ぼうと思います。まぁ、今のところ雇う予定も必要もありませんが」

日本にはそこまでの人は多くなかったが、この世界には多いのかもしれない。

警察機関とかないからな……領主貴族が管理していたり、衛兵だったりなど、警備する人はいるにしてもだ。

もし今後人を雇う必要性が出たら、今ライラさんに言われた事を思い出そう。

実際は、セバスチャンさんとかに相談しそうだけどな……と考えながら、今の言葉を心に刻んでおいた。

とはいえ、俺がこれから先、人を雇う事なんてあるんだろうか……？

屋敷で薬草を作りながら、公爵家の方で販売してもらうくらいなら、今のままで必要はなさそうに感じた。

ライラさんと人を雇う難しさなんて事を話しつつ、考えているうちに結構な時間が経ったんだろう、ゲルダさんが呼びにきた。

昼食ができたらしい。

よく考えれば、ニックを見送った後ずっと玄関ホールで話し込んでしまったな……なんて思い、ライラさんに謝ったり、逆に謝られたりしながら、呼びに来たゲルダさんと一緒に食堂へと向かった。

「失礼致します。タクミ様をお連れ致しました」

食堂に入ると、エッケンハルトさんを始め、クレアさんとティルラちゃん、シェリーも勢揃いしていた。

セバスチャンさんもいるから、厨房への用は終わったんだろう。

「ワフ？　ワフワフ！」

「お、レオ。先に来ていたんだな？」

「ワフー」

俺が食堂に入って来てすぐ、俺の姿を見たレオが尻尾を振りながら駆け寄って来たので、ガシガシとその体を撫でてやった。

嬉しそうなのは良いんだが、そのフサフサの尻尾が風を起こして、ライラさんやゲルダさんのスカートが捲《めく》れそうになっているから、気を付けような？

「では、頂こうか……ふぅ」

「頂きます」

「はい」

「はーい」

「ワフワフ！」

「キャゥ！」

レオを落ち着かせて一緒にテーブルにつき、エッケンハルトさんの合図で昼食を頂く。

……しかし、エッケンハルトさんは疲れているようだな。

それだけ、レオがはしゃいだのかもしれない。

ティルラちゃんも一緒だったのに、そちらは疲れている様子ではないから無茶はしていないっぽいけど。

「お父様、随分疲れているようですが？」

いつもよりも食べる速度が遅いエッケンハルトさんを見て、クレアさんが心配したようで声を掛ける。

「うむ……まぁな」

「どうかなされたのですか？　……お父様が疲れるような案件はなかったと思いますが……」

「まぁ、例の店の事も片が付いたし、私が悩むような事もないんだが……少々レオ様とはしゃいでしまってな」

「レオ様と？」

「ワフ？」

自分の名前が出て呼ばれたと思ったのか、レオは食べていたソーセージを咥《くわ》えたまま顔を上げ、首を傾げている。

大した話じゃなさそうだから、お前はゆっくり食べていていいんだぞー。

「タクミ殿にしてやられた……」

「してやられたとは、人聞きが悪いと思うんですけど」

「タクミさんに？」

「ティルラやレオ様達と一緒に遊ぶ事になってな」

「それで疲れているのですね……。まぁ、お父様はティルラと遊ぶ事が少なかったので、いい機会なのでは？」

「う、うむ。それはそうなのだがな……？　少しは父の心配をして欲しい」

「声を掛けてちゃんと心配しているじゃないですか。まったく。──楽しかったですか、ティルラ？」

「父様と一緒で楽しかったです！」

クレアさんの問いかけに、元気いっぱいで答えるティルラちゃん。

その様子を見ると、エッケンハルトさんはもう何も言えないようだ。

娘に楽しいと言われているのに、父親が疲れたから……なんて愚痴を漏らすような事はできないよなぁ。

ただ、ブツブツと「タクミ殿の時は……」なんて呟きつつ食事をしているから、クレアさんに気にして欲しい父親心なのかもしれない。

いや、父親心がそういったものなのかは知らないけど。

それはともかく、アンリネルゼさんがいないな……まだ部屋にこもっているのかな？　他の人達が気にしている様子はないので、多分そうなんだろうし問題はないんだろうけど。

気になったら聞いてみよう。

「そういえば、アンリネルゼさんが来ていませんけど……？」

「アンリネルゼ様は、未だ部屋にこもっておられます。昼食もいらないとの事でした。余程、タクミ様に断られたのが堪えたのでしょう」

アンリネルゼさんはまだ部屋にこもっていると、セバスチャンさんが教えてくれる。

「貴族である事をちらつかせたら、断るなんて考えてもいなかったのでしょうね。権力で夫を得ようなどと……」

「ははは、そうなんですか……」

アンリネルゼさんからしたら、貴族である事を前面に出せば、断る男なんていないと考えていたんだろう。

それに対し、クレアさんは憤慨している様子で、何やらぶつぶつ言っているが、触らぬ神にたたりなし……。

笑って誤魔化し、触れないようにして食事に集中する事にした。

昼食後のティータイム……最近はグレータルジュースを飲む事が多いが、それも終わり、クレアさん達はそれぞれ執務や勉強など、やる事があるとかで、ティータイムが終わってすぐ食堂を出て行った。

食堂には、俺とレオ以外には片付けをしている使用人さん達がいるくらいで、エッケンハルトさん達はいない。

クレアさんとエッケンハルトさんは、領内の事で相談がある様子だったしな。

ティルラちゃんは、シェリーを連れて勉強だ。

……シェリーを連れていたら集中力が途切れてしまわないか心配だけど……まぁ、なんとかなるだろう。

「あ、ライラさん。アンリネルゼさんの部屋ってどこかわかりますか？」

少し気になったアンリネルゼさんの様子を窺《うかが》おうと、ライラさんに部屋の場所を聞く。

誘いを断った本人である俺が行くのはどうか……とも思うけど、部屋にこもって出て来ないのは、ちょっと気になるからな。

活発そうな雰囲気を持っていたけど、実際に実家の方では結構引きこもっていたようだから、俺が気にする必要はないのかもしれないが……。

「アンリネルゼ様のお部屋ですか？　えーと……」

「……なるほど、わかりました、ありがとうございます」

「いえ、なんでしたら、ご案内致しましょうか？」

「大丈夫です、もう迷う事はないと思いますから」

俺がこの屋敷に来た時、何度も案内をお願いした事を思い出して、ライラさんが案内を申し出たが、それは断る。

俺に用意された部屋近くだから迷う事はないだろうし、アンリネルゼさんの部屋へ行くのは、もう少し後だ。

まずは、ヘレーナさんに話をしないと……。

「セバスチャンさん、ちょっといいですか？」

「はい、なんでございましょう？」

ライラさんにアンリネルゼさんの部屋を聞いた俺は、離れた場所で食器などを片付けているセバスチャンさんに声をかけた。

「えーと、今からヘレーナさんの所へ行こうかと……」

「新しい薬草の話ですな？　わかりました。ライラ、ゲルダ、この場の片付けはお任せします」

「「畏まりました」」

「すみません、お願いします」

ライラさん達の仕事を増やしてしまう事になって申し訳ないが、ヘレーナさんと話す時はセバスチャンさんも、という約束だから仕方ないか。

あまり時間をかけてヘレーナさんの所へ行くと、今度は夕食の準備で忙しいかもしれないからな、早く行きたい。

……洗い物とかがあるかもしれないけど。

「ワフ」

満腹になったからか、満足そうに丸まって目を閉じていたレオは、俺が立ち上がると自分もと言うように立ち上がった。

とはいえ、行き先は厨房……皆が気にするかはわからないけど、食事を作る場所にレオをこのまま連れて行くのは気が引ける。

まぁ、抜け毛とかはこちらに来てから見た事がないから大丈夫かもしれないが、一応な。

「レオは……どうする？　一緒に行っても、レオにとってはつまらないと思うけど」

「ワフ？　ワウゥ……」

声を掛けると、首を傾げて考えている様子。

衛生的な問題だけじゃなく、多分ヘレーナさんやセバスチャンさんと話し込む事になると思うので、レオにとってはする事がなくて暇なだけだろう。

あと、食べ物の匂いでまたお腹がすくかもしれないし……考えているレオに、この事も伝えた。

「ワフ、ワフワフ」

「うん、わかった。それじゃ、のんびりしておいで」

何もないならと、レオは裏庭でのんびりしておくと言うように鳴いた。

日向ぼっこでもするんだろう。

お腹いっぱいになって、気持ち良い風を受けながらの日向ぼっこか……俺も一緒に行きたい気持ちが湧くけど、それは我慢だ。

レオに背中を預けてのんびりできたら、気持ち良さそうではあるけど。

「レオ様の事は、私達にお任せ下さい」

「ワッフ！」

「はい、よろしくお願いします」

ライラさんとゲルダさんにレオを任せ、俺はセバスチャンさんと一緒に食堂を出て厨房へと向かった。

誰かと一緒にいる方がレオも楽しいだろうし好きだからな、ありがたい。

「それで、新しい薬草というのは？」

「……えーと、これです」

「ふむ……」

「一つが滋養強壮の薬草で、他が栄養を補うための薬草です」

「滋養……それはどんな効果なのですか？」

「ははは、ヘレーナさんの所で、全部説明しますよ」

興味津々なセバスチャンさんに、薬草を見せて軽く説明。

すぐにでも、どういう物かを聞きたそうにしていたセバスチャンさんだが、ヘレーナさんと相談する時もう一度説明する事になりそうだしな。

二度手間になるのなら、待ってもらって一緒に説明した方がいいだろう。

「失礼しますよ。ヘレーナはおりますかな？」

「セバスチャンさん。ヘレーナさんですね、少々お待ちを」

厨房に入り、近くにいた料理人さんにヘレーナさんを呼んでもらう。

昼食の用意が終わった後だからか、皆まったりとしていて、時間には余裕がありそうだ。

「セバスチャンさん。昼食で何かありましたか？　先程言われたように、味付けの変更はしたはずですが……」

「今回はその事ではありませんよ。タクミ様が、グレータル酒に対する物を作られたのでね……」

どうやら、昼食前にセバスチャンさんが厨房への用があったのは、味付けの事に関してらしい。

いつものように美味しかったから気付かなかったけど、セバスチャンさんやヘレーナさんとの打ち合わせで、料理や味付けが決定されるのかもしれないなぁ。

エッケンハルトさんがいるから、というのもあるのかもね……当主様だし。

「タクミ様が？　先程、昼食前に追加のラモギは受け取りましたが」

「それとは別で、薬酒にしてみたらという考えの方です。えーと、これらの薬草なのですが……」

持っていた薬草を、薬酒のためにと伝えつつヘレーナさんに見せる。

「滋養強壮……ですか？　それはどのような？」

「えっとですね、人間の体には必要な栄養素というのがあります。その栄養素を摂取した時に、体の調子によって吸収されない物というのもあるんです」

「栄養……というのは、料理をするうえで考えるべき事ですね。わかります」

「吸収されずに無駄になる栄養というのは、人間の体を通って排出されますが、それらを無駄にする事なく、体に必要な栄養素へと変え、体に吸収させる。そして、弱っている部分を補い強くする事で、病気に罹《かか》りづらくする働きをもたらします」

「ほぉ、それは凄い物ですな……」

「そんな考えが……タクミ様の世界には、素晴らしい考えがあるのですね」

セバスチャンさんとヘレーナさんは、俺の説明を感心した様子で聞いている。

細かい事や作用の仕方に関しては詳しくないが、聞きかじった知識だとこうだったはずだ。

多分、間違えてないと思うが……まぁ、要は体を強くする働きって事でいいだろう。

体に良い物なのは間違いないのだから。

そう考えて説明していると、いつの間にかヘレーナさん以外の、厨房にいた料理人さん達も俺達の周りに集まって来ていた。

皆感心して聞いている様子だから、料理人として興味があるんだろうと思う。

勉強熱心な人達だ。

「これをグレータル酒に混ぜて飲む事で、飲んだ人達の健康を守る、という物が作れないかと思いまして。……味の方は、試作してみないとわかりませんが」

「それが薬酒、というわけですね？」

「はい」

薬草や薬が入ったお酒だから、薬酒。

そのまんまだけど、こういうのはわかりやすいのが一番だ。

「ふむ……その薬草の味はどうなのですかな？」

「いえ、さっき作ったばかりなので、まだ味は試してません」

薬草自体の味、というのはまだわからない。

まずはヘレーナさんに話を……と考えていて、試しに食べてみるなんて考えてなかったからな。

「では、まずはその薬草の味を……良いですかな？」

「はい。作るのはすぐにできるので、まずはですね。俺も……」

「私も頂きます」

「では、いくつかに分けて……」

黄色いアシタバっぽい薬草の葉をちぎっていくつかに分け、セバスチャンさんやヘレーナさんに渡す。

いくつか作って持って来ていたから、集まっている他の料理人さんにも分ける。

皆、新しい薬草の味が気になるようだったから。

今回は、味を確かめるためで、効果を確かめるためじゃないから、少しでいいだろう。

「ふむ……ん、これは」

「んぐ、成る程……」

「俺も頂きます。……ん！」

「「「……んんっ！」」」

口の中に入れてまず広がるのは、独特な臭み……これは灯油？

あのしつこく取れにくい臭いと一緒に、独特の苦みが広がる。

噛んでみると、少しだけ甘みを感じるような気がするが、ほとんど灯油の臭いと苦みでかき消されて、とてもじゃないけど、このままでは食べられそうにない……。

吐き出すのもいけないと思い、口を押さえて無理矢理飲み込む。

少量だから良かったけど、葉っぱ一枚丸々だったら飲み込めなかっただろう……というか、食べて平気なのかな？

体にいい薬草を、と思って『雑草栽培』で作ったから大丈夫だと思うけど。

周りを見ると、セバスチャンさんも他のコックさんも、口を押さえてなんとか飲み込んでいる様子だ。

ヘレーナさんだけは、味を吟味するように頷きながら食べているけど……平気なのかな？

「これは、クセが強すぎますな……」

「そうですね……すみません、お水を」

「……どうぞ」

「ありがとうございます。ング、ング……」

料理人さんに水をもらい、臭みが残る口の中を洗い流す。

ヘレーナさん以外、セバスチャンさんも含めて全員それでなんとか凌《しの》いだようだ。

……この臭いをなんとかしないと、グレータル酒には使えそうにない……かな？

「ふむ……これは、アータバという薬草ですね。葉の周りを覆っている黄色い汁……これが、臭いや苦みの素になっているようです」

「アータバ……こちらにもあった物なんですね？」

「はい。公爵家の領内では群生していませんが……以前、料理を学ぶためにと、食べた事があります」

アシタバに似た薬草、こちらではアータバというらしい。

ヨモギがラモギ、アロエがロエのようにちょっとだけ名称が違うって事か……効果はまだわからないけど。

俺の『雑草栽培』を使って黄色い汁が葉を包み込んで着色したから、これが最大限効果を発揮する状態という事のはず。

……今まで作ってきた薬草も、味はちょっとというものが多かったから、『雑草栽培』だと味は二の次になるのか。

「確かにアータバは、体に良い……というのを聞いた事があります。グレータル酒に入れて飲む事で、その効果を発揮するかもしれません」

「ですがこの味は、グレータル酒の味を損ねてしまいそうですな」

「そうですね……この臭みと苦みを取り除かないと、グレータル酒には入れられそうにないですね」

噛んだ瞬間、口の中に広がる臭いと苦み……グレータル酒などのアルコールと混ぜて、味を損ねないなんて事は考えられないくらい強烈だ。

「しかし、タクミ様の仰る通り、滋養強壮という効果は強いようです」

「そうですな。疲労回復の薬草程ではありませんが、確かに効果があるようです。皆で分けた物で、欠片《かけら》に過ぎないのにこの効果……やはり素晴らしいですな」

ヘレーナさんもセバスチャンさんも、他の料理人さん達すらも、滋養強壮の薬草を食べて効果を実感しているようだ。

滋養強壮の物なんて、食べてすぐ効果が実感できるような物じゃないと思うんだが……そう考えている俺もなんとなく効果があるような気がする。

セバスチャンさんの言う通り疲労回復の薬草とは違って、疲れが完全に取れたとまではいかないが、これはこれでいい効果のようだ。

プラシーボ効果かな……？　とも思ったけど、前の世界より薬草の効果が高く出てすぐに実感できる程なんだろうと考える事にした。

「タクミ様、まだ同じ薬草はありますか？」

「皆に分けたので……残りは一つですね。まずは試してからと、あまり数を作らなかったので……」

「そうですか。それでは、その薬草を頂けますか？　臭みや苦みを取ってみたいのです」

「わかりました」

「薬草を加工しても、効果が残るかの実験……ですかな？」

「はい」

残った一つのアータバをヘレーナさんに渡す。

さっき言っていた、黄色い汁を取り除いて臭みや苦みがなくなった状態で、滋養強壮の効果が残るかどうか……という事らしい。

黄色い汁に効果があるのなら取り除いた時に効果はなくなるし、葉っぱ自体に効果があるのであれば、効果は残るという事だろう。

俺とセバスチャンさんは、ヘレーナさんが行う処理を黙って見守る。

「……できました」

「確かに、黄色い部分がなくなり、葉の色のみになりましたな」

「この状態で効果があるかどうか、ですね……」

葉を水で洗い流したり、お湯に浸けて少しだけ煮たり、ナイフのようなもので固まっている部分をそぎ落としたりして、一回り小さくなった葉っぱを見る。

完全に黄色い部分がなくなり、茶色く枯れた見た目の葉っぱが残っているだけだ。

果たして、これに効果は残っているのか……。

ちなみに、煮た後のお湯は凄い臭いがしていたので、ヘレーナさんがすぐに捨てたけど……使った鍋を洗ってこびり付いた臭いを取るのが大変だろうなぁ、と思ったら全然臭いが残らなかった。

不思議だ……。

「一つなので、皆さんで分けるわけにもいきませんな」

「はい。私とセバスチャンさん、あとはタクミ様のみで試しましょう」

「いえ、俺は試さなくてもいいですよ。セバスチャンさんとヘレーナさんの二人で……その方が食べられる量も多く、効果があるかどうかもわかりやすいでしょう？」

俺が食べても効果を実感できるかとか、分析できるか自信がないからなぁ。

それなら、量を多くして、詳しいヘレーナさんやセバスチャンさんが食べた方がいいだろうと思う。

決して、さっきの苦みと臭いがトラウマになってしまい、二人に押し付けたわけじゃない……ホントダヨ？

「わかりました。セバスチャンさん」

「はい、畏まりました」

二人は葉を半分に分け、恐る恐る口の中へ入れる。

……強烈な臭みと苦みが頭に浮かんで、躊躇《ちゅうちょ》しているんだろう。

さっき食べたのよりも大きいから、もしそれらが残っていたら……と考えるとどうしてもそうなってしまったんだろうな。

平静を保っていたけど、やっぱりヘレーナさんも平気ではなかったみたいだ。

「ふむ……これは……」

「どうですか？」

口に処理後のアータバの葉を入れて、咀嚼《そしゃく》しつつ呟くセバスチャンさんを窺う。

「先程の臭みと苦みは完全に消えましたね。やはり、黄色の汁が原因だったようです」

口の中の物をゴクリと飲み込んでそう言うセバスチャンさんは、先程とは違って顔をしかめさせていないので、本当なんだろう。

ちゃんと、臭みと苦みの素は取り除けたようだ。

「ほんの少し、苦みはありますが……これは葉っぱ本来の苦みでしょうな」

「これくらいなら、グレータル酒に混ぜても問題はなさそうです」

ヘレーナさんも頷いているから、グレータル酒に混ぜても味は守られそうだ。

あとは、効果がどうか……だけだな。

「効果は感じますか？」

「先程の物より少々感じにくいのですが、体に何かが行き渡る感覚です」

「おそらく、魔力に反応してなのでしょう。体全体に行き渡っている魔力が、滋養強壮という効果を示して反応しているのだと思われますな」

「魔力、ですか……？」

ヘレーナさんは何かと表現しただけに止《とど》まったけど、セバスチャンさんは魔力だと予想を付けた。

体に栄養か何かが行き渡る事と、魔力に関係があるのだろうか？

「魔力は人間に必要な要素。つまり栄養と似ている、もしくは同じような要素、と考える事もできます」

という事は栄養というより、魔力が全身に行き渡る感じなのかな？

言われてみると、さっきの黄色いままの薬草を食べた時も、魔力が反応していた気もする……なんとなくではあるけど。

魔力と栄養が似ているか同じなら、体の不足している部分へ行き渡らせ、体を元気にするという効果は出ていると言えるのかもしれない。

「ふむ……」

「どうかしましたか？」

何かを悩むように目を閉じたセバスチャンさん。

集中しているようだけど、どうしたんだろう？

「……やはり予想通り、魔力がいつもより活発になっているようですな。魔力増幅……とまでは行きませんが。ある程度魔法を使い、魔力の感覚に慣れている者ならわかるかと」

「魔力が活発にですか？」

俺はまだ魔法を使い慣れてはいないので、セバスチャンさんの言う感覚はわからない。

ただ、魔力が体内を巡っている感覚というのは、以前教えてもらった時に掴んだのでなんとなくはわかる。

セバスチャンさんは俺よりもよっぽど魔法を使い、魔力を感覚でとらえる事に慣れているので、わかるのかもしれないな。

「はい。体に活力を与えるように動いている、ように感じます。私の体内にある魔力を確かめてみましたが、効果が出ているようです。詳細は、イザベルの持っている魔法具などで調べてみないとわかりませんが」

「……食事をする事によって栄養を摂取し、魔力が活性化されるという事もあります。成る程、これは良い薬草ですね」

さっき食べた薬草と、処理を済ませた薬草を食べた事で、ある程度どのような作用があるかがわかるようになったみたいだな。

臭みと苦みを取り除いた薬草は効果が下がってはいるが、なくなってはいないという事か。

「これでしたら、グレータル酒に入れて健康を促進する物も作れそうですな」

「はい。黄色い部分は効果を増幅させる物で、タクミ様の仰る滋養強壮の効果は葉っぱ自体にあるようです。あとは、グレータル酒などに混ぜてもこの効果が持続するかですね」

「そうなりますな。いくつか、試作する必要があるでしょう」

「はい。タクミ様、薬草の方をいくつかお願いできますか？」

「わかりました。今日中にもう少し作っておきます」

味の方も問題なく、効果もちゃんと出るのであれば、あとは試作するだけ。

グレータル酒に混ぜて効果がそのまま残るのかどうかを試し、残るのであれば滋養強壮の薬酒ができあがりそうだ。

空いた時間にでも、いくつか薬草を作って渡そうと思う。

あと黄色い汁は味の問題が出てくるため、『雑草栽培』で作った葉を採取するだけに止めておこう。

「しかし滋養強壮ですか。興味深い考え方ですな」

「はい。魔力を活性化させると考えると、色々と利用法がありそうです」

「本来は、魔力のためではないんですけどね……」

魔力に作用させようなんて、一切考えてなかったからなぁ。

本来は体に必要な栄養を行き渡らせる……という事を考えていたし、知識としてもそれだけのものだ。

なんにせよ、健康になって体に害がないのであればいいか。

「それでは、滋養強壮の薬草はあれでよろしいでしょう。……まだ別の薬草があるようですが？」

「はい。これらは、体に必要な栄養素となる薬草……という目的で作りました。滋養強壮を促《うなが》しても、必要な栄養が足りていなければ、効果は出ませんからね」

「成る程……この薬草で栄養を摂取し、先程の薬草で体に行き渡らせる。という考えですな？」

「はい」

滋養強壮の薬草とは別に、栄養の事を考えて作った薬草をセバスチャンさんとヘレーナさんに見せた。

二人共……他の料理人さんも、その薬草を興味深そうに見ている。

「しかし、複数の薬草ですか……これは、先程の薬草とは別のグレータル酒に？」

「いえ、できれば同じグレータル酒に入れたいと考えています。一つのグレータル酒に栄養補給と滋養強壮の効果がある、体を健康にするものができれば……と考えまして」

別々の物になったら、数種類のお酒を飲まないといけなくなって、大変だからな。

お酒に強い人ならいいけど、弱い人だと少量だとしても何種類もは飲めないだろうし。

ともあれ、俺が新たに見せた薬草は三種類。

『雑草栽培』の事を信じるなら、タンパク質の薬草と、ビタミンの薬草、あとは鉄分を含んだ薬草になっているはずだ。

ただ、実際にその栄養素があるのかどうかを調べる事はできない。

栄養を摂取した時の効果なんて、滋養強壮以上に実感しづらいからなぁ。

「一度に複数……それができれば、素晴らしいお酒ができそうですな。ですが……」

「先程の薬草に加えて、さらに複数の薬草ですか」

「味や効果など、色々問題も出て来そうですな」

セバスチャンさんとヘレーナさんが言っているのは、栄養の事では無く薬草が複数ある事だろう。

滋養強壮薬の草を混ぜて、さらに複数の薬草を混ぜてもお酒としての味などは大丈夫か……と考えているんだろうな。

ビタミンの薬草なんて、柑橘系の匂いや酸っぱそうな感じがするから、尚更グレータル酒の味を別の物にしそうだ。

完全にビタミンが柑橘系、という俺の貧困な想像力に引きずられている気がしなくもないが。

甘みの強いお酒だから、酸っぱくなるのはちょっとなぁ……好みでそっちの方がいい、という人はいるかもしれないが。

「タクミ様、これらの薬草を調合し、一つの物にはできないでしょうか？」

「調合、ですか？」

「はい。いくつかの薬草を混ぜ、一つの薬とする事です」

そういえば、ミリシアちゃんと勉強している時、セバスチャンさんから借りた本にも書いてあった。

調合をする事で、薬草一つよりも効果の大きい物を作ったり、複数の効果を持つ薬にする事だ。

あとは複数の物を調合する事で、一つの効果を出すとかもあったか。

ただし変な混ぜ方をすると、人間に害を為《な》す毒になってしまったり、全く効果の出ない物になったりする事もあるため、調合する際は注意する事……とも書いてあった。

調合して液体にした薬をさらに複数混ぜた時、魔力を含む物もあるため失敗すると爆発……なんて危険な事もあるらしいとかなんとか。

まぁ、今回は薬草と薬草だから多分大丈夫だろうけど……魔力、爆発するんだなと読んだ時には少し驚いた。

「ですが、調合と言われても……どうしたらいいのか」

「お貸しした本に書かれているはずですが？」

「確かに書かれていました。でも、上手くできるかどうか……」

「初めてなのですから、すぐに上手くいかなくてもいいのですよ。何事も、練習あっての事です」

「……そう、ですね」

「タクミ様、私は色んな料理を作り、皆様に提供していますが……それにも練習が必要なのですよ？」

「それは確かに……」

調合と聞いて不安になったが、セバスチャンさんの言う通り、練習をして上手くなっていけばいいんだと思い直す。

ヘレーナさんはいつも美味しい料理を作ってくれているが、それにも様々な努力があったんだろう事は想像に難《かた》くない。

幸い今回用意した薬草は、栄養があるだけで特別な効果のある薬草じゃないはずなので、調合を失敗しても危険な事にはならないだろうからな。

まぁ、調合の成功や失敗をどう判断するか……というのが難しそうだけど。

「では、ミリシアと一緒に進めてみてはどうでしょう？」

「ミリシアちゃんとですか？」

「はい。ミリシアは、タクミ様と共に知識を学んでいる最中です。きっと、タクミ様の助けになってくれると思いますよ？」

セバスチャンさんに借りた本で、ミリシアちゃんは俺と一緒に勉強していた……どころか、俺がランジ村に行くなど、他の事をしている間に、俺以上に勉強している。

調合にも興味があったようだし、聞いてみるのもいいかもしれないな。

「そうですね、わかりました。ミリシアちゃんに聞いて、承諾してもらえれば一緒に調合を試してみます」

「はい、お願いします」

「でも、調合をした物が、成功か失敗か……という判断はどうするんですか？」

「それには、イザベルの店で魔法具を買って参りましょう」

「イザベルさんの店で、ですか？」

イザベルさんの店は魔法具商店だから、魔法具を売っているのは当然の事だけど、それが調合の成否を確認するために必要なのだろうか。

もしかして、薬の調合を判定するような魔法具でもあるのか？

「先程の、滋養強壮……でしたかな。あの薬草の効果を試した時、栄養という物は魔力に関係する可能性が高い事がわかりました。魔法具は様々な物があるので、中には魔力に作用する栄養という物を調べる物もあるのではないかと……」

「成る程……あってもおかしくはない、ですかね」

魔力もギフトも調べるための道具があったんだ、体内での作用を調べる物があってもおかしくはない、かもしれない。

魔力に作用するのなら、魔法具で確認する事ができるかもしれない、というセバスチャンさんの言葉は確かにそうだと思う。

魔法に関してまだよくわかっていない事が多いので、そう思うだけかもしれないが。

栄養を分析する物がなくとも、魔力に関する事ならこっちの世界には色々あるだろうしな。

「イザベルに聞いて、あるようならその魔法具を購入。なければまた他の方法を考えましょう。まずは調合を、ですな」

「はい、わかりました」

とりあえずセバスチャンさんの言う通り、まずは調合をしてみよう。

成否はともかく、それができなければ確認する事もできないのだから。

「タクミ様、調合の前にまずは味の方を……」

「あぁ、そうですね。それを確認しておかないと」

「ほっほっほ、確かにそうですな。先程の薬草のような強烈な味だとしたら、調合以外にも方法を考えねばならないかもしれませんからな」

ヘレーナさんの言葉で、味も大事だという事を思い出す。

栄養素を多く含むからなのか、ビタミンのための薬草なんて柑橘系っぽい匂いがしているから、アータバのような事はないとは思うが、確認は必要だ。

「こんなものでしょうか？」

「はい。全員に小さく分けているので、効果は大きくないでしょうが……」

「あまり数を作りませんでしたからね」

三種類ある薬草をいくつかに分け、それを厨房にいる皆で試食する。

セバスチャンさんやヘレーナさんだけでなく、興味深そうに話を聞いていた他の料理人さんもだ。

味の確認さえできれば、今は効果の確認もとりあえず必要ないから、小さく分けて全員に行き渡らせた。

「では……」

セバスチャンさんの言葉で、一斉に薬草を食べ始める。

まずはタンパク質の薬草……これはなんだろう、苦みを感じるような気もするし甘みを感じるような気もする。

色んな味が混ざり合って、これ！　という味にまとまらないという、不味いと言えないが美味いとも言えない、なんとも不思議な味だ。

「ふむ、なんと表現したら良いのか、わかりませんな」

「そうですね。このままでも食べられなくはありませんが、進んで食べたいとも思えません」

セバスチャンさんの言葉に同意しつつ、なんとも言えない表情になってしまう俺。

「味そのものが強く主張してなさそうなので、何かの料理と一緒に隠し味として使えるでしょうか。ですが、味が良くなるかは微妙といったところでしょう」

ヘレーナさんは、料理人らしく食材として使えるかの感想。

さすがに料理の隠し味としては、複雑すぎる味のような気がするなぁ。

「次は、こちらですな」

そう言うセバスチャンさんに頷き、金属っぽい臭いのする、鉄分の薬草を口に含む。

金属の臭いというので、俺もそうだけど何人かの料理人さんは少しだけ躊躇したけど、ヘレーナさんが構わず口に含んだのを見て、後に続いた。

「んー……これは味に覚えはありますけど、美味しくはないですね」

これはさっきの薬草と違ってわかりやすくて、ほとんど血のような味だ。

軽い怪我《けが》をして、血が滲んだ時に口に含むと広がる味と臭いに一番近い。

鉄分なのだから、納得できる味……なのかな？　ただ、美味しいよりは不味い寄りだ。

「最後は、この酸っぱい匂いのする薬草ですね」

ヘレーナさんが続いて口に含んだのは、残っていたビタミンの薬草。

酸っぱいというか柑橘系の匂いがして、嗅いだ先から口の中に唾が溢れそうになる。

梅干しを食べるのではなく、見るだけでなんとなく酸っぱい記憶が刺激されるのと似たような物だと思う。

ともかく、ヘレーナさんに続いて俺もセバスチャンさんも、料理人さん達も口に含んだ。

「こ、これは、なんとも言い難い酸っぱさが……口に広がりますな」

「そうですね……果物の酸っぱさ？　いえ、他にも何か感じるような……」

「唾が止まりませんね……」

簡単に言うと、レモンと梅干しを混ぜて齧《かじ》ったような味……他の味を感じる事もなく、ただただ酸っぱい。

柑橘系の匂いがしていたから酸っぱいのは覚悟していたけど、梅干しみたいな酸っぱさも感じるとは……。

ヘレーナさんは酸っぱさ以外にも何かを感じているようだけど、クエン酸が多く含まれているのか、俺には酸っぱさしか感じない。

クエン酸とビタミンは関係ない、とは聞いた事があるけど……まぁ『雑草栽培』で作った薬草だから、色んなビタミンが豊富に含まれているはず……だよな？

どうでもいいけど、レモンも梅も果実の分類だったっけ。

これは茎の部分だから、果実じゃないのは間違いないけど。

「中々強烈ですな。口の中で酸味が喧嘩《けんか》をしているようです」

「そうですね。酸っぱいと言っても、色々な種類があるようです……勉強になります」

セバスチャンさんが口をすぼめて、水を飲み、口に広がった酸っぱさを洗い流している。

それとは違い、ヘレーナさんを始めとしたコックの皆さんは、興味深そうに酸っぱさ、酸味を吟味しているように見える。

勉強熱心だなぁ。

「タクミ様、興味深い味を教えてくださり、ありがとうございます」

「あ、はい」

酸っぱいだけの薬草なんだけど、ヘレーナさん達料理人にとってはそれだけじゃなかったようだ。

何かに活かしてもらって、美味しい料理を作ってくれるなら大歓迎だ……酸っぱさを活かした料理って、何かあったっけ？

探したらあるんだろうが、今は何も思いつかなかった。

「ですが、これをグレータル酒にというのは」

「そうですね。酸味が強い事で、味を損ねる事になるかと」

「調合で、少しは変わればいいんですけど……試してみます」

とはいえ、まだ調合というのをした事がないため、味がどうなるかわからない。

薬酒というほぼ他にないだろう物だとはいえ、良薬は口に苦しと言い訳しても売れそうにないからなぁ。

三種類の薬草が混ざる事で、化学反応というか何か変わる事を期待しよう……味がどうにもならなければ、また改めて考えないといけないだろうけども。

「それじゃ、俺はこれで。ミリシアちゃんにも話して、調合の勉強をする事にします。あ、夜にでも滋養強壮の薬草の方は、作って持ってきますね」

「畏まりました。あぁ、そうだ。ラモギを使ったグレータル酒ですが、明日にでも確認して頂けるかと」

「わかりました、お願いします。その時は、レオに判別してもらうよう頼んでおきますよ」

「私は、ヘレーナと夕食の打ち合わせがあるので、これで」

「はい、では」

夕食の打ち合わせがあると言う、セバスチャンさんと別れて俺一人で厨房を出る。

ミリシアちゃんに確認を取って、本を見ながら調合をしなければいけないという仕事が増えたけど、頑張らないとな。

「あ、そういえば、アンリネルゼさんの所にも行くつもりだったんだっけ」

厨房を離れ、屋敷内を歩いていた時に思い出す。

まだ部屋にこもっているようなら、様子を見に行かないとな……このまま出て来ないという事はないだろうけど。

「あ、すみません」

「はい、何か御用でしょうかタクミ様？」

廊下を歩いていると、通りがかったメイドさんを発見したので、声をかけた。

ライラさんやゲルダさんとは違うメイドさんだ。

かなりの数の使用人さんがいるから、名前を覚えきれていないな……今度誰が誰かを一度、確認した方が良いかもしれない。

「えっと、アンリネルゼさんはまだ部屋に？」

「はい。先程確認致しましたが、アンリネルゼ様はまだ部屋から出たくないご様子でして……」

アンリネルゼさんはまだ部屋にこもったままのようだ、やっぱり一度様子を見ておいた方がいいかもしれない。

「そうですか……わかりました。ありがとうございます」

メイドさんにお礼を言って、その場を離れた。

ライラさんに教えてもらった部屋の位置を頭の中で思い出しつつ、そちらへと足を向ける。

今朝、自分を少しでも変えるきっかけとして……なんて決意をしていたのになぁ。

俺がアンリネルゼさんを傷つけた、なんて気になってしまっている事に苦笑する。

ただ、流されずにきっぱりと断る事はできたんだから、ほんの少しずつでも変われているのかもしれないと、前向きになるよう自分に言い聞かせながら。

「えっと、確か俺の部屋の近くで……ここだな」

広い屋敷の中、厨房から離れた位置にあるから少し時間はかかってしまったが、たどり着いたアンリネルゼさんがこもっている部屋。

扉の前で立ち止まり、ノックをしようと腕を上げて躊躇し止まる。

考えてみたら、女性の部屋を訪ねるのはこれが初めてだな……かなり緊張する。

男一人で訪ねるのは失礼だとか、変な意味にならないかなんて考えが過《よぎ》ったが、せっかくここまで来たんだから……。

「よし……！」

覚悟を決めるように小さく呟き、扉をノック。

コンコンコン……と小気味いいノック音が廊下と部屋の中へ響いた。

「はい、どなたですの？」

中から聞こえたアンリネルゼさんの声は、淀みなく元気そうで少しだけ安心。

「……タクミです。アンリネルゼさん、今大丈夫ですか？」

「タ、タクミさんですの!?」

俺が訪ねて来るとは思っていなかったのか、驚いたアンリネルゼさんの声と共に、ドタバタと中で慌てているような音が聞こえる。

……やっぱり、俺は来ない方が良かったかな？

「……ど、どうぞ」

「失礼します」

そんな事を考えているうちに、アンリネルゼさんの方の準備が整ったらしい。

中から許可がおりる声がしたので、扉を開けて部屋に入った。

……緊張からか、足が絡まりそうだったので、入る直前に深呼吸して落ち着いた雰囲気を出すように心がけた。

「アンリネルゼさん、大丈夫ですか？　その、部屋から出て来ないと聞きましたが……」

「大丈夫かと、私の誘いを断った本人から聞くとは思いませんでしたわ」

「ははは、それもそうですね」

アンリネルゼさんの部屋は、少しだけ家具類の配置が違うだけで、俺に用意された部屋とほとんど造りは一緒だった。

俺の部屋やアンリネルゼさんの部屋がある区画は一緒だから、屋敷にお客さんが来た時のための部屋なんだろう。

もしかすると、エッケンハルトさんの連れて来た護衛さん達も、同じような部屋に滞在しているのかもしれないな。

そんな事を考えたが、今はアンリネルゼさんの事だ。

アンリネルゼさんはベッドに腰かけ、こちらにうろんな目を向けている。

「見る限りは、元気そうですね？」

「体におかしな事はありませんわ。貴方に断られた事を、ずっと考えていたんですの」

「俺に断られてから、ずっとですか？」

「当然ですわ。私が知っている人達は、貴族というだけでへりくだり……チャンスがあれば自分もその地位に……と考える人ばかりでしたもの。貴方のような人は初めてですわ」

「まぁ、俺はちょっと他の人とは、感性がずれているかもしれませんね」

元々、この世界とは別の場所で生まれ育ったんだから、感性が違うのは当然だろう。

貴族制度……というのが、まだよくわかってない部分も大きいかもしれないけど。

とりあえず、アンリネルゼさんの方は悩んではいるようだけど、これだけ話せるのなら心配はいらないかな？

ただ腰まで届く縦ロールには元気がなく、所々ストレートになって床に届きそうだ……元々ストレートな髪を、縦ロールにしているのかな？

今もロールしている部分は、俺が入ってくる前に慌てて整えようとでもしたのかもしれない。

「殿方にこのような姿を見られるなんて……この屋敷に来てからいい事がありませんわ……」

「ははは、それはアンリネルゼさんがちゃんと身支度を整えて、部屋から出て来ないからですよ？」

「私が部屋から出られない原因を作った、貴方には言われたくありませんわ……」

「俺ですか？　レオが怖くて出られないんだと思っていましたが、違いましたか」

「違いますわ！　たとえ相手がシルバーフェンリルとは言え……私が魔物を怖がるなんて、あり得ませんわ！」

「そうですか……でしたら、レオを呼んで来ましょうか？　レオも遊び相手が欲しいでしょう

し……」

「そ、それはお断りしますわ！」

俺の提案を、慌てて断るアンリネルゼさん。

俺の方も、自分が原因という事はわかっているんだが、だからと言って断った事を謝るのは違うと思うからな。

それはともかく、本当にアンリネルゼさんがレオを怖がっていないのなら、連れて来るのも良いかもしれないが……慣れないと大きな体の狼とか、女性が怖がっても仕方ないか。

エッケンハルトさんでも怖がっていたし、ゲルダさんも最初は……そう考えると、初めて会った時から怖がっていなかったクレアさんやライラさんは凄いと思う。

クレアさんはオークに襲われているところを助けた、というのが大きいのかもしれないが。

「まぁ、レオの事は置いておいて……部屋に閉じこもって悩んでも、答えは出ないかもしれませんよ？」

「……どうしてですの？　わたくしは今まで、一人で考えてきましたわ。お父様の悪事を白日の下に晒し、全て一人で解決してみせましたわ」

「それは、一人でとは言わないんじゃないですか？」

「どういうことですの？」

「いえ、一人で閉じこもって考えていたから、アンリネルゼさんがそう思ってしまうのも無理はないのかもしれませんが……」

確かにバースラー元伯爵の悪事を暴くのは、アンリネルゼさん一人で考えて、一人で結論を出して行動したんだろう、それはわかる。

けど、エッケンハルトさんを頼って協力してもらったんだろうし、調べるにしてもアンリネルゼさん一人でやった事じゃないはずだ。

少なくとも、今回の事はアンリネルゼさんが一人で解決したとは言えないんじゃないだろうか。

まぁもしかすると、一人で部屋にこもっていると他の人が動いていたり、考えたりしている事が見えず全て一人でやったと勘違いしてしまうものなのかもしれないけど。

一人で部屋にいる限り、世話をされる人がいるとしても、結局独りぼっちだ。

絶対ではないし、アンリネルゼさんを見ていてそう感じただけだが、一人で部屋にこもっているから、独りよがりな考えをしてしまったのかもしれない。

地球だと、部屋にいてもインターネットで別の場所にいる誰かと会話したり、一緒に何かをしたりする事もできるから、少しは違うのかもしれないけど。

「閉じこもっている事が悪いんですの？　でも、一人の方が雑多な情報が入る事がなくて、考えがまとまりますのよ？」

「一人の方が集中できる、というのはわかりますが……最低限、人との繋がりは作るべきじゃないかなって。そうする事で、なんで俺が断ったかの理由も少しはわかるかもしれませんよ？」

貴族になれるとしても、求婚を断る人だってこの世界には俺以外にもいると思うし……少ないかもしれないけど。

でも、いろんな考えを持った多くの人達を見て、話す事で、一人部屋にこもって考え続けるよりも多くの価値観に触れる事ができるはずだ。

それはきっと、答えにはならなくともアンリネルゼさんにとっての経験にはなってくれるだろうから。

「人との繋がり……それが重要だとは考えられませんわ」

「今はそうでしょうねぇ……」

偉そうに言っているけど、俺にも少し覚えがある。

こちらに来る前は、仕事ばかりで人との繋がりが希薄になっていたな……と、この世界でクレアさん達と接してきた今なら、そう思う。

価値観に触れる以外にも、友人や恋人、親や兄弟、誰かと繋がりがある事で、誰かを思いやれるようになれる、と俺は考えている。

誰とも関わらないようにして一人で考えていれば、それは楽かもしれないけど、人が関わる事への答えが見つかる事はないいんじゃないかな？

人には人の事情があり、他人と関わるのが難しい人っていうのもいるし、強制はできないしするべきじゃないと思うけど……少なくともアンリネルゼさんは、そういう人じゃないはずだ。

じゃなかったら、俺に結婚を迫るなんてしないだろう。

「繋がりがなくとも、権力を使う者がしっかりしていれば、人は付いてきますわ」

「んー、それも権力者として一つの答えなのかもしれないですが……それだと、俺のように誘いを断る人がまた出ますよ？」

アンリネルゼさんの考え方は、見方によっては間違いではないのかもしれない。

力強く導いていく頼もしい領主に、領民はついて行く事だろう。

でも俺としては、その考え方で進んで欲しくないような気がする……まぁ、願望みたいなものだけどな。

クレアさんやエッケンハルトさんのように、権力を振りかざさない人達を見ているせいもあるのかもしれないが。

「……どうしてですの。どうして貴方は貴族に跪《ひざまず》かないんですの⁉　伯爵家より上位の、公爵家に保護されているからですの⁉」

「いえ……たとえアンリネルゼさんが公爵家で、エッケンハルトさんが伯爵家……と権力が逆転したとしても、断ったでしょうね」

「どうして、どうしてなの……？」

どうして……と呟いて、食堂で断った時のように答えがわからない様子のアンリネルゼさん。

髪を振り乱していたから、縦ロールが見る影もなく乱れてしまっている。

……縦ロール、見ている分には面白いからちゃんと維持して欲しい……というのは余談か。

「わからなければ、人に聞く事も大事ですよ？」

聞くは一時の恥聞かぬは一生の恥、というのは日本のことわざだけど……これも人との繋がりとも言える。

この世界に、同じような言葉があるかわからないが、貴族だという事を自負していて、一人で考える事に慣れたアンリネルゼさんには、わからないかもしれない。

「人に聞く……でも貴方は答えをくれませんわ。お父様には聞くだけ無駄でしたし、もう聞けませんわ」

アンリネルゼさんの言葉は、父親を他人のように言っているようにも感じる……。

父親を父親とも思っていないとまでは言わないが、多少なりとも馬鹿にしているような言動がこれまでにもあったのは確かだ。

悪事を働き領民を苦しめ、他領にも手を出すような人物を尊敬しろというのは無理な話だろうけど。

だからこそ、アンリネルゼさんはこうして一人で考える、一人でいる事が常になっているのかもな。

周囲に頼れる人がいなかったから……使用人さんはいたんだろうけど、この分だと頼れる相手として認識していなかったように見える。

「ちょっと偉そうな事を言ってしまいますけど……俺だけでなく、色んな人に聞いてみるのがいいんじゃないですかね？　必ず答えが貰えるとは限りませんが、何かしらのヒントはくれるかもしれません」

説教ができるような立場でもなければ、偉くもないけど、言っておきたかった。

エッケンハルトさんやセバスチャンさん辺りなら、何かしらを教えてくれるだろうし、頼るべきだと思うから。

まぁエッケンハルトさんは、アンリネルゼさんの指導や教育？　を任されているようだし、嫌がる事はないだろうからな。

セバスチャンさんに至っては求めれば色々と教えてくれると思う……説明と聞いて、生き生きしそうだけど。

あとクレアさんも、同じ貴族令嬢としてアドバイスをしてくれるかもな。

「貴族が、他の者に聞くなどと……」

「できませんか？　クレアさんはわからない事があれば、セバスチャンさんを含めた色んな人に聞いているようですよ？」

「クレアさんは変わっているんですの。他の貴族達が集まった時も、クレアさんだけは……」

「そうなんですか？」

クレアさんが変わっている……とはあまり思わないんだけどなぁ。

まぁ、妹が病気だからといって、護衛も付けずに危険な森へ一人で入る……というのは、確かに貴族令嬢としては変わっているんだろうけど。

「そうなのです。……貴族は権力を持っていますわ。それを使わずに何を使うと言うんですの？」

「貴族だからといって、必ずしも権力を振りかざさないといけない……というわけではないと思うんですけど。なんにせよ、一人で考えるだけでなく、色んな人に意見を求めたり、話をしてみる事をお勧めします」

「そうすると、答えがわかるんですの？」

「さぁ？」

なんというか、自分らしくないと思いながらもアンリネルゼさんの問いかけに、肩をすくめて見せる。

さっきから、らしくない説教っぽい事を言っていて、内心では調子が狂ってばかりだ。

レオを撫でて平静を取り戻したい……。

「……無責任ですのね。今貴方が仰った事ですのに」

恨みがましい目で俺を見るアンリネルゼさん。

とはいえ、答えを出すのはアンリネルゼさん自身だからなぁ。

誰かと話す事で本当に答えが出るなんて事、俺にわかるわけがない……ちょっとした手助けになるのは間違いないと思うけど。

「まぁ、一つ言える事はですね」

「はい……」

「権力を振りかざさなくとも、人はついて来る……という事です。それはクレアさんを見ていればわかると思いますよ？　権力に固執していては、また俺のようにアンリネルゼさんからの申し出を断る人も現れるでしょう」

「……クレアさんを」

「屋敷の中の誰でもいいんです。色んな話をして、人と繋がりを作り、権力とは違う……人が付いて来る方法、というのを考えてみて下さい」

それだけを言って、俺は部屋を出ようと扉へと向かう……そろそろ、慣れない事を言い続けるのは限界だ。

様子を見に来るだけのつもりが、説教臭くなってしまったなぁ。

「わかりましたわ。……貴方の言葉をよく考え、行動させてもらいますわ」

色々と言ったけど、エッケンハルトさんと話して、アンリネルゼさんとも話し、俺が考え付いた事はこれくらいだ。

俺にはアンリネルゼさんを完璧な答えに導く事はできないから、自分で見つけてもらう事を願うしかない。

正義感はあるようだから大丈夫だと思うが、父親のように人を害してでも利を得るような考えを持つ人にはなって欲しくないからな。

……というか、そんな事を考えて実行しようとしたら、今度こそエッケンハルトさんと国によって、伯爵家そのものがお取り潰しになりそうだが。

袖振り合うも多生の縁じゃないけど、関わってしまった以上、いい方向にいって欲しいと思う。

「はい。偉そうな事を言いましたが、俺もしっかりできているとは言い難いんですけどね。頑張って下さい」

「なんですの、それは……？　結局よくわからない事を言われただけですわ」

「ははは。元気になったようで何よりです」

アンリネルゼさんの呆れ声から、ただ戸惑っていた時より元気が取り戻せているように感じられつつ、最後に、冗談っぽく言って話を済ませる。

部屋を出る直前に見たアンリネルゼさんの表情は笑顔だったから、しっかり考えて行動してくれるだろう……多分。

またあの縦ロールが、きっちり腰までくるくるドリルになっているのを見てみたいしなぁ
……なんて事を考えながら、アンリネルゼさんの部屋を離れた。

第三章　薬草の調合をしてみました

「えーと、次はミリシアちゃんか……」

そろそろ鍛錬を行う予定にしていた頃合いで、アンリネルゼさんとの話でレオに会いたくなっているけど、先にミリシアちゃんに話をしよう。

調合の事を伝えておかないといけないからな。

「お、いたいた」

ミリシアちゃんは、客間でライラさんに指導されていた。

食堂も探したけど、こっちだったか……。

「ミリシアちゃん？」

「いい、ミリシア？　皆様をお見送りしたり出迎えたりする際、しっかり他の人達と声を合わせるのですよ？」

「気を付けます！」

声をかけたのだが、指導に熱が入っているために気付かなかったようだ。

入り口に背を向けているのもあってか、俺が客間に入って来たのも気付いていない……。

「ではまず、クレアお嬢様が屋敷を出る際のお見送りよ？」

「はい！」

どうやら見送りと出迎えの練習をするところだったようだ。

やっぱり使用人さん達は、声を合わせる練習をしているようだなぁ……ちょっと参加してみたいけど、まずは気付いてもらって用を済ませないと。

「あのー……？　お取込み中にすみません」

「……タクミ様？」

「師匠？」

後ろから掛けた俺の声に、ようやく二人が気付いてくれたようだ。

……邪魔をしてしまったかな？

「えーっと、今大丈夫……かな？」

「ええ、大丈夫です。何かご用ですか？」

「師匠、どうかしましたか？」

「用というか、ミリシアちゃんに伝えておく事があってね」

「私ですか？」

俺の言葉に、ミリシアちゃんが首を傾げている。

使用人見習いとして覚える事があるのに、調合の事を追加するのは少し気が引けるけど……。

「ちょっと、新しい薬草を作ったんだけどね？」

「新しい薬草ですか⁉　さすがは師匠、凄いです！」

驚いて目を輝かせているミリシアちゃんと、隣にいるライラさんも目を大きく開いている。

新しい薬草って、そんなに凄い事なのかな？

「いや、俺というよりもギフトのおかげなんだけど……それで、調合をしなくちゃいけなくなったんだ」

「調合、ですか？　ですが、調合は素人がやるのは危ないと……」

新しい薬草と聞いて目を輝かせたミリシアちゃんだが、調合と聞いて表情が曇る。

興味はあるようなんだが、本には不勉強な者が軽い気持ちでやるべきではない……とあったからな。

それを思い出しているんだろう。

「今回調合するのは、もし間違えても毒になりはしないから、危険じゃないよ」

「そうなのですか？」

「過剰摂取は危ないかもしれないけどね。多少調合に失敗しても、体に害のある薬草じゃないから」

今回作った薬草は、栄養素を含む……というだけの薬草だ。

過剰摂取に気を付けて、含有量も控えめにしているから、多少間違えたところで問題はないだろう。

『雑草栽培』が考えた通りの薬草を栽培してくれているなら、だけどな。

「そうなのですか。では、ついに調合ができるのですね！」

「うん、そうだよ。だから、ミリシアちゃんにも手伝って欲しいんだ」

「私も……良いのですか？」

「ミリシアちゃんは勉強熱心だからね。今では、俺が教えられる事もあるくらいだし……」

「そんな、私は……」

自分も調合をする事になるとは考えてなかったのか、少し遠慮気味のミリシアちゃん。

だが、ランジ村に俺が行っている間にも、セバスチャンさんに借りた本でしっかり勉強していたのを知っている。

今では、俺が前もって予習していた部分も越えているから、場合によっては俺がミリシアちゃんに教えられる事もあったりする。

師匠失格な気がするから、もっと頑張ろう……他の事があって、予習する時間がなかったというのは言い訳か。

「簡単な調合を試すだけだし、難しい調合はやらないつもりだから。もし失敗しても、また他の方法を考えるだけだから、安心して」

具体的には、俺がまた新しい薬草を作るとかだな。

難しいというのは、量を調節したり混ぜるタイミングだったりと、本には色々な方法が書かれていたけど……今回は一番単純でやりやすい調合法にしようと思っている。

味が改善されなければ失敗だけども。

「……わかりました。師匠からのお願いです。私、頑張ります！」

「ははは、そこまで肩肘張らなくても大丈夫だよ。本を見ながらだし、失敗してもいいんだから」

「はい。それで、いつから調合をするんですか？」

「えーと……明日か明後日から、かな？　まぁ、また決まったら教えるよ」

「わかりました！　それまでに、もう一度本を見て勉強しておきます」

「うん、お願い」

調合が試せる事に前向きになったミリシアちゃんは、意気揚々と本で勉強するつもりのようだ。

俺も、負けないように勉強し直した方がいいだろうなぁ、これは。

ミリシアちゃんに任せっきりってのも、ね。

「それじゃ、使用人の勉強も頑張ってね。ライラさん、邪魔してすみません。お願いします」

「はい！」

「いえ。しっかりと、指導させて頂きます」

調合を試す事を伝え、俺は客間を出る。

俺が出た後の客間からは、ミリシアちゃんの元気な声で「行ってらっしゃいませ！」とか聞こえて来たから、見送りの練習の続きだろう。

俺も参加して練習したかったなぁ……でも、鍛錬があるから今日はできないか。

……いずれ、頃合いを見計らって参加させてもらおう。

本来俺がやる必要はなくて、ちょっとした興味というか遊び気分だけど、使用人の仕事は遊びじゃない！　とか言われないように気を付けよう。


「お、来たか。タクミ殿」

「遅いです、タクミさん」

「ワフ、ワフ」

「キャゥ！」

「すみません。厨房でヘレーナさんやセバスチャンさんと、話し込んでいまして……アンリネルゼさんや、ミリシアちゃんとも話す事があったので、遅くなってしまいました」

裏庭に出ると、既にエッケンハルトさん、ティルラちゃん、レオやシェリーも待機していた。

レオと一緒にいてももう怯《おび》えた様子はないから、昼前にエッケンハルトさんとティルラちゃん達が遊んだ効果はあったようだ。

若干、エッケンハルトさんが疲れてしまったようだけど……。

「ヘレーナやセバスチャンと、何かあったのか？　それにアンリネルゼと……ミリシアは、見習いの娘か」

「グレータル酒の事で少し……アンリネルゼさんとは、部屋にこもってしまった理由が理由なので、ちょっとだけ話した程度ですけど。ミリシアちゃんとは、薬草の事で少し話す事があったんです」

「ふむ……今聞くと、長くなりそうだな？」

「ええ、まぁ」

「仕方ない、後で聞くとしよう。今は鍛錬だ」

「はい」

グレータル酒、と聞いて興味がありそうなエッケンハルトさんだが、後でセバスチャンさんに聞く事にして我慢するようだ。

今は、鍛錬の時間だからな。

「うーむ、少しタクミ殿の動きが以前とは変わっているな」

「そうですか？」

「大きく変わってはいないのだがな。小さな変化だから、自分では気付けないかもしれん」

基礎鍛錬の後、軽くエッケンハルトさんと手合わせをした。

そこで、エッケンハルトさんに動きを指摘される。

自分では、変わった事があるような気はしないんだけどなぁ。

「私はどうですか、父様？」

「ティルラは……素直な剣のままだ。多少素直すぎるが……それを直すのは後々で良いだろう。今は、そのまま頑張るのが良さそうだな」

「わかりました！」

ティルラちゃんは性格的にも、素直な剣というのはよくわかる。

良くも悪くも、真っ直ぐな剣だと俺も思う……まだ俺が言えるような腕じゃないけどな。

そう考えると、同時に剣を学び始めて、変わって来ている俺はひねくれているということに……？

そこはあまり考えないようにしよう。

「おそらく、ウガルドの店で戦った経験なのだろうな。あまり大きく動かず、周囲を気にする癖が出てきている。少々、気にし過ぎかもしれん」

「あぁ……確かにそれはあるかもしれません」

ウガルドの店で男達と戦った時は、狭い店内だったからなぁ。

「屋内などの狭い場所と、今の裏庭のような広い場所とでは、戦い方に違いが出るのは当然だな」

男達が襲って来た時、店内だったために棚や物が邪魔になって大きな動きはできなかった。

おかげで助かった部分も大きいが。

多分その時の事を考えて、エッケンハルトさんが言ったような癖になっているんだろう。

広い場所での戦い方と、狭い場所での戦い方……か。

「広い場所であるはずのこの場所で、狭い場所での戦い方をするのは、悪い癖だと言えるだろうな」

「はい」

「体を大きく動かす事が必ずしも良いとは言わないが、小さく動こうとするとそれにばかり気を取られてしまう。結果、自由に剣を振れるにもかかわらず、剣筋が限定されてしまうのだ」

周囲を気にするあまり、様々な角度から相手を攻める事ができなくなり、決まった攻撃しかできていない……という事なんだろう。

同じ攻撃を繰り返せば、相手が慣れてしまい対処されてしまう。

エッケンハルトさんのような達人になれば、それでも相手が対処しきれない攻撃を繰り出す事ができるだろうけど、俺にはまだ無理だ。

できるかはさておいて、多種多様な攻撃を繰り出して相手の予測を外すのは、基本中の基本と教えられていたな……。

「実戦の経験は無駄ではないだろうが、悪い癖がつくのは頂けないな……」

「ワウ！」

その実戦を経験させたのはエッケンハルトさんで、悪い癖がついてしまったのはそのせいだ、と言わんばかりにレオが吠えた。

「いや、レオ様……こうなるなんて予想は、さすがにできませんよ？」

「ワフ？」

さすがに責められるとエッケンハルトさんも弱いのか、レオに向かって少しだけ後ずさりしている。

とはいえ、エッケンハルトさんが様子見をしていたと言っても、悪い癖がつくとまでは考えられないだろう。

人の成長なんて、どうなるか全てがわかるわけじゃないしな。

「レオ、エッケンハルトさんも、俺がこうなるとは思ってなかったみたいだから。まぁ、俺が考え過ぎなんだろう」

「ワフゥ」

俺がフォローするように言うと、レオはようやく納得したように頷《うなず》いてくれた。

……もう済んだ事だし、あまりエッケンハルトさんを責めるのは止《や》めような、レオ。

「……まだ、夕食までは時間があるな。今日は、その癖を直すため、厳しく行くぞ！」

「お願いします！」

「私もお願いします！」

「……ティルラは、悪い癖はついてないんだがな」

それから夕食の時間になるまで、エッケンハルトさんによる厳しい指導を受けた。

足腰立たなくなるまで……という程ではなかったが、それに近いくらい厳しい鍛錬だった。

何度エッケンハルトさんに木剣で打ち据えられた事か……筋肉疲労回復の薬草をティルラちゃんと分けてから食べ、真っ直ぐ歩けるようにしてから、鍛錬を終わる。

「まだ、少し癖が残っているようだが……改善の余地は見られたな」

「エッケンハルトさんのおかげです。ありがとうございます」

「なに、私はタクミ殿に小さくまとまって欲しくないからな」

少しずつではあるが改善されてきたという事で、今日のところは及第点といった感じかな？

悪い癖が馴染んでしまったら、もっと厳しく鍛錬して矯正しないといけなかった可能性もあるのだから、早いうちに指摘されて良かった。

鍛錬はきつかったけどな。

ティルラちゃんの方も、厳しい鍛錬によくついて来られたもんだ。

本人の頑張りもあるだろうけど、これが若さか……いや、まだ俺も若いはずだ……。


「お、アンリネルゼは部屋から出て来たのか」

「いつまでも、部屋にこもってばかりもいられませんわ」

鍛錬を終え、夕食のために食堂へ皆で行くと、そこには既にアンリネルゼさんとクレアさんが座って待っていた。

どうやら、部屋から出る気になってくれたようだ。

……俺のせいで、貴族令嬢が引きこもりになった、なんて事にならなくて良かった。

「お父様、アンゼはタクミさんに説得されたようです」

アンリネルゼさんは、待っている間にクレアさんに俺が部屋に来て話した事を伝えていたらしい。

ちょっとだけ、クレアさんの視線が鋭い気がするが……気のせいとしておこう。

「タクミ殿に？　そういえば、先程の鍛錬の前にアンリネルゼと話したと言っていたな？」

「あぁ、はい。鍛錬の前に少し……」

「部屋を訪ねて来て下さいましたわ」

何故か、アンリネルゼさんは得意気だ。

そこには、部屋を訪ねた時のような疲れた様子はなく、縦ロールも含めて活力に満ちているようだ。

あれから何を考えたのかはわからないけど、俺と話した事は無駄じゃなかったみたいだな。

「タクミ殿、何を話したのだ？　あのアンリネルゼが素直に部屋を出るとは……。レオ様を出して脅したのか？」

「……そんな事しませんよ。ただ、一人で考えるんじゃなく、他の人と話をしようと言っただけです」

「そうか。すまんな、本来それは私の役目だったのだが……タクミ殿に先を越されてしまったな」

エッケンハルトさんから謝られる。

本来は、教育を任されたエッケンハルトさんの仕事だったらしいから、俺が訪ねなくても良かったかもしれないな……。

「タクミさんは優しいですから、ご自分が誘いを断った相手でも、気遣うんですよね……わかっていました、わかっていましたとも……」

それはともかく、俺がアンリネルゼさんの部屋を一人で訪ねた事を知った、クレアさんの機嫌があまりよろしくない……何故だろう？

小さく何かを呟《つぶや》いているみたいだし。

「どうした、クレア？　少し雰囲気が怖いぞ？」

「ワフ？」

「キャゥ？」

「……なんでもありません」

そんなクレアさんの様子が気になったのか、エッケンハルトさんやレオ、シェリーも首を傾げて尋ねていたが、クレアさんはなんでもないと首を振った。

本人がなんでもないと言うのなら、そうなんだろうけど……うぅむ、女性は難しい。

「ほ、本当になんでもないのか？　私は特に何もしていないぞ？」

エッケンハルトさん、昨日クレアさんから叱られた事を思い出してか、こめかみから汗を流しそうな雰囲気で様子を窺《うかが》っている。

「それが一番問題のような気もします。タクミさんではなく、お父様がアンゼの部屋に行けば良かったのではないですか？　それこそ、引っ張って連れ出す事もできたと思います」

「いや、それは……」

藪蛇《やぶへび》だったのか、顔を上げたクレアさんはエッケンハルトさんへとジト目を向け、責めるように言う。

エッケンハルトさんなら俺以上にためになる話をするとか、もっとスムーズに部屋からアンリネルゼさんが出てくるように、仕向ける事もできたんじゃないか、とは確かに思う。

まぁ無理矢理連れ出すとかは、場合によってはどうかと思わなくもないけど。

でも、クレアさんが言っているのはそうじゃなくて、俺がアンリネルゼさんの部屋に行った……という事が気になっている様子に見える。

やっぱり、男が若い女性がいる部屋を一人で訪ねるのは良くなかったのかな？

ライラさんかゲルダさんとかを連れて行った方が……いやでも、エッケンハルトさんも男性だし……。

「だが、私ではなくタクミ殿だったからこそ、アンリネルゼも納得して部屋から出てきたのだと思うぞ？」

「そうでしょうか……？」

「私やクレアが行ったところで、アンリネルゼは頑《かたく》なに聞く耳を持たなかったかもしれん。同じ貴族である以上、貴族という特権階級を持っている者が話をしてもな。アンリネルゼは、貴族だから断られないと考えていたようだからな。貴族をものともしないタクミ殿だったからこそだ」

「いえ、ものともしないわけではないんですけど……」

何やら大袈裟《おおげさ》に言われるけど、貴族をものともしないなんて事はない。

慣れていないだけで、必要とあればエッケンハルトさん達貴族へと、跪《ひざまず》くのも当然だと思っているくらいだ。

これまでその機会がなかっただけで……ウガルドの店の前で再会した時は、その機会とも言えたかもしれないけど、エッケンハルトさんに止められたからな。

もちろん、偉ぶらない公爵家の人達が、対等に近く接してくれたうえで親切にしてくれているからっていうのもある。

貴族制度に詳しくないせいで、失礼な事をしていても自覚なく、皆にお目こぼしというか許してもらっているという状態だとも考えているけど。

……最低限の礼儀作法くらいは、覚えた方がいいのかもしれない。

「わたくしの誘いを断ったタクミさんは、確かに貴族という地位をものともしない人物と言えますわね。シルバーフェンリル……レオ様でしたわね？　そのレオ様がいらっしゃるからでしょうけど」

アンリネルゼさんが、エッケンハルトさんに同意するように言う。

言われてみれば、貴族のご令嬢の求婚を俺が断ったのは周りからはそう見えるのか……。

ものともしないとか、そんなつもりは一切なかったんだけどなぁ。

「ワフゥ？」

「っ！」

レオは自分が呼ばれたと思ったのか、アンリネルゼさんに顔を向けて首を傾げて鳴く。

まだ慣れていないどころか怖がっているようで、アンリネルゼさんはすぐに顔を背けていた。

慣れるまでもう少しかかりそうだ。

「それにしても、部屋にまで行くなんて……ずるいです」

「はっはっは、クレアはどうやらアンリネルゼを説得した事に対してではなく、タクミ殿が一人で部屋に行った事を不満に思っているようだな」

「お、俺ですか？」

「そ、そんな事は……！　ありますけど……せめて、私も連れて行って欲しかったです。そうすれば、タクミさんが……アンゼと二人……なんて……」

最後の方は声が小さくなり、口ごもってしまったのでよく聞こえなかったけど、やっぱり俺一人でアンリネルゼさんの部屋に行くのは間違いだったみたいだ。

難しい……やっぱり、今度セバスチャンさんとかに貴族のご令嬢と接する時の、礼儀作法などを聞いておいた方が良さそうだ。

「わたくしが、クレアさんの言葉を聞いて、部屋から出るなんてあり得ませんわ」

「それは自信満々に言う事ではないんだがな、アンリネルゼ？　――何はともあれ、一応は解決したのだからよしとしようではないか、クレア。タクミ殿が、アンリネルゼの誘いを断ったのは間違いないのだから」

「……はい」

勝ち誇ったように言うアンリネルゼさんだけど、本当に自信満々に言う事じゃないな。

仲が悪いわけじゃないが、若干相性が悪そうな二人だし……素直にクレアさんの言う事は聞けないのかもしれないけど。

うーむ、何度かアンリネルゼさんにクレアさんとも話してみては、と言ったのは少し失敗だったかもしれない。

まぁこうして部屋から出て来て元気になっているんだから、いいか。

「何はともあれ、しばらく部屋から出ないようなら私から話すつもりではあったが、今日明日ではアンリネルゼと話すのは難しかっただろう。だが、貴族ではなく、さらにその誘いすら撥《は》ね除《の》けたタクミ殿だからできた事だと私は思う。これで正解だったのだろう」

そう言って、アンリネルゼさんの話を締めるエッケンハルトさん。

クレアさんはまだ不満そうだったけど、これ以上追及するのをやめたようだ……良かった。

「そうだ、タクミ殿。グレータル酒の事をヘレーナと相談したのだったな？」

夕食を食べ始めて少しした頃、思い出したように言うエッケンハルトさん。

「ええ。セバスチャンさんも交えて、色々相談しましたよ」

「ふむ……セバスチャン、説明してくれるか？」

エッケンハルトさんも、セバスチャンさんの説明好きをよく理解しているらしい。

「畏まりました……」

食事を続けながら、厨房での事をセバスチャンさんが嬉々として説明してくれる。

「ふむ……グレータル酒とラモギを合わせた物は、明日飲めるのか……」

「はい。まずレオ様に調べてもらい、問題なければ皆様に試飲して頂けるようになります」

「そうか……飲めるのを楽しみにしておこう」

「あ、そうだ。レオ？」

「ワフ？」

「すまないけど、明日ヘレーナさんが試作したグレータル酒の匂いを嗅いでくれるか？　病の素《もと》が残っているかどうかを判別して欲しいんだ」

「ワフ！」

「なんだ、タクミ殿。まだレオ様に頼んでいなかったのか？」

エッケンハルトさんとセバスチャンさんの会話を聞いて思い出したので、その場でレオに頼む。

まだ頼んでなかった事を、エッケンハルトさんに突っ込まれたが、あれからアンリネルゼさんと話したり、ミリシアちゃんに調合を一緒にするよう頼んだりとか、する事があったからなぁ。

それからすぐ鍛錬して、今に至るわけで。

「ははは、まぁ色々ありましたから……」

レオの方は、返事と一緒に頷いてくれたから、これで安心だ。

「しかし……あの魔法具に影響された物を、判別できるのですわね。魔法具を使って調べないと、不可能だと思っていましたのに」

グレータル酒の判別ができる事に感心していたアンリネルゼさんが、レオを感心したように見る。

「えぇ。レオの鼻は特別ですからね」

「ワフワフ」

「シルバーフェンリル……凄いですわね……」

「ワフ？　ワフ！」

呼ばれたうえ、自分が見られているのがわかったのか、レオが料理をがっついているお皿から顔を上げ、首をかしげた後誇らし気に軽く吠えた。

「ひっ！」

それに対し、アンリネルゼさんは驚いたように声を上げ、少し椅子を引いてレオから離れようとしている。

「アンゼ、まだレオ様が怖いの？　大丈夫よ、レオ様は理由もなく人を襲ったりはしないわ」

クレアさんの言う通り、レオは人を襲ったりはしないんだが、それがわかっていても怖いらしい……こんなに可愛いのに……。

「それでも、怖いものは怖いのですわ！」

「ははは！　アンリネルゼも私のようにレオ様に慣れるため、荒療治が必要かな？」

「荒療治ですの？　なんだか、物騒な響きですわね？」

その様子を見たエッケンハルトさんが、自分にされた荒療治をアンリネルゼさんに提案。

でも、あの方法を怯えている女性にするのはなぁ……ゲルダさんの時も荒療治とばかりに、レオに乗せて慣れてもらったが、アンリネルゼさんの方が怯えている様子だし、やっていいものか悩む。

「単純に、レオ様に早く慣れて安全だと思ってもらうために、レオ様に乗って走ってもらうんだ」

荒療治は、俺がそう言っただけだからな。

呼び方は物騒でも、実際は危なくもなんともない。

「……レオ様に、ですの？」

「そうよ、アンゼ。レオ様に乗って走ってもらう事で、人間に危害を加えないという事を知るのよ」

「ワフ」

エッケンハルトさんが説明し、クレアさんが補足する。

それに対し、アンリネルゼさんの方はいささか引き気味……そりゃそうだ。

恐怖の対象であるレオに乗って、さらに走るなんてアンリネルゼさんからしたら怖さ倍増なのは間違いないだろう。

おかげでエッケンハルトさんもゲルダさんも、短期間で慣れてくれたんだけど……。

レオも人を乗せるのが好きな様子だから、頷いて尻尾を振っている。

「まぁでも、荒療治はしなくともレオと接していれば、安全だとわかって慣れていくんじゃないですか？」

「それはそうですけど……でも、レオ様がこのまま怖がられるのはかわいそうではないですか、タクミさん？」

「それはまぁ、確かに。けど、アンリネルゼさんにそれをしてもいいのかどうか」

「タクミさんは、随分アンゼにお優しいのですね？」

ちょっとだけ刺《とげ》のあるクレアさんの言葉。

一瞬怒ったのかと思ったけど、エッケンハルトさんに対するのとは違って頬を少しだけ膨らませているくらいだった。

怒っているわけではなさそうだ、良かった。

それにしても、クレアさんもあんな顔をするんだなぁ……と、あまり不満そうにしている女性の顔を、まじまじと見るもんじゃないな。

本当に怒られてしまう。

「えっと、そういうつもりじゃないんですけど……」

確かにクレアさんの言う通り、このままレオが怖がられたままというのはかわいそうだ。

レオは可愛くて、怖がる存在じゃないと教えたいのは俺もクレアさんも同じだとは思うけど。

「わ、わ、わたくし……それはちょっと。え、遠慮させて頂きますわ」

アンリネルゼさんとしては、さすがにそんな荒療治は受けたくないようだ。

やっぱり、無理矢理というのは良くないか。

「そうか？　慣れるためには、一番の近道なんだがな……？」

「お父様も、悲鳴を上げて楽しそうでしたものね？」

「それは、ラクトスから帰る時の事だろう。あれではなくだな……」

相手がアンリネルゼさんだからなのだろうか、楽しそうに話すクレアさんとエッケンハルトさん。

半分くらいは、からかっているのかもしれない……いや、クレアさんの目は本気に見えるけど。

「ワフ？」

レオは一体どうしたらいいのか、と首を傾げている。

「無理矢理は良くないですよ？　レオも、あまり脅かさないように気を付けて、アンリネルゼさんに慣れてもらおうな？」

「ワフワフ」

「そうですか……タクミさんがそう仰るなら」

「残念だが、仕方あるまい」

俺が注意するように言うと、あっさり引き下がってくれた。

クレアさんのさっき言っていた言葉から感じた刺は、なんだったのだろうかと思う程だ。

アンリネルゼさんが、本気で嫌がっていると感じたからかもしれない。

「……慣れるなんて、できるかわかりませんが……その荒療治とやらを受けないよう、頑張りますわ」

俺達が話すのを聞いて、顔をひきつらせているアンリネルゼさん。

多分、なんとかして慣れないと、荒療治をされると考えているのかな。

「ははは、まぁ、ゆっくりレオと接していれば、頑張らなくてもそのうちレオが可愛いって、わかりますよ」

「可愛い……あの狼、シルバーフェンリルが、ですの？　やっぱり、タクミさんは只者じゃありませんわ……」

ゲルダさんの時は、怯えながらもレオに興味はあったようだし、アンリネルゼさんのように恐怖ばかりじゃなかったというのもある。

今回は荒療治で慣らす事を止めておこう。

クレアさんとエッケンハルトさんは、残念そうだが……。

「シェリーは平気なのに、不思議ですね？」

「シェリーはまだ小さいからですかね？」

「キャゥ？」

クレアさんの隣にいるシェリーを見ると、名前を呼ばれたのもあって可愛らしく首を傾げた。

シェリーの方は俺達の話をよく聞いていなかった雰囲気だ……ちまちまと料理を食べていたけど、もう全部食べ終わっているみたいだな。

がつがつと食べているのに、話とかはちゃんと聞いているレオと、おとなしくゆっくり食べているのにあまり周囲の様子を気にしていないシェリー。

この違いは何だろうと思ったが、多分シェリーがマイペースだからかも。

「……その可愛い子がなんなんですの？　いつの間にクレアさんが、その子を飼い始めたのかは知りませんけれど」

屋敷に入った時も、アンリネルゼさんはシェリーに興味があるというか、可愛いって言っていたっけな。

あれ、そういえばシェリーの事を詳しく紹介していなかったような？

もしかしてアンリネルゼさん、シェリーの事をただの犬だと思っていたりするのかもしれない。

子供のフェンリルだと知らなければ、大きさも中型犬くらいで、犬にしか見えないだろうし。

「キャゥ！」

「確かにシェリーは可愛いわ」

食事が終わったシェリーを両手で抱き上げ、アンリネルゼさんへと近付けるクレアさん。

「あぁ、ようやく撫でられますわ」

手を伸ばしたアンリネルゼさんは、嬉しそうに顔をほころばせながらシェリーを撫でる。

「キャゥゥ……」

対してシェリーは、ちょっとだけ不満そうに鳴き声を漏らした。

やっぱり、シェリーはアンリネルゼさんに懐いていないみたいだけど、人見知りなのかな。

「紹介するのが遅れたわね。シェリーは私の従魔で、フェンリルの子供よ」

「え、フェン……リル……？　そ、それは、本当なんですの？」

クレアさんがシェリーを紹介し、フェンリルである事を伝える。

アンリネルゼさんは、ピシッという音が聞こえそうな程に一瞬で体を硬直させ、表情までも固まった。

こめかみから汗が流れているようだけど、大丈夫かな？

「キャゥ！」

「ワフ！」

「うむ」

シェリーの頭に手を乗せたまま、動かなくなったアンリネルゼさんに、シェリーを始めレオやエッケンハルトさんも頷いて肯定した。

「フェンリルと言えば、あの恐ろしい魔物ですの!?　シ、シルバーフェンリル程ではありませんが、それでも恐れられている魔物ですわよね!?　それがどうしてクレアさんの従魔なんて……！」

「レオ様やタクミさんのおかげよ。森で傷ついていたところを見つけて、助けたの。屋敷に連れて帰る途中で懐いてくれて……戻った後すぐに従魔になってくれたわ」

クレアさんがちらっと俺を見ながら言う言葉の途中に、少しだけ間があったけど、多分俺が倒れた時の事を思い出したからだろう。

すぐにとは言っているけど、実際には俺が倒れて数日空いたけど。

まぁ、そのあたりは『雑草栽培』のギフトを教えていないアンリネルゼさんには、まだ伝えていないからな。

クレアさん達が教えるかどうかも、俺にはまだわからないし。

「フェンリルが従魔になんて……信じられませんわ……」

「キャゥ？」

俺が求婚を断った時のように、呆然と呟くアンリネルゼさんと、手が置かれたままの自分の頭に目を向けて首を傾げるシェリー。

「信じられなくても、間違いないのだから信じるしかあるまいよ。私も、初めて見た時は目を疑い……いや、レオ様と対面した衝撃で、それどころではなかったな」

レオと初めて会った時、エッケンハルトさんは確か土下座したんだったっけ……レオだけでなく俺やクレアさんも驚いたけど、確かにそんな事をしていたらシェリーに驚いている余裕はないか。

「キュウ？」

当のシェリーは、固まっているアンリネルゼさんを見て、「撫でてくれないの？」と訴えているように鳴くが……懐いていなくても、撫でられるのは気持ち良かったんだな。

本当に犬のようだ。

「シルバーフェンリルだけでなく、フェンリルまで……公爵家は一体何を企《たくら》んで……」

夕食が終わった後も、アンリネルゼさんは力なく椅子に座ったまま、何やら呟いている。

「企むなんて人聞きが悪いな。何も企んでおらんぞ、全て偶然……本当に偶然か？」

「俺に聞かれても……色々と重なった結果、としか言えませんよ？」

食後のお茶を飲みながら、心外な様子でアンリネルゼさんに返すエッケンハルトさんだけど、偶然か運命かとか俺にわかるわけがない。

ちなみにレオやシェリーはお腹が膨れた満足感に満たされた様子で、ティルラちゃんと俺の後ろで転がっている。

けどレオ、お腹いっぱい食べた後仰向けになって、上にシェリーやティルラちゃんを乗せて大丈夫なのかな？　まぁ全然苦しそうにはしていないから、大丈夫なんだろうけど。

「企んでいたのは、貴女の父親の方でしょうアンゼ」

「それはそうですけれど……」

溜め息交じりにアンリネルゼさんに言うクレアさん。

二人が話す様子を見ながら、しばらくまったりとしたあと解散した。

アンリネルゼさんはクレアさんとまだ食堂で話をするようで、昼みたいに部屋に引きこもるなんて事はなさそうだから、大丈夫だろう。

「これからどうするのだ、タクミ殿？」

食堂を出た俺に、エッケンハルトさんからどうするのかを聞かれた。

夕食の後だし、大体いつもやる事は決まっている。

「ヘレーナさんに渡す薬草作りと、剣の素振りですね」

「私も素振りです！」

日課の素振りと、明日やる予定の調合のために追加の薬草を幾つか作る事だ。

素振りはティルラちゃんも一緒だな。

「薬草は薬酒《やくしゅ》のためだったか。改めて期待している。素振りの方は続ける事が力になる、私も一緒にやろう。体がなまってはいかんからな」

夕食前まで鍛錬していたし体がなまる、とは縁遠いと思うけど、エッケンハルトさんと一緒なら身が引き締まる思いだし、集中できる。

「はい」

「ワフ」

俺についてくるつもりのレオと一緒に、エッケンハルトさんに頷いて裏庭へと向かった。

「あ、先に薬草を作ってもいいですか？」

「うむ。雑事は先に済ませておいた方が良いからな。その方が鍛錬にも集中できる」

「タクミさんの『雑草栽培』、私も見ます！」

「ワフ」

裏庭で、先にヘレーナさんに渡す滋養強壮の薬草を作る事にする。

エッケンハルトさんのように雑事とは思わないが、やる事は先にやってしまっておいた方がいいからな。

ティルラちゃんはお座りしているレオにしがみ付いて、一緒に俺を見守るようだ。

「ふむ……改めて見ても、不思議な光景だな。薬草が簡単に地面から生えて来る」

「まぁ、使っている俺自身も、不思議に思いますね」

『雑草栽培』には慣れてきたが、それでもやっぱり手を突いた地面からニョキニョキと植物が生えてくるのは、不思議な光景だ。

どういった力がどう作用しているのか、まったくわかっていないからな……わかっていても妙な光景に見えるもしれないが……。

「それじゃあ、急いでこの薬草をヘレーナさんに届けて来ます」

薬草自体は急いで持っていく必要はないが、早くしないと素振りをする時間がなくなるからな。

遅くなり過ぎると、睡眠時間を取るか素振りの時間を取るかの選択にもなるし、エッケンハルトさん達にも迷惑がかかる。

「うむ。私は、ティルラと先に鍛錬を始めておこう」

「ワフワフ」

エッケンハルトさんに断って新しく作った薬草を持ち、裏庭から離れる。

レオは俺について来るようだけど、厨房に入っても大丈夫なのか？

「何度も失礼します、えっと……」

「はいはいー、タクミ様。こちらにいますよー！」

厨房に来て、ヘレーナさんがいるかを確認しようとしたら、向こうが先に俺に気付いたようで奥から声を掛けられた。

今は手が空いているようだし、ちょうど良かったな。

「あぁ、ヘレーナさん。約束していた物を持ってきました」

「仕事が早いですね、タクミ様。もう少し後だと思っていました」

「忙しそうですから、早めに届けた方がいいと思って……」

「ワフワフ」

「おや、レオ様もご一緒なのですね？」

「ワフ！」

「すみません、食べ物を扱う場所にレオを連れて来て……」

「いいんですよ。レオ様はシルバーフェンリルですからね。この屋敷ではレオ様を邪険にするような者や場所はありませんよ」

笑って首を振るヘレーナさんだけど、念のためレオをあまり奥へ行かせないよう気を付けよう。

食べ物に毛が入っちゃいけないから。

「スンスン……ワフゥ？」

美味しそうな匂いがするらしく、鼻を鳴らしたレオから要求があるが、さっき夕食を食べたばかりだろうに。

というか、もう料理の後片付けなども終わっていて、俺には食べ物の匂いは感じられないんだけど……さすがの嗅覚だ。

「レオ、さっき食べたばっかりだろう？　食べ物の匂いがするからといっても、おやつはないぞ？」

「クゥーン……キューン」

注意すると、甘えるような声を出すレオ。

「あははは、レオ様は夕食だけじゃ足りなかったようですね。ソーセージ、追加しますか？」

「ワフ！」

「いえ、癖になったらいけないので……。レオ、駄目だぞ」

「ワフゥ……」

ヘレーナさんからの申し出を断って、尻尾をブンブン振っているレオに注意する。

食べすぎると太るぞ？　まったく……匂いで食欲がそそられるんだろうけど、今度からはあまり厨房に連れて来ないようにした方が良さそうだ。

我慢させるばかりなのも、レオに悪いからな。

「まぁ、その分明日はいっぱい食べればいいいさ」

「ワウ……ワフ！」

しおれた尻尾を見ながら、明日の朝はたっぷり朝食を用意してもらおうと考えた。

……結局俺も、レオに甘いなぁ。

「それはともかく、ヘレーナさん。滋養強壮の薬草です」

「はい、確かに。すぐにでも処理を終わらせておきますね」

ラモギを混ぜたグレータル酒のでき次第で、いつでも滋養強壮の薬草を混ぜられるようにするんだろう。

やる気のヘレーナさんだけど、他の薬草はまだ調合が始まってすらいない……ミリシアちゃんと一緒に頑張ろう。

「お願いします、あまり無理はしないでくださいね？　それじゃ、俺はこれで……今日も、美味しい食事をありがとうございました。――さぁレオ、行くぞ？」

薬草を渡して、ヘレーナさんや他の料理人さんにお礼を言ってから、レオに厨房から出るよう促す。

裏庭でエッケンハルトさん達が待っているから、早く戻らないと。

「ワフ！　ワウ……」

すぐに大きく頷いて俺の後を付いて来るけど、途中で何度も止まって振り向こうとしたりして、美味しそうな匂いに後ろ髪を引かれているようだ。

そんな様子を見せられたら、何かおやつを上げたくなってしまうけど……駄目だ、レオの健康のためにそれはよくない！

自分に言い聞かせ、心を鬼にしてレオを連れてなんとか厨房から脱出した。

というか、レオってもう犬だったころとは違うから、夜遅くの間食で不健康になったりするんだろうか？　なんて考えながら、裏庭へと急ぐ。

ちょっとくらいなら大丈夫そうだけど、シルバーフェンリルだからって食べ過ぎたら健康を害する事だってあるよな……多分。

「エッケンハルトさん、ティルラちゃん、戻りました」

「ワフ」

「はぁ……はぁ……レオ様……はぁ……タクミさん！」

「おぉ、タクミ殿にレオ様。戻ったか」

裏庭に戻ると、レオや俺を見て笑顔になるティルラちゃんだが、その息は荒く、整えるのに必死な様子だ。

いつもの素振りには慣れていて、汗を掻くぐらいはするが、ここまで息が乱れる事はほとんどないはずなんだけど……？

「……ティルラちゃんが随分疲れている様子ですけど、どうかしたんですか？」

「ワフ？」

ティルラちゃんの様子を見たレオも俺の隣で首を傾げている。

「なに、素振りの方は体に染みついているようだからな。新しい鍛錬を、と思ってな？」

「新しい鍛錬、ですか？　でも、こんな夜に……」

「これは一人でやる鍛錬だから、性質は素振りと似ているのだ。傍《はた》から見ると、素振りをしているようにしか見えないしな」

「素振りと似ている？　どんな鍛錬なんですか？」

エッケンハルトさんがティルラちゃんに課した、新しい鍛錬。

俺も一緒に鍛錬している身だから、興味がある。

「素振りは、体作りのための鍛錬だ。まぁ、剣を振る、剣筋を通す、といった一連の動作を体に覚え込ませる意味もあるがな。だが新しい鍛錬は、考えを鍛えるものだな」

「考えを、ですか？」

「うむ。素振りをする際、相手がいると想定して剣を振るんだ」

「相手を……つまり、仮想敵を頭に思い浮かべるんですか？」

イメージトレーニングってとこかな。

「そうだ。相手がどんな動きをするか、どう避《よ》けるのか、などを想定しながら剣を振るう。もちろん、相手に勝てるようにな」

「成る程……」

シャドーボクシングのようなものだろう。

相手の動きを思い浮かべ、仮想敵に剣を振って倒す……ただの素振りよりは疲れそうだ。

だからティルラちゃんは、必死に剣を振って息切れしているんだろう。

「『雑草栽培』による薬草のおかげで、通常よりも多い素振りができるタクミ殿とティルラは、剣を振る事を体に染み付けているだろう。そこからさらに敵を思い浮かべ、それと戦う事を想定する事でもう一段上を目指せると思ってな」

「そうですか、それじゃあ俺も……」

「うむ。タクミ殿もやるといいぞ。私も久々にやる事にする」

「はい」

エッケンハルトさんの説明を聞き、納得した俺は、イメージトレーニングに取り掛かる。

えーと、対象の敵は……裏庭は広いし、ランジ村で襲って来たオークでいいか。

「すぅ、はぁ……まだまだ、私もやります！」

ティルラちゃんも大きく深呼吸をして、再び素振りに取り掛かった。

「ふっ！　はぁ！」

「ふん！　せい！」

「はっ！　はっ！」

裏庭に、剣を持って想像上の敵と戦う人間が三人。

傍から見たらただの素振りに見えるのかもしれないが、それぞれ何かと戦っている、と思う。

しかしエッケンハルトさん、動きが凄く大きいな……それにやっぱり速くて鋭い。

俺やティルラちゃんと手合わせしている時は手を抜いていた、というのがはっきりとわかるくらいの鋭さだ。

ちょっと剣をかじっただけで、同じようにとはいかないだろうけど……目標としては良さそうだ。

エッケンハルトさん程、剣を使えるようになる必要まではないのかもしれないけどな。

「ゥワ～フ……」

お座りしてあくびをしたり後ろ足で耳をかいたりしているレオに見守られながら、俺達は素振りを発展させたイメージトレーニングをしばらくの間続けた。

……退屈なら、部屋で寝ていてもいいんだぞ、レオ？

「はぁ……ふぅ……はぁ……全力でやっているから、日頃の素振りより疲れますね……いえ、素振りも全力でやっているつもりだったんですが……はぁ……」

体感で一時間程続いたイメージトレーニングを止めて、膝に手を当てて乱れた息を整える。

厨房から戻った時に見たティルラちゃんと似たような状態だ。

「はぁ……はぁ……はぁ」

俺が厨房に行っていた間もやっていたティルラちゃんの方は、乱れた息を整えようとするだけで精一杯のようだ。

「全身を動かす事もあるからな。ただ剣を振るだけ、というと語弊があるかもしれんが、それよりは疲れて当然だな」

汗だくで息が乱れている俺達に対して、エッケンハルトさんは息一つ乱していない……これが経験や基礎体力の違い……なのか？

「しかしタクミ殿はまだ良いのだが、ティルラはまだまだだな。仮想敵をはっきりと想像できていないだろう？」

「……はぁ……はぁ……難しい、です」

「ふぅ……はぁ……俺は、良かったんですか？」

「うむ。完璧とは言い難いが、タクミ殿ははっきりと敵を想像できていたようだからな。私から見ても、ぼんやりと敵の影が見えそうなくらいだ」

「敵の影……」

「タクミ殿の動きから、敵がどう動いているのか見えて来るのだ。それが、敵の影のように見えるという事だな。しっかり想像できている証拠だ」

「はぁ……」

エッケンハルトさん程の達人ともなると、そういった事ができるらしい。

自分もイメージトレーニングをしながら、俺達のそんな様子も見ていたなんて……どれだけ上達したらできるようになるか、想像もできないな。

こちらからは、エッケンハルトさんの剣筋が速過ぎてほとんど見えなかったっていうのに。

夜だからっていうのもあるかもしれないけど。

「ワフ！　ワフ！」

「ん？　レオ、どうした？」

「ワフワフ、ワフー」

「もしかして、レオにも見えたのか？　俺が戦っている敵の影が……？」

「ワフー、ワフワフ！」

エッケンハルトさんと話していると、レオが何やら主張……俺が想像で戦っていた敵が、はっきり見えたと言いたいらしい。

ちょっとだけ、エッケンハルトさんと張り合っている風にも思える。

というかレオ、退屈そうにしてはいてもちゃんと見ていたんだな……部屋に戻っていていいのにとか考えてすまない。

「さすがシルバーフェンリル、と言ったところか……？」

「さすがレオ様です！」

「ワフー！」

手放しで褒めるティルラちゃんに、レオは誇らし気に胸を逸らしている。

疑うわけじゃないけど、ちょっと確かめてみるか……。

「それじゃレオ、本当に見えたのかどうか質問するぞ？　俺が想像していた敵は、どんな相手だった？」

「ワフ？　ワーフ！」

「オーク、か。当たりだよレオ。すごいな……」

レオにどんな敵を想像していたのか質問すると、はっきりとオークが相手だったと答えた。

「……タクミ殿はオークとの戦いを想定していたのか。何者かと戦っている想定というのはわかったが、私にもそこまではわからなかったな。――さすがレオ様です」

エッケンハルトさんでも、影が見えているようだったとはいえ俺がオークを想像しているのはわからなかったみたいなのに。

……もしかして、レオってエッケンハルトさんより達人？　いや、なんの達人かはわからないけど。

「タクミ殿が想定していたオークだが、ランジ村の時、オークと戦ったのだったな」

「はい。何体かのオークと戦いましたからね。その時オークが襲って来た動きなんかを、思い出して想像しました」

とはいえ暗かったから、細かな動きはわからないけど。

でも、あれだけの事があって鮮明に覚えているから、人に襲い掛かるオークを想像するのは簡単だった。

ウガルドの店で最近戦ったはずの男達よりよっぽど……大きな怪我《けが》もしたし、初めて命を懸けて戦ったからだろうなぁ。

「成る程、だからか……ティルラとタクミ殿の違いはそこだな」

「違いですか？」

「うむ。ティルラは街に行く事はあっても、人間や魔物と戦った事は当然ないだろう？」

ランジ村から戻ってきた時、俺にオークと戦った話をせがんだくらいだし。

というより、そもそもまだ子供のティルラちゃんが表立って戦う状況、というのはなくて当然か。

「もちろん、私やタクミ殿、レオ様との鍛錬で戦う……という事を一切した事がないわけではないが、それは手合わせであって、真剣な戦いではないからな」

「そう、ですね」

俺とティルラちゃんはほとんど手合わせしないが、それでも何度かした事はある。

とはいえ、お互い本気で打ち合うとまでは行かないし、未熟なうちにそんな事をしたら、どちらかが怪我をする可能性が高いと注意されていたからな。

それにレオはただ避けるだけだし、エッケンハルトさんは当然手加減をしている。

つまり、本気で戦うような実戦をティルラちゃんは経験していない、と言いたいのだろう。

「対してタクミ殿は、ランジ村でのオーク。そして例の店での男達と、実戦を経験している。確かな身の危険を感じたはずだ」

「はい、そうですね」

レオが助けてくれなければ、命が危なかったのは間違いなかったあの時……身の危険なんて当然のように感じていた。

とにかくなんとかしないと、という思いで戦っていたから、考えている余裕はなかったけど。

ただ、死ぬ事を覚悟したりはした。

「そういった状況で戦うのと、手合わせとは違って当然だ。だからティルラは、敵というものを想像しづらいんだろう」

「成る程……」

「確かに難しかったです……でも、ちゃんとお父様を想像してました！」

「それは手合わせの時、手加減をした私だろう？　殺そうと襲って来る相手を想像するのとは、違うはずだ。まぁ、それが駄目と言っているわけじゃないがな、ははは！」

説明し、頑張っている事を主張するティルラちゃんに対し、笑って頭を撫でるエッケンハルトさん。

まだ不十分だが、それでも駄目なわけではなく、今はこのままイメージトレーニングを続ければ良いという事だろう……と思う。

ちょっとだけ口を尖らせて拗《す》ねた様子のティルラちゃんは、黙ってエッケンハルトさんに撫でられている。

「実戦を経験しないうちは、仕方ないだろう。ティルラはそのままでいいんだ。焦っても何もならないぞ。とにかく、素振りだけよりは身につくものが多いのだから、そんなに不貞腐《ふてくさ》れるな」

「はい……わかりました。頑張ります」

「そうだ、それでいい」

頷いたティルラちゃんはまだちょっと悔しそうだけど、これなら明日以降も頑張ってイメージトレーニングで、腕を上げていくんだろう。

子供のティルラちゃんは、俺よりも伸びしろがありそうだしなぁ……エッケンハルトさんの子供だし。

俺も、負けないように頑張ろう……。

「それでは、今日の所はここまでにしよう。やり過ぎてもいけないからな」

「はい。ありがとうございました！」

「ありがとうございました、父様！」

鍛錬終了後、ティルラちゃんとエッケンハルトさんにお礼を言って、剣をしまう。

レオと一緒に屋敷に入ろうとして、思い出した事があったので声をかける。

「あ、エッケンハルトさん、ティルラちゃん。ちょっと待って下さい」

「何だ、タクミ殿？」

「どうしましたか、タクミさん？」

「ティルラちゃんは、今日も鍛錬を頑張ったから……これをね。エッケンハルトさんも」

呼び止めてこちらを向いた二人に、筋肉疲労を回復させる薬草と、疲労を回復させる薬草をいくつか渡す。

「おぉ、これは疲れが取れる薬草か。ありがたい！」

「ありがとうございます、タクミさん！」

「これで、今日の疲れが取れるな！」

「……そんなに疲れていたんですか、エッケンハルトさん？」

夕食までの鍛錬の時や、先程までのイメージトレーニングでは、ほとんど息を切らせていなかったエッケンハルトさん。

疲れているようには見えないんだけどな……。

「いや、まぁ……今日、レオ様に乗った時の疲れがな」

「ワフ？」

「ははは、レオには乗るだけだったのに、そんなに疲れたんですか？」

「ぬぅ……そうは言うがな？　ティルラやシェリーが速度を出せと聞かなくて……それに付き合っていたらな。昨夜のクレアとの一件で、寝るのが遅くなったのもあるが」

レオに乗った時、はしゃいでしまって結構疲れてしまったみたいだな……ティルラちゃんとシェリーだけでなく、レオも喜んで走りそうだしな。

あと、昨日の覗きの一件で夜遅くまで寝られなかったのも原因の一つみたいだ。

寝不足になると疲れが全然取れないのは、俺の経験上でもよくわかる。

「それなら、疲労回復だけじゃなくて……これもどうですか？」

「む……見た事のない物だが、それはなんだ？」

「安眠できる薬草です。普段よりもぐっすり寝られるので、起きた時にスッキリと起きられますよ？」

「おぉ、それはいいな！」

安眠薬草は、森に行った時以来誰にも渡していなかった物だ。

特に寝られないとかの症状がある人もいなかったし、俺も含めて寝不足な人もいなかったからな。

疲労回復の薬草と合わせて飲めば、明日の朝にはそれまでの疲れが全て取れて、スッキリとした目覚めになるだろう。

……睡眠薬に近い物かもしれないから、あまり常用はしないように気を付けないといけないかもしれないが。

「では、部屋に戻ります」

「ありがとう、タクミ殿。それではな」

「おやすみなさいです！」

エッケンハルトさんに安眠薬草を一つだけ渡し、再度挨拶をして部屋へと戻る。

俺の方も普段の素振り後よりも疲れを感じるから、筋肉疲労の薬草を食べておこう。

薬草がいつでも栽培できて便利な物が多いとはいえ、全てをそれに頼る事はしたくないから、最低限だけだな。

頼る時は頼るが、それに依存はしない……それがここ最近、なんとなく考えていた事だ。

とはいっても、『雑草栽培』でできる事を模索したり、薬草を使って人の役に立つ事を止めたりはしないけどな。

用法用量を守って正しく薬草や薬を使う……というだけの事だ。

「ただいま、レオ」

風呂で汗を流し、しっかり温まってから部屋へと戻る。

一旦部屋に戻っていたんだけど、俺が風呂に……と口にした瞬間、レオは離れて部屋の隅で丸くなったから、俺一人で入ってきた。

ある程度改善したとはいえ、まだ苦手意識は消えないようだ。

「ワフ、ワフ」

おとなしく待っていたレオを撫でながら、ベッドへ座る。

「ワフワフ……ハッハッハッハ！」

「おいおい、落ち着けって。ちゃんと相手してやるから」

舌を出し、早く構ってとばかりに俺の顔を舐めるレオ……もう今日は風呂に入らなくていいとわかっているからだろうけど、現金なやつだなぁ。

そのまましばらくレオを撫で、少しだけ遅くまで構ってやってからベッドに入り、就寝した。

明日は、ミリシアちゃんとの薬草の調合や、試作したグレータル酒の確認とかもある……頑張ろう。


翌日、俺を起こしに来るとの名目で、シェリーを抱いてレオを構いに来たティルラちゃんと話しながら、朝の支度を整える。

今更だけど、小さいナイフで髭《ひげ》を剃るのも慣れてきたなぁ……もうほとんど傷ができる事がない。

油断すると切ってしまうけど。

「レオ様、タクミさん。朝食に行きましょう！」

「ははは、元気だねティルラちゃん。それじゃレオ、行こうか」

「ワフ！」

「キャゥ！」

「もちろんシェリーも一緒だ、忘れてないよ」

俺達が起きて支度を済ませたのを見て、ティルラちゃんがはしゃぎながら食堂へ。

自分の事も忘れずに！　と言うように主張する、レオの頭の上に乗ったシェリーを撫でながら、俺達も食堂へと向かった。

そういえば、シェリーがフェンリルだと知ったアンリネルゼさんはあの後、どうなったんだろう？　シェリーくらいは大丈夫になったかな？

クレアさんも一緒に残って話していたみたいだし、シェリーの事は可愛いと最初からメロメロになっていた様子も見られたから、あんまり心配はしないで良さそうだけど。

「タクミさん、レオ様、おはようございます」

「ごきげんよう、タクミさん。レ、レオ様」

食堂には既に、クレアさんとアンリネルゼさんがテーブルについていた。

「おはようございます、クレアさん、アンリネルゼさん」

「ワフ！」

入ってきた俺に挨拶をする二人に、俺とレオからも返す。

アンリネルゼさんは、レオに対してはちょっと声を詰まらせていたけど。

俺と一緒に来たティルラちゃんは挨拶を済ませていたんだろう、レオに一度抱き着いた後、ててて……とちょっと小走りでテーブルについた。

それはそうと、エッケンハルトさんが座っている。

「おう、タクミ殿。おはよう、よく眠れたか？」

「お、おはようございます、エッケンハルトさん」

今まで朝食の席にはいなかったのに、眠そうな素振りすらない。

昼食や夕食はまだしも、朝食の時から起きて座っているエッケンハルトさんは初めて見たな。

「ワフ？」

同じ事をレオも考えたのか、エッケンハルトさんを見て首を傾げていた。

「エッケンハルトさん、朝は弱いのでは？　大丈夫ですか？」

「昨日のあれのおかげだな。おかげで、今朝はスッキリと目が覚めたぞ！」

疑問に思って尋ねると、昨夜俺が渡したいくつかの薬草が役に立ったらしい。

あれと言ってぼかしているのは、アンリネルゼさんがいるからか。

「お父様が特別な用もないのに、朝から起きられるなんて……天変地異の前触れかもしれません」

「本当に。わたくしも公爵様がこんなに早く起きている姿を、初めて見ましたわ」

エッケンハルトさんが朝から起きて、食卓についているのを珍しがるクレアさんとアンリネルゼさん。

「お前ら……私だって朝から起きる事もあるのだぞ？」

「ははは、それだけ珍しいって事ですね」

薬草のおかげとはいえ、こうして朝からエッケンハルトさんもいるというのは、俺としても初めての事だからな。

朝食が終わった頃に乱入、というのはあったけど。

「ワフ、ワフ」

「レオ様まで……」

さらに同意するように頷くレオ……という皆の反応に、エッケンハルトさんはがっくりと項《うな》垂《だ》れた。

「はぁ……皆が私の事をどう見ているのか、不本意ながらわかってしまった。ともかく、朝食を頂くとしよう」

「お父様の日頃の行いだと思います」

最近、クレアさんのエッケンハルトさんへの当たりが強い気がしないでもない。

初めてエッケンハルトさんと会った時は、そんな事なかったんだけどなぁ。

お見合い話にも決着がついて、父親へ遠慮なく接する事ができるようになったからかもしれないな。

「では、頂こう」

「はい」

「頂きます」

「はーい、頂きます！」

「ワフ」

「キャゥ」

「……えーと、頂きますわ？」

食卓に用意された朝食を前に、エッケンハルトさんの言葉で食事を始める。

皆が声を出して食事を始める風景に、アンリネルゼさんが戸惑っていた様子だけど、周囲に倣って声を出してから食事を開始した。

今まで、もしかしたらそういう事がなかったのかもしれないな……アンリネルゼさんの実家での食事風景は知らないが、もしかしたら一人で食べていたのかもしれない。

それか、会話のあまりない親子関係だとか……かな？

まぁ、変に勘繰《かんぐ》るのは止めよう……もしかしたら全然違うかもしれないし、失礼だから。

「相変わらず、この屋敷の料理は美味しいですわね」

「ヘレーナのおかげよ。……お父様、もう少し落ち着いて食べて下さい」

アンリネルゼさんが料理を食べ、感心して呟く言葉にクレアさんが返しつつも、がっついて食べるエッケンハルトさんを注意する。

「むぐ……しかしなクレア、美味い物は勢いよく食べるのが、一番美味いのだぞ？」

「それは何度も聞きました……。はぁ、仕方ないですね……」

「ははは……」

「ワフ、ワフ……ワフワフワフ！」

溜め息を吐いたクレアさんを見て、また食事をがっつき始めるエッケンハルトさん。

美味しい物を、自分が一番美味しい食べ方で食べる、と言うのが一番なのかもしれないな。

……レオもがっついているし。

「タクミさんタクミさん、タクミさんは今日これからどうするのです？」

「俺ですか？　俺は……」

食事を進めながら、アンリネルゼさんから予定を聞かれる……何か、俺に用でもあるんだろうか？

「えーっと……朝食が終わったら、この屋敷の裏庭で育てている薬草の様子を見たり、摘み取ったり、ですかね。ラクトスには、まだまだ薬草が必要そうですから」

『雑草栽培』を知らないアンリネルゼさん相手だから、気を付けながら予定を話す。

裏庭でやっているのは間違いないし、育てているのは『雑草栽培』で作り出すのとそう変わらないとして……大きく間違ってはいないはず。

ただ、ちょっとこちらを見るアンリネルゼさんの真っ直ぐな視線から、目を逸らしがちになってしまったので、怪しまれないか不安だ。

……嘘とか誤魔化しとか、苦手なんだよなぁ。

「まぁ、ラクトスでは収束へ向かっているとはいえ、まだ病に苦しむ者もいるからな。タクミ殿には助けてもらっている」

病の原因は取り除いたし、悪質な薬を売っている店も対処したし、あとはラモギさえ供給していればいずれ病も収まっていくだろう。

今すぐに……とはいかないのが残念だが。

「タクミさんは、この屋敷で薬草を育てているんですのね？　でも、この公爵家の所有するお屋敷で、ですの？」

アンリネルゼさんの疑問は当然だろう、わざわざ公爵家の屋敷の庭を借りて俺が薬草を育てているなんて。

これはどう話したものか……。

「えっと……」

「タクミさんは薬師《くすし》としてこの屋敷に滞在し、公爵家とも契約を結んでいるのよ、アンリネルゼ。タクミさんは珍しい薬草を育てる事もできるの。だから、契約をもとにタクミさんには薬草を育ててもらい、公爵家が販売をさせてもらっているの」

俺がアンリネルゼさんに、どう答えたものかと困っていると、クレアさんが助け舟を出してくれたというか代わりに説明してくれた。

クレアさんの後ろで説明したそうにしていたセバスチャンさんが、少しだけ沈んだ表情になっていたのは見なかった事にしよう。

とりあえず、クレアさんが代わりに誤魔化してくれたから良かったけど、アンリネルゼさんにはまだ俺の『雑草栽培』の事は話さないというのはわかった。

不用意に口に出さないよう、気を付けておこう。

「昨日言っていた、調合はどうするのだ？」

今度は、エッケンハルトさんがアンリネルゼさんに続いて、俺に対しての質問。

アンリネルゼさん、コクコクと頷いて興味津々な様子……そんなに、俺の予定が気になるのかな？

「薬草を見てからですね。朝食後に薬草を見るのは日課になっていますし、それからミリシアちゃんと調合をしようかと。あとは……昼食を終えたら、ヘレーナさんの所へレオと行って、試作したグレータル酒を見て来ようと思います」

「ふむ、そうか。わかった。それなら、早くとも夕食の頃にはグレータル酒が飲めるわけだな？」

「上手く行っていれば、ですけどね……」

エッケンハルトさんは、アンリネルゼさんとは違って俺の予定というよりも、グレータル酒に興味があるようだ。

飲んだ事があるらしいけど、味を思い出して早く飲みたいと気持ちが逸《はや》っているのかもしれない。

俺も、これまで飲んだどのお酒よりも美味しかったと断言できるから、飲めるなら確かに飲みたいが。

「お父様、そんなにグレータル酒が飲みたいのですか？」

「まぁな。ジュースとして飲んでも美味かったが……やはり本来の酒として味わいたいからな。

楽しみだ」

「それは、そうかもしれませんけど……」

「まぁ、味が損なわれてなければいいんですけどね」

エッケンハルトさんとクレアさんのやり取りに苦笑する。

ラモギ自体は匂いや味は強くない物だけど、病の素が取り除けたとしても味がそのままという保証はないからな。

甘みの強いお酒だから、少々別の何かが混ざっても大丈夫だとは思うけど……。

「あのジュースは美味しかったですわね。あれをお酒で飲めるのは楽しみですわ！　でも、どうしてジュースにしないと飲めなかったんですの？」

グレータルジュースの方は、アンリネルゼさんも気に入ったみたいだな。

「貴女のお父様のせいでしょ、アンリネルゼ。病の素が混ざっているため、そのまま飲むと危険なのよ」

「そうでしたわ。お父様が魔法具を使っていたのでしたわ。美味しいお酒を飲めなくするなんて……」

キョトンとした様子のアンリネルゼさんに、クレアさんがジト目を向けながら話すと、合点がいった様子だった。

「む……？」

「どうしましたか？」

アンリネルゼさんとクレアさんのやり取りを微笑《ほほえ》ましく見ていると、エッケンハルトさんが何か思いついたように声を出した。

「いや……ランジ村のグレータル酒は、伯爵領にも出荷していたはずだ。主にバースラー宛にだがな。だが、それならどうしてバースラーは病になっていないのか……と思ってな？」

「あぁ、成る程。それは確かにそう考えても仕方ないですよね」

病の原因になっていたグレータル酒は、バースラー伯爵の所へと出荷している……というのはハンネスさんに聞いた。

エッケンハルトさんと話した事はなかったと思うが、公爵として自領内の各街や村の産業、どこへ何を出荷しているのかはある程度把握しているんだろう。

「何か知っているのか、タクミ殿？」

「ええ、まぁ」

では、何故バースラー伯爵は病になっていないのか……ランジ村でフィリップさんが荷馬車を連れて来るのを待っている間、ハンネスさんと話した事があるのを思い出した。

「えっと、ハンネスさん……ランジ村の村長さんは、伯爵側からグレータル酒の指定をされていたと言っていました」

「指定？　どのような指定だ？」

「酒蔵《さかぐら》の奥にある、熟成したグレータル酒を……との事です。酒蔵には、奥にある物程熟成された物になるようです。それで、病の素を発生させる魔法具の人形は蔵の入り口に設置するとの指定がされていて……」

「ふむ、そういう事か。病は入り口から広がるが、蔵の奥までは届かない。奥にあるグレータル酒ならば、安全という事だな？」

「はい。実際、レオが判別したグレータル酒の中で、飲める状態の物は蔵の奥にある熟成されたグレータル酒ばかりでした」

「バースラーが自ら指定する事で、安全なグレータル酒を飲んでいた……というわけか」

「お父様がいつも飲んでいたお酒は、そのようにして手に入れていた物なのですね……」

「アンリネルゼさんは、知らなかったんですか？」

「特に。何を食べ、何を飲んでいるのかという話はお父様とする事はありませんでしたわ」

だから、アンリネルゼさんはグレータル酒を飲んだ事がないってわけか。

やっぱり、本人も言っていた通り折り合いが悪い親子関係で、特にこれといった会話とかもほぼなかったんだろう。

「結局俺とハンネスさんとの間では、人形の場所指定と仕入れるグレータル酒を指定する事で、安全な物を入手していたのだと、結論付けました」

からくり、と言う程ではないけどこれが安全にバースラー元伯爵が、グレータル酒を飲めた理由だろう。

もしかすると、あちらには人形から発生する病の素に対処するための、何かがあったりするのかもしれないが……それにしても、いくら美味しいとはいえランジ村を陥れたうえで、そこから入手したお酒を飲むというのは肝が据わっているのかなんなのか。

まぁ、もし病にかかってしまってもラモギがあればすぐ治るし、買い占められていたラクトスとは違って、向こうには不足なく備蓄とかもありそうだからな。

「……そのうえで村を襲撃し高価な魔法具である人形を回収し、グレータル酒もついでに回収する手はずだったんだろう。伯爵家ともなれば、病の素が入っているのかを選別するための魔法具を手配する事もできるだろうしな」

対処するためというか、レオに頼まずとも選別方法があれば飲むのも躊躇《ためら》わないか。

イザベルさんも、魔力を調べる道具を使っているような事を言っていたからな。

グレータル酒の回収については、オークたちに襲撃させてランジ村が壊滅した場合は、その後ゆっくり人形と一緒に回収すればいい。

街道から離れた村だし、偽商人たちの計画が上手くいっていたら数日は猶予があっただろうから。

「お父様がわざわざ、そんな事をしていても飲みたがったお酒……楽しみですわ！」

少し表情を暗くして話す俺とエッケンハルトさんを余所に、笑顔を振りまくアンリネルゼさん。

父親を告発して悪事を暴いた側のはずだけど、そちらの方はあまり興味がないらしい。

「確かにそうね。ティルラにはまだ早いけれど、私もジュースは美味しく頂いたし、楽しみだわ」

「っ！」

「……エッケンハルトさん？　どうしたんですか？」

グレータル酒を期待しているクレアさんの言葉に、エッケンハルトさんが急に体をビクッと一度だけだけど震わせた。

何かあるんだろうか？

「いや……なんでも、なんでもないぞ。うむ」

「……？」

強張《こわば》った笑顔を張り付けたエッケンハルトさんは、明らかに言葉とは違って何かがあると言っているようなものだけど……。

話せる事じゃないっぽいし、詳しく聞くのはやめておいた方がいいかな。

でも、アンリネルゼさんとクレアさんが、グレータル酒を飲むのが楽しみと言った時に様子がおかしくなったけど……二人にはあまり飲んで欲しくないとか、そういう事かな？

まぁ、エッケンハルトさんが話してくれないのだから、これ以上考えるだけ無駄か。

「あ、そうですわタクミさん」

「はい？」

意外と、と言っていいのかわからないけど、仲良く楽しそうにクレアさんと話していたアンリネルゼさんが、急に俺を呼んだ。

真剣に、というよりも目を輝かせて興味深々、といった様子だけど……。

「タクミさんとミリシア？　でしたわね。その調合というのにお付き合いしてもよろしくて？」

「え？　あ、はい……いや、ちょっと待って下さい。えぇっと……」

何を言うかと思えばそんな事か……別に見られて何かあるわけじゃないし、と、思って頷こうとした瞬間に安請け合いするべきじゃないと考えなおす。

裏庭でやる薬草作りは、見られたらもちろん不自然どころじゃなく、異常とも言える速度で薬草が作り出されるのが見られるから駄目だ。

けど調合なら……大丈夫、か？　作ったというか、俺が育てた薬草を薬酒にするためってだけだし、『雑草栽培』の事に触れさえしなければなんとか……。

「アンリネルゼがいたら、気が散って邪魔になるのではないの？　タクミさんに迷惑をかけないで、おとなしくシェリーと遊んでおくのがいいわ」

「キャウ⁉」

俺への助け舟なんだろう、クレアがアンリネルゼさんにそう言って膝に乗せていたシェリーを差し出した。

急に差し出されて、シェリーは驚いて鳴いている……まぁまだ懐いていない相手に差し出されたらな。

あと、クレアさんはアンリネルゼさんが俺に近付くのを警戒しているっぽいのが、雰囲気でなんとなくわかる。

断りはしたけど、一度思い付きだけで俺に結婚するよう求めた事があるくらいだから、警戒するのも無理はない……のかな？　よくわからないけど。

というかアンリネルゼさん、部屋から出てきたのは俺が話した事に納得したからか、考えたいからだろうとは思うけど、さっきから俺の予定を気にしている。俺に関して話していてばかりでいいのだろうか？

貴族としてとかなら、クレアさんやエッケンハルトさんと話した方が、よっぽどためになるだろうに。

「そ、それはまた別の機会にしますわ」

シェリーから顔を逸らすアンリネルゼさんは、フェンリルと知って可愛さよりも怖さが勝ってしまっているのかもしれない。

昨日までなら、喜んで可愛がっていただろうになぁ。

「キャウゥ？」

「うぅ、そんな目で見ても駄目ですわよ……？」

シェリーは、昨日は撫でてくれたのに今日は撫でてくれないの？　と単純に疑問に思っているくらいっぽいけど、アンリネルゼさんは何やらダメージを受けているようだ。

この様子を見ると、恐怖よりも可愛さが勝るのは時間の問題っぽいから、気にしないで良さそうだな。

とにかく、調合をアンリネルゼさんとか……。

「その、とりあえずミリシアちゃんにも確認しないと、ですかね？」

見られて困る事ではないとは思うけど、ミリシアちゃんに話を通しておかないといけないのは間違いないからな。

特に俺の『雑草栽培』とかに関して、言わないようにお願いしておくとか。

「それと、レオも一緒にいますけど……それは大丈夫ですか？」

「ワフ」

「うっ……が、我慢しますわ」

レオも一緒だから、もしかしてこれなら諦めてもらえるかと思ったけど、アンリネルゼさんは耐える方で決心したようだ。

まぁ近くにいればいずれ慣れてくれるかもしれないし、これはこれでいいのかな？

「それでしたら、私もタクミさんやレオ様と、と思いますけれど……」

「クレアはクレアでやる事があるだろう。私もそうだが、まだ全てが片付いたわけではないからな」

「はぁ……わかっています、お父様」

溜め息を吐くクレアさんとエッケンハルトさんは、そちらでやる事があるらしい。

聞けば、ウガルドについての後処理とか諸々の仕事があるのだとか……領主様というのも大変だ。

「でもアンゼ、これだけは言っておくわ。決して、タクミさん達の邪魔をしては駄目よ？」

気を取り直したクレアさんが、アンリネルゼさんに言い聞かせる。

「どうして、クレアさんにそこまで言われなければなりませんの？」

「それは……」

「ん？」

言い淀んで、ちらりとこちらに視線を寄越すクレアさん。

俺を気にしているようだけど……？

「あ、貴女が、変な事をタクミさんに言わないか心配をしているだけよ！　また結婚とかそういう事を言って、タクミさんを困らせるかもしれないし」

「いい案だと思ったのですけれど、断られてしまいましたわ。だから、しばらくは諦める事にしましたの。ですがまぁ、何か思いついたら言うかもしれませんわね」

「私はアンゼのそういうところを抑えて、タクミさんに言わないようにって言っているのよ……」

なんて、クレアさんとアンリネルゼさんの言い合いのようになってしまったけど、とりあえず調合はミリシアちゃんに話をして、問題なさそうなら見学者という事で一緒に行うこととなった。


「ミリシアちゃん」

「師匠、お疲れ様です！」

「お疲れ様。今、時間はいいかい？」

「はい。昨日師匠と調合をすると聞いて、来るのを待っていました！」

朝食後、ニックへ渡す薬草を作り終えた後、ライラさんにミリシアちゃんの居場所を聞いて客間へ。

そこには、本や今まで勉強した紙束……ノートを見て復習していたミリシアちゃんが。

勉強熱心だなぁ、俺も負けないようにしないと。

「調合するのは、それですか？」

「うん、さっき新しく作ったんだけど……」

ミリシアちゃんが、俺の持っている物に注目。

ニックへ渡す薬草を作る傍ら、昨日ヘレーナさんやセバスチャンさんに見せた、栄養のある薬草三種だ。

それを『雑草栽培』で効果を発揮する状態にしておき、いつでも調合できる状況にして、持って来ている。

「それじゃ薬の調合は……えっと、どのページだったかな？」

「ワフ、ワッフワフ」

「わかるのか、凄いなレオ」

確認のため、調合について詳しく書かれたページを探す俺の後ろから、一緒に来ていたレオが鳴き声で教えてくれる。

確かに、本で勉強する時後ろから覗き込んでいたりしたけど、どこに書かれていたかとか覚えているのかレオ……。

もしかして、俺が一番勉強不足では？　という疑問は、今考えると落ち込んでしまうので頭の隅に追いやった。

「さすがレオ様です。ここに書かれていますけど……」

ミリシアちゃんと、本を見ながら手順を確認する。

「えーと、すり潰して混ぜる最も基本的な調合法、か……」

作る薬にもよるが、基本の調合では薬草をすり鉢とすりこぎですり潰しながら混ぜる事が多いようだ。

他にはまた違った手順があって、熱を加える、冷やすなどの他にも混ぜる順番を変えたり、水を加えたり薬草以外の物を加えたり、という調合もあるようだ。

けど今回は初めてなのもあって、順番も気にしなくていい単純な基本の調合を試そうと思う。

本を読み込んで確認をしながら、ついでにミリシアちゃんにアンリネルゼさんが参加する事も話しておく。

参加者というか見学者についてだけど……ともかくミリシアちゃんは、『雑草栽培』に関する事を内緒にする事も含めて、快く頷いてくれた。

「アンリネルゼ様は私のように、調合とか薬に興味がおありな人なのでしょうか？」

「うーん、多分違うと思うよ」

仲間を得られそう、という雰囲気で目をきらめかせたミリシアちゃんが言うけど、違うはずだ。

単純に、アンリネルゼさんは俺がする事に興味があるんじゃないかな……貴族になれる機会や誘いを断った、奇特で珍しい人物としてとか。

そのせいで、クレアさんと少しだけぶつかりがちだけど、そこはあまり俺に口を出せない部分だなぁ。

クレアさんに関しては、なんとなくもしかして？　というのもあって、今は俺が何か言うのは違う気がするから。

まぁ、単なる俺の自惚《うぬぼ》れだったりしたら恥ずかしいけど。

「ライラさん、すり鉢のような物はありますか？」

「はい、持ってきますね」

「お願いします。あ、あとアンリネルゼさんも呼んでください」

「畏まりました」

アンリネルゼさんの事や、調合の手順などをミリシアちゃんと確認した後、一緒に来ていたライラさんにお願いして、すり鉢などの道具を持って来てもらうついでに、アンリネルゼさんも呼んで来てもらう。

これで呼ばずに調合を進めたら拗ねてしまうか、また部屋に引きこもってしまいそうだから。

中々厄介な人だ。

「お待たせしました。それと、アンリネルゼ様もお連れしました」

「……」

ライラさんがすり鉢やすりこぎを持って戻って来ると、その後ろからアンリネルゼさんが客間に入って来る。

ただ、口を両手で押さえているのはなぜだろう？

「ありがとうございます、ライラさん。――アンリネルゼさん？」

「ワフ？」

ライラさんにお礼を言いつつ、アンリネルゼさんを窺う。

レオも首を傾げて、不思議がっているようだ。

「クレアお嬢様からきつく注意されたようで……」

ライラさんによると、余計な事を言わないよう口を押さえているんだとか。

そこまでしなくてもとは思うけど、シェリーがジッとアンリネルゼさんを見ていたため、従う事にしたのだとか。

別にシェリーは、クレアさんの注意を聞けという意味で見ていたわけじゃないはずだが、まぁ調合に集中できるならと考えて、何も言わない事にしてミリシアちゃんを紹介。

俺の事を師匠と呼ぶ事に対して、何やら納得した様子で何度も頷いていた……薬師は師匠と弟子という関係が、よくある事なんだろうか？

とにかく、紹介を終えて見学者がいる事で、少しだけ緊張気味のミリシアちゃんと一緒に、薬草の調合を開始する。

ライラさんが持って来てくれたすり鉢の中に、俺が作った栄養薬草三種を入れ、すりこぎですり潰す作業だ。

持って来たすり鉢は二つで、俺とミリシアちゃんでそれぞれ別々に試す。

ゴリゴリとすりこぎを使う音が、客間に響き始めた。

「結構、力がいるのですね……」

「そうだね。薬草をしっかりすり潰す必要があるからね」

すりこぎで薬草をすり潰すのに、ミリシアちゃんは少し苦戦しているみたいだ。

薬草は『雑草栽培』の状態変化後でも葉っぱの状態なので、これらをしっかり潰す必要があるからな……割と力作業だ。

剣を振り慣れてきた俺でも、少し辛いと思うくらいだからミリシアちゃんの細い腕には、結構しんどいだろう。

まぁ、ミリシアちゃんにはおいおい慣れていってもらえばいいかな。

調合そのものは慌てず急がず、確実にできればいいんだから。

「あ、段々とペースト状になってきました」

「ふむ。本だと、この状態から乾燥するまで混ぜ続けるとあるけど……この状態だとどうなんだろう？」

「どうなんでしょうか……？」

すり潰した葉っぱに残っていた水分も混ざり、今俺とミリシアちゃんのすり鉢の中には、ペースト状になった物がある。

薬草自体は混ざり合っているとは思うが、本には乾燥させて完全な粉末になるまで混ぜる事、と記されていた。

……結構、時間がかかりそうだな。

「ワフ？」

「レオ、どうした？」

「ワフ、ワフ」

「味見してみろって？　でも、本には乾燥するまでと書いてあるんだけど……？」

ずっと様子を見ていたレオが、俺の後ろからすり鉢の中を覗いて鳴く。

興味津々に、俺とミリシアちゃんがする作業を見ていたんだけど……レオの指示か。

グレータル酒を匂いや気配で選別してた事もあるし、従ってみるか。

ちなみにアンリネルゼさんは、部屋の隅っこでライラさんに椅子を運んでもらって、おとなしく座っていた。

レオが俺のすぐ近くにいるからだろうか、こちらに近付く気配はないし、ジッと俺達の様子……というか、俺に注目している気はするけど、何も言わないのでそのままにしている。

「じゃあ、ミリシアちゃん。ちょっとだけ味見してみようか？」

「大丈夫でしょうか？　失敗していたら……」

「まぁ、味がどうなっていても、体が悪くなるような事はないと思うよ。そういう薬草じゃないからね」

栄養を含んだだけの薬草だから味が酷《ひど》い事になっていても、さすがに体に支障をきたす事はないだろう。

「少しだけね」

「わかりました……」

ペーストになった薬の端の方に少しだけ指を触れさせ、それに付いた物を舐める。

俺の様子を見ていたミリシアちゃんも、恐る恐る同じように、自分のすり鉢から薬を指に付けて舐めた。

「っ～！」

「し、師匠！　っ～！」

三種類の薬草が混ざったはずなのに、舐めた薬は酸味が凄くきつくなっていた。

二人して口をすぼめ、顔を見合わせて酸っぱさに耐えるが、後から後から唾が口の中に溢れて来る。

酸っぱさに特化したような梅干しを食べている感じだ……梅干しを食べた事のある俺はまだしも、食べた事が無いミリシアちゃんにとっては衝撃だろうな……。

これは、ビタミンの薬草のせいか？　あれも酸っぱかったけど、さらに強化されたような味になっている。

「ワフ？」

「……いやレオ、この味は駄目だ。酸っぱ過ぎて、とてもじゃないけどこのままじゃ食べられない」

「レオ様……口の中が酸っぱいです」

「ワフゥ……」

俺達の様子と、ミリシアちゃんの言葉を受けて、レオは駄目かぁ……と言うように落胆する。

さすがにレオでも、味までは想像できなかったのかもしれないな。

「……どうぞ」

「ありがとうございます」

「……ゴク、ゴク……すみません……はぁ」

「いえ」

俺達の様子を見ていたライラさんが、さっとお茶を用意してくれる。

それにお礼を言いつつ、俺とミリシアちゃんはお茶を飲んで口の中を洗い流す。

「師匠、これは……失敗ですか？」

「いや、失敗とまでは言えないだろうけど……さすがにこのままだとちょっとね」

ヘレーナさんやセバスチャンさんと味見をした時よりも、もっときつい酸っぱさだった。

どうしてそうなったのかはわからないが、混ぜる事によって酸味が増幅されたのかもしれない。

不思議だ……。

「とりあえず、本の通りに乾燥するまで混ぜ続けてみよう」

「わかりました。味が変わるとは思えませんが……やってみます」

味の面では失敗かもしれないが、効果の面ではまだわからない。

さすがにこのままグレータル酒に混ぜる事はできなそうだが、一応本に書かれてある通り、乾燥して粉末になるまでやってみようと思う。

ミリシアちゃんも言っているように、味が変わるとは思えないけど……初めての調合だから、ちゃんと最後までやってみる事にする。

「師匠、腕が疲れてきました……」

「調合は、結構疲れる作業だね……」

すり鉢にある薬を、すりこぎを使って混ぜる事しばし……さすがに俺も腕が疲れてきた。

鍛錬をしている俺でもこうなのだから、ミリシアちゃんの方はさらに辛いだろうと思う。

それでも、なんとか頑張って手を止めないのは偉い。

「ワフ？」

「ん、レオ？」

「レオ様？」

「ワフワフ」

レオが開きっぱなしにしていた本を覗いて、何かを伝えてくる。

「本を？　えっと……あ」

「どうしたんですか、師匠？」

その声に従って、本を見てみると……「乾燥させる作業は時間がかかるため、風を当てつつ作業をする事で、時間を短縮させる事ができる」と書かれているのを見つけた。

「ミリシアちゃん、風を当てながらやると早いみたいだね……」

「……そうなのですか？」

風を当てながら混ぜるという作業は、さっき味見して記憶に新しい酸っぱさから酢飯を作る作業を彷彿《ほうふつ》とさせたが、それはともかく。

水分をなくすと考えると、確かに風を当てた方が乾燥は早くなるだろう。

「まぁ、洗濯物を干した時に、風がある方が乾くのが早いのと同じだと思うよ」

「成る程……」

俺の出した例を聞いて、納得してくれるミリシアちゃん。

とはいえその風をどうするか……紙束を使って、扇《あお》いでみるか？　と考えていると、レオが動いた。

「ワフ！」

「レオ？　おぉ、風が……」

俺達の様子を見ていたレオが、すり鉢のあるテーブルから少し距離を取って吠えた瞬間、そちらからそよ風が発生し、俺とミリシアちゃんの手元へと吹いて来た。

驚いた……こんな事もできたんだな。

「レオ様、凄いです！」

「……シルバーフェンリルの魔法ですね。このような事もできるのですか」

「ワフゥ」

ミリシアちゃんとライラさんも、レオの魔法に驚き、二人の反応を見て誇らし気なレオ。

アンリネルゼさんは……顔を引きつらせている。

怖くないし、危険な風じゃないですよー。

「気持ちいい風ですね」

「そうだね。おっとミリシアちゃん、手を動かさないと」

「はい、頑張ります！」

レオから吹いて来る風を感じつつ、ミリシアちゃんとそれぞれ驚きで止まっていた手を動かす。

「レオ、ありがとうな」

「ワッフ」

魔法を使ってくれたレオに感謝をして、風に当てながら混ぜる事しばし……ようやくペースト状だったのが、順調に乾燥してきた。

ほとんど粉末になったかな。

「……そろそろですかね？」

「んー、そうだね。そろそろいいかな？　レオ、もう大丈夫そうだ」

「ワウ」

調合を開始して結構な時間が経ったように思うけど、ようやく完全に粉末になってくれた。

レオが風を発生させてくれなかったら、もっと時間がかかっていただろうなぁ。

しかし、アンリネルゼさんがジーっと俺を見ているのが、ちょっと不気味だ……調合している手元ではなく、俺に注目しているようだ。

縦ロールの勝手なイメージもあって、騒がしいイメージがあったんだけど。

まぁクレアさんの言い付けを守って何も言わないのなら、そのままにしておいた方が良さそうだ。

「乾燥したら、途端に黒くなったね……」

「黒くなりましたね……」

「ワフ？」

すり鉢の中には、混ざり合った粉末状の薬。

それは色が混ざり合った結果なのか、効果が混ざった結果なのか……乾燥を始めたくらいの段階で、緑から黒に変色した粉末がすり鉢の中にある。

「と、とりあえず試してみようか？」

「は、はい」

ミリシアちゃんと顔を見合わせ、二人でそれぞれの薬を少しだけ取る。

黒い粉末を口に入れるのは躊躇われたけど、毒になっているわけでもないだろうし、レオは色を見て首を傾げているだけで他の反応はしていないので、思い切って口に含んだ。

「……ミリシアちゃん」

「タクミさん」

「酸っぱさがほとんどない！」

「はい！　ほとんど味がありません！」

口に含んだ粉末の薬はペースト状になっていた時とは違い、酸っぱさがほとんど感じられない物になっていた。

あの酸っぱさはどこへ……と疑問に思うが、もしかしたらこれが調合という事なのかもしれない。

魔力とかあるし、乾燥する中で色々と変質したんだと考えておけばいいのかも。

「ワフ、ワウー！」

俺とミリシアちゃんが驚いてる様子を見て、レオが喜ぶように吠える。

視界の隅で、アンリネルゼさんがビクッと体を震わせていたけど、怖くないですからねー。

「ライラさんも、少し試してみて下さい。レオも」

「はい、わかりました」

「ワフ」

少しだけ、興味津々なレオと見守っていてくれたライラさんにも味見をしてもらう。

「ワフゥ……」

「レオの口には合わなかったか、ごめん。よしよし」

レオが出した舌に粉末を載せると、すぐに嫌そうな表情をしたけど……吐き出さなかっただけ偉いと、撫でてなだめる。

おそらく味覚なり嗅覚なりが鋭いため、ほんのり感じる程度の酸味が嫌だったんだろう。

例外はあるけど、犬は柑橘系の匂いを嫌ったり、酸味を嫌がったりするからな。

「ほんの少し酸っぱい気もしますが……これならグレータル酒の味を邪魔する事はないのではないでしょうか？」

「そうですね。良かった」

「ホッとしました。あの酸っぱさのままだったら、どうしようかと思っていましたから」

「後は効果がどうか、だけど……」

味はライラさんのお墨付きをもらって、後は効果がどうなったかを確かめるだけだ。

混ざった後も効果が残っているのなら調合は完全に成功で、この方法を使えばいいが、もし失敗なら他の調合方法を試してみないといけない。

味と効果の両立って難しいな。

さて、効果を確かめる方法はどうするか……。

「ワフ？　ワフワフ、ワフ」

「ん、レオ。わかるのか？」

「ワフ」

俺が考えていると、味見をしたレオが俺に何かを伝えて来る。

えーと、何々……味は嫌いだけど混ざり合っても効果は残っている、かな？

「本当にわかるのか、レオ？」

「ワフ！」

もちろん、と言わんばかりに顔を上げて誇らし気なレオだが、そんな事までわかるのか。

まぁ、滋養強壮の薬草は魔力にも作用するらしいから、もしかしたら栄養素自体も何かしらの影響があるのかもしれない。

シルバーフェンリルであるレオは、そういった部分に敏感なのかもしれないな。

「タクミ様、レオ様はなんて言っているんですか？」

「レオは薬草の効果……混ぜた薬の効果がちゃんとあるって言っているんだ」

「凄いです！　さすがレオ様です！」

半信半疑の俺に対し、手放しで喜ぶミリシアちゃん。

「シルバーフェンリルなら、そういう事がわかってもおかしくないかと」

「そうですね……病とかも匂いでなんとなくわかるみたいですし」

ライラさんの言葉で、そういうものだと納得する事にした。

シルバーフェンリルなら、それくらいの事はわかるものなんだろう……多分。

結構はっきり意思疎通ができるようになっているし、俺と一緒に来たはずなのにこれまで知り得なかったこの世界の事を、多少なりとも知識として持っているのと比べたら、不思議とまでは言えないくらいだ。

「それじゃあ、これは成功という事か？」

「ワフ」

俺の言葉に頷いて答えるレオ。

「調合方法は間違っていなかったんですね！」

「そうみたいだね。良かったよ、基本的な調合で成功できて」

レオの返答に喜ぶミリシアちゃん。

他にも調合法は色々とあるようだが、まだ知識を学び始めた俺達には難しい物も当然ある。

さすがに全ての調合法を試す事はできそうになかったからな……一番基礎的で、簡単な方法が成功して良かった。

時間と労力はそれなりに掛かるけど、大変という程ではない。

もしかしたら、『雑草栽培』で作った事が何か影響しているのかもしれないし、とにかく混ぜ合わせれば薬になるような薬草だったのかもしれないが。

「成功したのですね、おめでとうございますタクミ様。それでは、残りの薬草はミリシアに任せてはいかがでしょうか？」

「ありがとうございます。でも、ミリシアちゃん一人にですか？」

俺達の様子を見て、成功したと判断したライラさん。

残りの薬草は、全てミリシアちゃんに任せる方針のようだ。

「はい。タクミ様は、ヘレーナさんに出来上がった薬を渡す事と……他にもやる事があるようなので……」

「えーっと……まぁ、はい」

ちらりとライラさんが視線を送る先には、アンリネルゼさんがちょこんと座っている。

俺と目が合って、何故か縦ロールを一本後ろに流していたけど、それに一体何の意味が……。

「私一人で、ですか……？」

「数は多くないけど大丈夫、ミリシアちゃん？」

「が、頑張ります！」

「風を送る役目は、私が補助しますので」

ミリシアちゃんに聞くと、少しだけ躊躇《ちゅうちょ》したようだが、すぐに頷いてくれた。

残っている薬草の数からして二回調合するくらいだし、ライラさんが手伝うのなら大丈夫、かな？

「でもライラさん、補助って……魔法ですか？」

「いえ、風を送るだけなら、魔法でなくとも可能ですから」

「あー、確かにそうですね」

風を送るだけなら、魔法でなくても紙を使ったりすれば簡単にできるか、さっき俺もそうしようと考えていたくらいだし。

時間はかかるだろうが、強い風でなくてもいいのなら誰でもできる事だ。

「それじゃ、すみませんがお願いします。これはヘレーナさんの所に持って行きますね」

提案通り、ミリシアちゃんに任せる事にして、粉末になった薬の入ったままのすり鉢を持つ……ミリシアちゃんが作った方もこちらに入れて……と。

「はい。よろしくお願いします」

「師匠、お願いします！」

「ミリシアちゃんも、よろしくね」

「ワフ」

俺と一緒に来るらしいレオを連れ、ミリシアちゃんとライラさんが早速新しい調合の準備を始めたのを見ながら、客間の外へ行こうとしたら。

「ちょ、ちょっと待って下さいまし！　いっ、痛いですわ全く！　タクミさん、わたくしも参りますわ！」

俺を慌てて呼び止めて、座っていた椅子から立ち上がるアンリネルゼさん。

その際、勢いを付け過ぎたのか座っていた椅子の脚に、自分の足を引っかけて憤っていたりもしたけど、とにかく付いて来る気のようだ。

「あ、やっと喋った……じゃない。薬をヘレーナさんに渡すくらいですし、特に面白くありませんよ？」

ずっと黙っていたけど、さすがに呼び止めるためには喋らざるを得なかったんだろう、というのはともかく、調合みたいに何かをやるわけでもないので、特に面白い事はないと思うんだけどなぁ。

「それでも、わたくしはタクミさんに付いていくんですの。そうしろと、囁いているんですの！」

「……一応聞いておきますが、何が囁いているんですか？」

自信満々に胸を張るアンリネルゼさん……特に、何か誇らし気にする場面ではないんだけど。

ただ、囁いているというのが気になったので、部屋を出ようとした恰好のままつい聞いてしまった。

「え、その……この、わたくし自慢の髪が？　タクミさん、よく見ていらっしゃいますし」

「うっ……いやまぁ、ちょっと変わった髪型でしたから」

気付いていたのか、アンリネルゼさん。

別に俺は、縦ロールに興味があるとかそういうわけじゃないんだ。

ただ目立つし、ドリルはロマンという男心みたいなものに刻まれた何かが、視線を無意識のうちに誘導しているだけなんだ。

「ま、まぁわかりました。特に何もないでしょうけど、一緒に行きましょう」

「やりましたわ！」

「ワフゥ」

誤魔化すように、同行の許可をした俺に対し、アンリネルゼさんが顔を綻ばせて喜ぶ。

囁いている云々は結局よくわからなかったが、多分勢いで言った事なんだろう。

それは俺も同じだけど……勢いで刻まれた何かが誘導とか、考えちゃっているし。

なんて考えつつ、やっぱりレオの近くには来ようとはせず、後ろを付いて来るアンリネルゼさんを連れて、厨房へ向かった。

「失礼します。ヘレーナさんは……忙しそうですね？」

厨房に入ると、そこには昼食の準備で忙しそうに動き回っている料理人さん達。

「タクミ様、申し訳ございません！　只今昼食の仕上げに入っておりますので！」

「あぁ、手は止めなくて大丈夫ですよ。ヘレーナさんと昨日話した、お酒に混ぜる薬草を調合した薬を持ってきただけですから。これを渡して、よろしく伝えて下さい」

「畏まりました！」

昨日と同じく、忙しい時間に邪魔をしてしまったようだ。

とりあえず、俺に気付いた一人の料理人さんに薬を渡して、さっさと退散する事にする。

「これ以上邪魔したら悪いので、これで。レオ行こう、もう少しでお昼だそうだしその時に食べればいいからな。――アンリネルゼさんも」

「スンスン……ワフ！」

「随分あっさりですのね」

鼻をひくつかせて尻尾を振っているレオと、アンリネルゼさんに声をかけて、厨房を出た。

「さて、やる事は終わったけど……どうしようか？　剣の鍛錬はまだ先だし……」

厨房から少し離れてからの俺の呟きに、レオが先に食堂で待っていればと鳴いた。

「ワフ？　ワフワフ」

「そうだな。先に食堂で待っていれば良いか。もうすぐで昼食が出来上がりそうだったし、わざわざ移動して俺を呼びに来るのも手間だろうし……」

多分、レオは厨房で嗅いだ匂いでお腹が空いたんだろう……先に食堂に行っても早く食事ができるわけじゃないが、待ちきれない気分はなんとなくわかる。

別の場所にいても、俺やレオを誰かが呼びに来るのは手間になるからな。

「タクミさん達は、結構自由に過ごしているんですのね？」

レオから距離を取るためだろう、離れた場所から俺を見ていたアンリネルゼさんが、首を傾げている。

「そうですね、自由にさせてもらっています。ティルラちゃんがいれば、レオやシェリーとも遊んだりもしますけど……」

特に何かを言われる事はほとんどないし、薬草さえ作っておけば屋敷での過ごし方は自由だ。

裏庭に出てもいいし、部屋でのんびりするのでもいい、それこそ、用があるかはともかくラクトスとかに出かけるのも、特に止められないだろう。

まぁ、本当に屋敷を離れてどこかへ行く場合、理由くらいは聞かれるだろうけど。

とはいえ、ラクトスへと気楽に遊びに行く事も特にないんだが……よく考えてみると、俺もアンリネルゼさん程ではないにしろ、用がなければ外に出ない性分なのかもな。

何はともあれ、アンリネルゼさんと話しながら、昼食を楽しみにして尻尾を振るレオを連れ、食堂へと向かった。

「あら、タクミさん。レオ様とアンリネルゼも。薬草の調合はもう？」

食堂に入ると、エッケンハルトさんが話していたやる事というのが終わったのか、クレアさんがシェリーと一緒にいた。

「はい、簡単な調合で良かったみたいで、失敗する事もなかったので。後はミリシアちゃんに任せて来ました」

「そうですか。成功したのなら、なによりです」

成功を喜んでくれて、微笑むクレアさん……だけど次の瞬間、目を細めて俺達の後ろにいるアンリネルゼさんを見た。

「アンリネルゼ、タクミさんやレオ様に迷惑をかけていないわよね？」

「もちろん、ずっと黙って見ていましたわ。迷惑なんてかけませんわよ。クレアさんは、わたくしをなんだと思っていますの？」

「……思い付きで人を振り回す？　いえ、迷惑を振りまいては部屋に引きこもって、周囲をやきもきさせる人、かしら？」

ジト目でクレアさんを見返すアンリネルゼさんに対し、少し考えてから答えるクレアさん。

それはさすがに、言い過ぎだと思うんだけど……確かに、初対面の俺に対してレオが一緒にいるというだけで、結婚を迫ってやきもきはさせたのかもしれないけども。

ん？　クレアさん、やきもきしてくれていたのか……？　いやまぁ、部屋に訪ねて来るくらいには、気にしてくれていたんだろうというのは、俺でもわかるけど。

「随分な言いようですわね？　わたくしはこれまで、品行方正に生きてきましたわよ？」

「どの口が言うのかしら……はぁ」

心外とでも言うようなアンリネルゼさんの言葉に、クレアさんが溜め息を吐くのを聞きながら、レオと一緒にテーブルにつく。

アンリネルゼさんも俺の向かい側、クレアさんの隣に座った。

「そんなに、わたくしはクレアさんに迷惑をかけた事なんて、ありませんわよ？」

「本当に忘れたのかしら。――タクミさん、聞いて下さい。アンリネルゼったら……」

「は、はい？」

急に俺に振られて、戸惑いながらも返事をする。

そうしてしばらくの間、アンリネルゼさんとクレアさんの昔話、というよりはアンリネルゼさんがやったあれこれの話を伝えられた。

半分くらいは、子供のイタズラで済ませられる内容だったけど……アンリネルゼさん、さすがに楽しそうだからという理由で、使用人さん達の恋愛事情を多くの人と共有しようとするなんて事は、色々と迷惑が過ぎると思う、デリケートな問題っぽいし。

しかもそれが、クレアさんのいる公爵家の本邸で行われたというのだから、物怖じしないというかなんというか。

まぁその後、大人達に叱られて数日程用意された部屋に引きこもって、周囲の人達を心配させたというのだから……今と大きく変わっていないような気がするし、クレアさんが過剰に心配するのも無理はないのかもしれないな。

ちなみにその時、アンリネルゼさんは隣領の関係で来ていたらしいが、バースラー伯爵は来ておらず、今は亡きアンリネルゼさんの母親と一緒だったらしい。

母親とは、仲が良かったみたいだ。

その他にも、数々のアンリネルゼさんの武勇伝と言うべきか、碌《ろく》でもないでもないと言うべきか、色々な話を聞いた。

三つ子の魂百までと言うし、ほんの二年近く前までの出来事にも話が及んだので、今のアンリネルゼさんはそう大きく変わっていないんだろう。

話を聞いていた俺は、笑えない話、冗談で済まされないような話もあって、顔が引きつっていなかったか少し心配だったけど、ともかくクレアさんが少し言い過ぎなくらい、アンリネルゼさんに注意する理由がよくわかる。

でも、根っこのところでクレアさんとアンリネルゼさんの仲が悪くない、というのもわかった。

「よーしよし……」

「キャゥ、キャゥ！」

クレアさんが以前あった事を話している間に、仲良くなった様子のシェリーとアンリネルゼさん。

アンリネルゼさんにとっては、昔の話をされて恥ずかしさとかからの現実逃避みたいなものもあったのかもしれないが……最初は、ちょっと赤くなっていたし。

ともあれ、なかなか懐かなかったシェリーもアンリネルゼさんに撫でられてご満悦の様子で、アンリネルゼさんもフェンリルという事をあまり意識しなくなったようなのは良かった、のかもしれない。

「ここ？　ここを撫でて欲しいんですの？」

「キャゥ！」

というかシェリーは、アンリネルゼさんが動く事で揺れる縦ロールの方が、気になっているみたいだな……。

前足を動かして、猫パンチのような仕草をしている。

猫に対する猫じゃらしのようなものなのか？　と思ってしまったけど、フェンリルって猫じゃないはずなんだが。

少なくとも、犬っぽくはあってもあくまで狼のはず……室内犬のように過ごしている姿を見ていると、自信がなくなってくるけど。

それはともかく、アンリネルゼさんとシェリーが仲良くなれたのはいいとして、テーブルから離れて俺の後ろにいるレオへと振り返った。

「……仰向けになってアピールしても、アンリネルゼさんはシェリーに夢中みたいだぞ？」

シェリーだけ仲良くなって、と主張するように俺の後ろではレオが仰向けになってお腹を見せていた。

怖くないよーみたいなアピールのつもりらしいけど、アンリネルゼさんはシェリーにご執心でレオを見ていない。

「ワゥ……ワウ～ワフ～」

しょんぼり気味の鳴き声から、前足をクイッと動かして今度は俺にアピール。

撫でて欲しそうなので、椅子から離れてお腹を撫でてやる事にする。

「はいはい。おぉ、お腹の毛ってこうして撫でると、背中とは違うんだなぁ」

レオのお腹の毛は、見た目は他の部分と変わらないけど、触ってみるとかなり柔らかい。

まるで全てをふんわりと、柔らかく包み込むような感触だ。

何度か撫でてやった事はあるけど、比べてみるとはっきり違いがわかるな……極上の毛布も敵《かな》わないくらいだ。

ティルラちゃんに教えたら、抱き着いてお昼寝しそうだな、俺もやってみたいし。

「本当ですね。以前も撫でさせて頂いた事はありますが、他よりも柔らかく受け止められる気がします」

「ワッフ～」

「ク、クレアさん……いつの間に」

撫でていた俺の隣から声が聞こえ、そちらを見るといつの間にか来ていたクレアさんが、優しくレオのお腹を撫でて微笑んでいた。

まったく気付かなかったが、レオも気持ちよさそうに声を漏らしているな。

「タクミさんがレオ様を撫で始めてすぐからですけれど……それだけ夢中になっていたんでしょうね。気持ちはわかります」

「そ、そうかもしれませんね」

レオのお腹を撫でるためか、意外と近くにクレアさんの顔がある事に気付いて、途端に緊張してしまう。

確かにレオの毛は柔らかくて、撫でているこっちも気持ちいいくらいだけど……クレアさんの方は、力説して得意げな顔で距離の近さには気付いていないようだ。

「シェリーがアンリネルゼに取られてしまったので、私はレオ様をと」

シェリーに関心が行っていたアンリネルゼさんはともかく、向かい側に座っていたクレアさんはレオの動きに気付いていたんだろう。

そのシェリーは今、アンリネルゼさんに抱かれて愛でられているからこっちに来たのか。

「これくらいでいいですか、レオ様？」

「ワッフ、ワフ〜」

「ふふふ、タクミさんが時折言う、レオ様の満足そうな鳴き声ってこれの事ですね」

「ま、まぁそうですけど……」

撫でる強さをレオに聞いたクレアさんは、鳴き声の返答にクスクスと笑う。

確かに、満足そうな鳴き声と言えば今のレオの声そのものだ。

けど、こんな肩が触れ合う距離になんの心構えもなく、クレアさんがいるわけで……しかも、レオに呼びかける優しい声に、俺の耳がくすぐられてしまって顔が熱くなり、動悸が激しくなるのを止められない……。

「ふふふ……」

「ワフワウ～」

クレアさんとレオは、俺の事を気にせず撫でる側と撫でられる側で、楽しんでいるようだ。

こっちは、恥ずかしいやら照れくさいやらで、よくわからなくなっているっていうのに……アンリネルゼさんや、他の女性が近くに来た時はこんな事はないのにな。

何故、という問いかけは無意味なのでとりあえず考えないようにして……今は誤魔化そう！

このままだと恥ずかしいだけだし、俺だけ意識しているようで悔しかったからでは決してない、ないんだからな！

「レオ、あっちでシェリーを構っているアンリネルゼさんだけど……」

誰に言い訳しているのかわからない考えを、頭の中でぐるぐると巡らせた後、至近距離のクレアさんを気にしないように心がけ、わざと口角を上げてニヤリと笑う表情を作って、レオにイタズラを持ちかける。

「ワウ？」

「タクミさん、悪い顔をしていますね……」

「そりゃもう。ちょっとアンリネルゼさんには悪いですけど……コソコソ」

仰向けのまま、顔をこちらに向けるレオに小声でやって欲しい事を伝える。

作った悪人っぽさのある表情が原因か、クレアさんからは呆れているような目で見られてしまったが、心臓の音や顔の熱さを悟られるよりはマシだ、多分。

「ワウ、ワッフ！」

「よし、頼んだぞレオ」

「ワフー」

俺のイタズラに乗り気なレオの鳴き声。

仰向けになっていた体を俺やクレアさんの反対方向に転がし、のっそりと起き上がる。

「フェンリルって、こんなに可愛い生き物だったんですのね！　これは新しい発見ですわ！」

「キャウキャウー！」

シェリーを構っている、アンリネルゼさん。

その様子を、微笑ましく見守っている風を装い、先程までと同じ椅子に座る。

クレアさんは、エッケンハルトさんの血筋かそれともアンリネルゼさんが相手だからか、面白そうな事になるかも？　と何も言わず、でも顔を綻ばせて笑いを堪《こら》えながら、俺の隣に立った。

隣はレオのために開けている場所だから、椅子がないからな……俺の使っている椅子に座ってもらえばよかった。

まぁそれはともかく、ゆっくりとテーブルを迂回して移動するレオ。

姿勢を低くして、できるだけ目立たないようにしているらしいけど、体が大きいからバレバレだ。

アンリネルゼさんが気付いていないからいいか。

そんな様子を、吹き出しそうになるのを我慢しながら、クレアさんと見守る。

「キャゥ？」

シェリーが近くに来た……アンリネルゼさんの後ろに立つレオに気付き、首を傾げて声を上げる。

その次の瞬間……。

「ワフゥ！」

レオがアンリネルゼさんの頭の上から覗き込むようにしつつ、少し大きめに鳴いた。

「ひぃぃぃぃぃぃ！」

レオの声が食堂に響いた瞬間、アンリネルゼさんは大きく悲鳴を上げ、椅子から飛び上がる。

真上から覗き込むようにしていたレオは、スッと顔を上げて避けていた。

「ぷっ！」

「ははは、笑ったら悪いですよ、クレアさん？」

「タクミさんだって、笑ってるじゃないですか。ふふふふ！」

大きな反応に我慢ができなくなったクレアさんは噴き出し、つられて俺も笑ってしまった。

「ど、ど、どうしてわたくしの後ろに！　わ、わたくし、襲われるんですの⁉」

テーブルを背に、下がれないながらもできるだけ離れようとするアンリネルゼさん。

慌てている様子が声とバタバタと動かす手に表れている。

「落ち着きなさい、アンゼ。レオ様は人を襲う事はないわ。ふふふ」

クレアさんが落ち着くように言っているけど、すぐにはどうにもならないみたいだ。

「キャゥー！」

「ワフ」

アンリネルゼさんが立ち上がった事で、落ちる前に隣の椅子に飛び乗ったシェリーは、楽しそうな声を上げながらレオの頭の上に着地。

お気に入りの場所に乗れて、ご満悦の様子だ。

結構な勢いだったが、シェリーが飛び乗るくらいなんともないのか、軽く鳴くだけで済ませた。

「アンリネルゼさん、大丈夫ですよ。レオが襲ったりはしませんから」

「そ、そうなんですの……？　はぁ、でも突然後ろからは、止めて下さいまし……」

俺からも声をかけて、ようやくほんの少しだけ落ち着いたアンリネルゼさん。

大きく溜め息を吐いているけど、文字通り胸を撫でおろしているのかもしれない……俺とクレアさんからは、アンリネルゼさんの背中と縦ロールしか見えないし。

「レオ様は、アンゼと遊びたいのかもしれないわよ？　シェリーばかり構っているから……」

「ク、クレアさん。そ、そう言われましても……」

「ごめんなさいアンリネルゼさん。でも、まだまだレオには慣れないかな？」

さすがに驚かせすぎたかもしれないので、謝っておく。

「ここにいる事で、人を襲わない……というのは理解できましたけれども、まだこんなに大きなのにはなれませんわ」

「ワフ？」

なんとか落ち着いたアンリネルゼさんは、レオから少し離れた椅子へと座る。

レオが大きいから駄目なの？　と言うように首を傾げながら声を出したのに対して、ビクッとしていた。

まぁ、人を乗せて走れるくらい大きな狼だからなぁ、見た目としての恐怖をすぐに拭い去る事はできないんだろう。

ごめんなさいと、もう一度心の中で謝った。

「勉強が終わりました！」

改めて、クレアさんも椅子に座って落ち着いた雰囲気の戻った頃、ティルラちゃんが元気よく食堂に飛び込んでくる。

勉強が終わった解放感もあるのかもな。

続いて、エッケンハルトさんやセバスチャンさんも入ってきた……ここに来る途中で一緒になったんだろう。

「レオ様、シェリー！」

「ワフ！」

「キャウー！」

早速とばかりに、まだアンリネルゼさん側にいたレオと、頭に乗っているシェリーの下へと駆けよるティルラちゃん。

レオもシェリーも、嬉しそうに鳴き声を上げて歓迎している。

「あぁやって無邪気に行った方が、いいのですわね？」

「それは、ちょっと違う気がするけれど……」

ティルラちゃんの様子を見ていたアンリネルゼさんが、ポツリと呟き、クレアさんが困った顔になる。

さすがにアンリネルゼさんが、ティルラちゃんのような感じでレオ達とじゃれ合い始めたら、それはそれで変な雰囲気になりそうだ。

レオも、急にそうなったら驚きそうだし。

ともあれ、微笑ましいティルラちゃんたちのじゃれ合いを見守りつつ、エッケンハルトさんがテーブルにつき、続いて使用人さん達が料理を運び込んできて、昼食になった。

エッケンハルトさん達、タイミングばっちりだ……セバスチャンさんが、見計らっていたのかもしれないが。

「では、いただこうか」

「いただきます」

「ワフ」

昼食の配膳が終わり、エッケンハルトさんの合図で食べ始める。

いつもの如く、豪快に肉へ齧《かぶ》り付くエッケンハルトさんを見ながら、クレアさんは溜め息。

ティルラちゃんはそちらを気にする事もなく、自分の食事へ集中。

アンリネルゼさんは、行儀よく食べるシェリーを見て顔を綻ばせていたが、時折レオの方に視線を向けて顔を強張らせていた。

……レオも、エッケンハルトさんに負けず劣らず、豪快に肉に食いついているからな……もしかしたら、自分が齧《かじ》られる想像でもしたのかもしれない。

「タクミ様、ヘレーナより言伝《ことづて》です。ラモギを使ったグレータル酒の準備はできましたので、時間が空いている時にレオ様を連れて来てほしいとの事です」

昼食後のティータイムの時、セバスチャンさんからヘレーナさんの言伝を伝えられる。

「わかりました。この後、厨房に行きます」

剣の訓練までの時間で、さっさと終わらせよう。

試作だから数も少ないだろうし、もし時間がかかるようなら、ヘレーナさんにレオを任せて俺だけ裏庭に行けばいいしな。

「お、ついにレオ様の判別か。レオ様、頼みましたぞ？」

「ワフ！」

「本当に、シルバーフェンリルに病の判別ができるのでしょうか？」

アンリネルゼさんはレオがグレータル酒の病気を判別するのに懐疑的みたいだな。

レオに対する信頼感のようなものが、まだ低いからだろうなぁ……。

この屋敷、というより公爵家の人達はシルバーフェンリルとの関わりがあるから、レオに関する事はあっさり信じてくれる。

まぁアンリネルゼさんの反応の方が、知識を持っていない人からすると当然なのかもな。

「ん？　アンリネルゼ、疑っているのか？」

「あの魔法具での病は、魔法具を使ってでしか感知できないはずですわ。それを……シルバーフェンリルとはいえ、何も道具を使わずに判別できるとは思いませんわ」

アンリネルゼさんの疑いはもっともだし、俺もレオじゃなければ信じてなかったかもしれない。

「それじゃあ、アンゼはグレータル酒を飲まなくてもいいのね？」

「そうは言っていませんわ！」

「ふははは、まぁ、疑う気持ちもわからないではないがな。だが、レオ様が本当に判別できないのであれば、今頃ラクトスはもっと病が広まっていただろう。それに、病気を広める魔法具も発見はできなかったようだからな」

「それは……そうですけれど……」

エッケンハルトさんは笑ってアンリネルゼさんの疑問を否定するが、それでも懐疑的な様子を見て、セバスチャン、ラクトスの様子はどうだ？」

「セバスチャン、ラクトスの様子はどうだ？」

「はい。タクミ様が作られたラモギのおかげで、広がっていた病は終息に向かいつつあります。日に日に病に罹《かか》っている民は減っているようです。それと、病の原因が判明してより、ラクトスにてグレータル酒の回収を行いましたので、新しく病に罹った者も減っているようです」

「まぁ、これだけでレオ様が判別できると証明できる事ではないが……レオ様とタクミ殿がいなければ、ラクトスでの病はもっと広がっていただろうな。最悪、街が機能しなくなっていた可能性もある」

エッケンハルトさんがセバスチャンさんに聞いて、ラクトスの状況を説明させる。

ラモギを集中的に作ったおかげで、病に罹っている人が少なくなってきているようだ。

グレータル酒の回収までしているとは知らなかったが、全てではないにしろ、病の素が入った物だから終息のためには必要な事だな。

「カレスの店では、ラモギを求める人が減っております。頃合いを見て、販売価格を戻す事も検討しています」

「うむ。タクミ殿の報酬を減らさせてもらい、販売価格を下げさせてもらったからな。混乱がないよう、注意するようカレスに伝えてくれ」

病が終息に向かっているから、そろそろラモギの価格も戻すようだ。

報酬を減らすように言ったのは俺からなんだが、そこはまぁいいか。

ともあれ、例の店もなくなったのだから、これから街に薬草が行き渡り始めるだろうし、カレスさんが上手くやってくれる事を願う。

「はい、畏まりました」

「アンリネルゼ、疑いたい気持ちはわかるがな、こうして病を終息へと向かわせてくれたタクミ殿、そしてレオ様を私は信じるぞ」

セバスチャンさんとの話を終え、真っ直ぐアンリネルゼさんを見るエッケンハルトさん。

その様子からは、確かに疑っていないのだという事が伝わってくる。

「私も信じます」

「キャゥ！」

「私もです！」

「ありがとうございます」

「ワフ！」

それに加えて、クレアさん、シェリー、ティルラちゃんが頷いてくれた。

皆から信頼されているとわかるのは嬉しく、レオと一緒に面映《おもは》ゆい気持ちを抑えながら、皆に頭を下げてお礼を言う。

「わかりましたわ。そんなに皆が信じると言うのなら、わたくしも信じますわ。でも、もしわたくしが病に罹った時は、ラモギをすぐ用意して下さいませ！」

「アンリネルゼ……それは信じていると言えるのかしら？」

本当に信じているのかわからない事を言いながら、アンリネルゼさんは無理矢理納得したようだ。

「ははは、まぁいいだろう。ともかく、ラモギとグレータル酒のかけ合わせが上手くいったとレオ様が判断した後、それを飲んでみればわかる事だからな。ラモギもあるから、すぐに治せるだろうしな」

「そうですね。――皆が病気にならないように頼んだぞ、レオ？」

「ワウ！」

もし何かがあっても、俺がすぐにラモギを作れば良いだろうから、問題にはならないかな……まぁ、レオが判別してくれたら大丈夫だと思う。

「キャゥ？」

「いや、シェリーは……レオ様の真似はできないだろう……」

「キャゥゥ……」

そんな俺達の話を首を傾けながら聞いていたシェリーが、自分も頑張るとばかりに吠えたが、エッケンハルトさんに否定された。

シェリーとしては、レオの真似でもしてみたかったんだろうが……しょんぼりしてしまったな……。

あ、アンリネルゼさんが慰めるように撫で始めた……本当にシェリーを気に入ったようだ。

第四章　ラモギを混ぜたら新しいお酒になりました

ティータイムの後、何やらセバスチャンさんと話をする用があるらしいエッケンハルトさんが食堂を出て、次に俺がレオを連れて退室した。

しょんぼりしたシェリーは、クレアさんとティルラちゃん、それからアンリネルゼさんに慰められているようだ。

まぁ、あっちは任せよう……元気になったら、鍛錬の時間までティルラちゃんと外で遊ぶようだったしな。

アンリネルゼさんは、外での遊びに興味なさそうだったけど。

「失礼します。すみません、ヘレーナさんは……？」

「ワフ」

「あ、タクミ様。ちょうどいい所に……今試作したグレータル酒の用意をしていたところです」

レオと一緒にヘレーナさんを訪ねて厨房に行くと、一抱えくらいの大きさの樽が五個、並べられていた。

ラモギを混ぜて試作するにあたって、ランジ村から持って帰って来た樽から移し替えて、小分けにしたんだろう。

「ありがとうございます。えーっと、どういうやり方をしたんですか？」

「はい、タクミ様から分けて頂いたラモギを、それぞれ右から順番に……人間一人が一度に摂取するラモギの量から、四分の一程度入れた物、三分の一程度入れた物、半分を入れた物、三分の二程度入れた物、全て入れた物となります」

「量を調整してみたって事ですね」

「そうなります」

試作したラモギ入りグレータル酒は、ラモギを入れる量が少なくても大丈夫なのか、多くないといけないのか……という事も考えられているようだ。

ただラモギを混ぜるだけじゃなく、違いを考えて作るのは料理人っぽいかな？

「それじゃ……レオ、頼むよ」

「ワフ！」

レオに頼んで、グレータル酒の選別を始めてもらう。

俺の声に頷いて答えたレオは、ゆっくりと樽へ鼻先を近づけ、匂いを嗅ぎ始めた。

ヘレーナさんを始めとした厨房にいる料理人達全員が、その様子を固唾《かたず》を呑んで見守る。

「ワフゥ……？　ワフ！」

「一番右は駄目……と。他にはどうだ？」

「ワフ……ワフワフ」

「それ以外は大丈夫か……ありがとう、レオ。――ヘレーナさん……」

「ワフ」

レオが示したのは、一番右の樽……ラモギを四分の一程度入れた物だけが、まだ危険で嫌な感じのする臭いがするようだ。

それ以外の樽は危険な感じがなくなっているので、大丈夫という事みたいだな。

頷《うなず》くレオを見ながら、ヘレーナさんにそれらの事を伝えた。

「そうですか……やはり、ラモギの量でも違いが出たようですね。――ありがとうございます、レオ様」

「ワフ」

やっぱり、ヘレーナさんに頼んで正解だったな。

俺が考えていたら、ラモギの量を変えて試作するなんて思いつかず、適当にラモギを放り込んで……くらいだっただろうし。

「では……念のため、ラモギ半分以上を入れた樽を飲める物としましょう。この樽一つでラモギ半分……樽二つでラモギ一人分、とした方がわかりやすいでしょうから」

三分の一の物は、もしかしたら細かい量の違いで病の素《もと》が残ってしまうかもしれないし、確実性を考えて半分以上としたんだろう。

グレータル酒の量に対して、必要なラモギの数もわかりやすいしいい案だと思う。

「そうですね。それでいいと思います。後は……味が変わっていないか、ですね」

「はい。ラモギの量によって味が変わるかもしれません。飲めるグレータル酒をそれぞれ試飲してみましょう。ですが……」

「何か、問題でもありますか？」

ラモギを入れる事で飲めるとわかったのだから、後は味見をするだけだけど、ヘレーナさんは何かを考えるように言い淀んだ。

どうしたんだろう？

「いえ、正直に言いますと……元のグレータル酒の味を、我々は知らないのです。飲んだ事がないので……」

「あぁ、そうですね……それは味見として正しいのか、判断に困りますよね」

ランジ村のグレータル酒を飲んだことがあるのは、この中で俺だけという事か。

病に罹る元になっているお酒だから、味を試すためと飲んだりする事はできないだろうしなぁ。

「まぁ、我々は他のお酒と比べて……という事で味見をする事にします。ランジ村のグレータル酒と比べてどうか……というのはタクミ様が判断して下さればと」

「舌に自信があるわけじゃありませんが、やれるだけやってみます」

「はい、お願いします。では……」

俺も飲んだのはランジ村でだけだし、自信があるとは言えないが……フィリップさんかエッケンハルトさんを呼んだ方がいいのかな？

……飲み過ぎて酔っ払ったら今日の仕事ができなくなるだろうし、どうしてもわからない時の最終手段だな。

一応、ヘレーナさんも料理人さん達もグレータルジュースを飲んだ事があるし、大きく違わないから大丈夫だろう。

「タクミ様、どうぞ」

「はい。……それぞれ、色が違いますね」

料理人さん達が手分けして、樽からグラスにグレータル酒を注いで持って来てくれる。

ラモギの量別で半分、三分の二、全部と三種類が別のグラスに注がれていて、それぞれ色が違った。

「はい。ラモギが溶けた色でしょうか……入れた量が多い程、色が濃いようです」

元々赤いグレータル酒のはずが、ラモギを半分入れた物はピンクに近くて透明感がある。

三分の二入れた物は、少し赤みが見える程度の紫で、ラモギを一人分全部入れたグレータル酒は濃い紫で、ここまでくると透明感はほとんどない。

確かセバスチャンさんが、ラモギを水に浸けると紫色になると言っていたので、その影響だろう。

見ていて思い出したけど、確か地球にはロゼワインというのがあったっけ。

透明なグラスに注がれたピンクのお酒は、女性に好まれそうな綺麗な色をしていた。

「では、少しだけ……ん」

「はい。我々も……ん……」

樽と同じように、ラモギの量別に注がれたグラスを右から順番に飲んでいく。

ランジ村で飲んだ時は何故か酔う事はできなかったが、今回はどうなのかわからない。

これが終わったらエッケンハルトさんと剣の鍛錬をする予定だから、少しだけ舐めるように飲むにとどめておいた。

俺がグレータル酒を口にしたのを見て、ヘレーナさんを始め厨房にいる料理人さん達もそれぞれ飲み始める。

「成る程……」

「元の味との違いまではわかりませんが、ラモギの量でもやはり違いが出ますね……？　ジュースにした物とも、少し違うようです」

「はい。ヘレーナさんは、どれが一番美味しいと感じましたか？」

「私は、一番ラモギの量が少ない……半分だけ入れた物ですね」

「そうですか。はっきりと断言できるわけではありませんが、それが一番ランジ村のグレータル酒の味に近いと思います」

一番色が綺麗な、ラモギを半分程度入れたグレータル酒は、かすかに苦みを感じるような気がする程度で、ほとんど気にならない。

ジュースとは違ってアルコールの感じもちゃんとあったし、ランジ村の物に一番近かったように思う。

むしろ以前飲んだ物よりも、かすかに感じる苦みのおかげで甘さが強調されていて、さらにフルーティになっているようにも感じた。

……まぁ苦みの方は、本当に微《かす》かに感じる程度で、集中して味わってみないと感じない程度なんだが。

「でしたら、やはりラモギを半分程度入れる……というのが一番良いのでしょう。ラモギを入れる量が多くなるほど、苦みが出てしまっていますね」

ヘレーナさんの意見に、厨房にいる他の料理人達も頷いている。

やっぱり、ラモギを半分入れたグレータル酒が一番良さそうだな、味も、色合いも。

「では本日の夕食後に、皆様にラモギを半分入れたグレータル酒を出させて頂きます。これ以後は、屋敷に持ち込まれたグレータル酒は、こちらの樽一つにつきラモギを半分入れる事とします」

「はい、それでお願いします。エッケンハルトさんも楽しみにしていましたから」

ヘレーナさんに頷き、そう答える。

「それからこの残った物ですが……」

余った苦みの多いグレータル酒は、料理人達が責任を持って飲んでくれるんだそうだ。

捨てたりしないのは、物を粗末にせずできるだけ使いたい……という考えなんだろう。

ラモギが足りない物は、追加でラモギを入れ、明日から飲めるようにするとの事だ。

これで屋敷に運び込んだグレータル酒が、ジュースにするという手間をかけなくとも消費できる算段が付いた。

……無駄にする事がなくなって、本当に良かった。

「あ、ティルラちゃんのは、さすがにジュースにして下さいね？」

「はい、わかっております」

さすがに、ティルラちゃんにお酒のまま飲んでもらうのはまだ早いだろう。

ヘレーナさんにとっては、多少手間かもしれないけど。

「ワフ！」

「ん、レオも飲みたいのか？」

「ワフワフ」

「そうか……ヘレーナさん、頼めますか？」

「はい。ティルラお嬢様、レオ様、シェリーの物は、ジュースにしてお出しします」

「すみませんが、お願いします」

ティルラちゃんだけでいいかと思っていたら、レオも飲みたいと主張してきた。

どうやら、前にジュース状態で飲んだ時に気に入ったらしい。

ヘレーナさんの了承を受け、無事にグレータル酒が飲めるようになった事に安堵《あんど》しながら、ご機嫌なレオを連れて厨房を出た。

追加のラモギは……既に多めに渡しているし、他は明日でいいかな——。

「お、タクミ殿。来たか」

厨房を離れ、レオを連れて裏庭に出ると、エッケンハルトさんとティルラちゃんが既に待っていた。

ティルラちゃんはシェリーを抱いてじゃれているようだけど、屋敷一階の廊下の窓からクレアさんと一緒に、アンリネルゼさんがジッとティルラちゃんを見ているのが見えた。

いや、ティルラちゃんじゃなくて、一緒にいるシェリーを見ているんだな、これは。

よっぽど気に入ったらしい。

他にも、裏庭にはかいた汗を拭くためにタオルなどを用意して持ってくれている、ゲルダさんもいるな。

ライラさんは……ミリシアちゃんと一緒なんだろう、見当たらなかった。

「鍛錬の時間です！」

「ははは、ティルラちゃん。やる気だね？」

「はい！　体を動かすのは楽しいのです！」

「ワフ！」

「キャゥ？」

やる気を見せるティルラちゃんは、活発な子供らしく、体を動かすのが楽しいようだ。

レオも同意するように吠えて頷くが、シェリーは「そんなに体を動かすのが楽しいの？」とばかりに首を傾げた。

遊んでいる時ははしゃぐのに……フェンリルとしてそれはいいのだろうか？

「タクミ殿、酒の方はどうだった？」

シェリーがフェンリルとして大丈夫なのかを考えていると、エッケンハルトさんがグレータル酒の事を聞いてくる。

「あぁはい、飲める物ができましたよ。今日の夕食後に出すそうです」

「そうか、それは楽しみだな！　これは、気合を入れて鍛錬にも打ち込まなくては！」

美味しいお酒が飲めるかどうか、それだけ気になっていたみたいだな。

ちゃんと飲める事を確認すると、嬉しそうにしたエッケンハルトさんも笑顔になってやる気を出す。

楽しみな事を前にした時の顔が、ティルラちゃんに似ているなぁ……いや、ティルラちゃんはこんなに強面《こわもて》じゃないが。

「では、早速鍛錬を始めよう」

「はい！」

「はいです！」

「ワフ！」

「キャゥ！」

木剣を持ち、俺達を鍛えるために鍛錬を開始するエッケンハルトさん。

俺とティルラちゃんが返事をするのはわかるが、レオやシェリーは気合を入れなくてもいいんじゃないかな？

一緒に走ったりもするレオはともかく、シェリーは鍛錬に関わりがある事をするわけじゃないのに……というか、いつの間にかちゃっかりとレオの頭の上に乗っているし。


「よし、今日はこんなものだな。そろそろ夕食だ」

「はい、ありがとうございました！」

「ありがとうございました！」

「ワウ！」

鍛錬の終わりに、エッケンハルトさんに皆で礼を言って終わった。

レオも参加したから、俺達を真似するように吠えている。

ちなみにシェリーは、鍛錬が始まってレオの頭から降りて、屋敷の中にいるクレアさんの方へと駆けて行った。

体を動かすよりも、抱かれてのんびりしている方が好きらしい……本当にフェンリルとしてそれでいいのか？

聞いていた話では、獰猛《どうもう》な魔物だったはずなんだが。

「しかし、やはりレオ様は凄いな。全く敵《かな》う気がしない」

「ワフゥ！」

エッケンハルトさんが、感心するようにレオに話しかける。

今日の鍛錬で、レオとエッケンハルトさんが模擬戦をした……少し前に、ティルラちゃんと約束したエッケンハルトさんに見本を見せてもらう、というやつだ。

まぁ俺とティルラちゃんとの鍛錬の時と同じように、レオはエッケンハルトさんの攻撃を避《よ》けるだけだったが。

俺達よりも素早い動きで剣を振るエッケンハルトさんだが、それでも中々攻撃はレオに当たらない。

数十回振った剣でも、当たったのは二、三回程度で、レオ自身から聞いていた通り毛を固くしていたのか、木剣を当てたエッケンハルトさんの方が手が痺れて痛がっていた一幕もあったりした。

初めて見たが……これなら確かに、レオに敵う人間なんていないないんじゃないかと実感できるくらいだ。

シルバーフェンリルって、凄いんだなぁ。

「お父様、そろそろ中に入った方がいいのではないですか？」

「うむ、そうだな」

「レオ、行こう」

「ワフ」

レオと模擬戦をした時の事を話していたエッケンハルトさんを、窓から声をかけるクレアさんが止めて、屋敷の中へと促す。

クレアさんの隣では、シェリーを抱いてご満悦のアンリネルゼさんが見えた。

楽しそうで何よりだ。

「……ん？」

屋敷へと入り、エッケンハルトさんの横を歩くレオの後ろにいて気付いた。

廊下に点々と土が付いている……しかもレオの足形に……。

「レオ、ちょっと待ってくれ」

「ワフ？」

「どうしたのだ、タクミ殿？」

「どうかしましたか？」

思わずレオを止めるように声をかけ、それを聞いた他の人達も俺を見て首を傾げる。

「いえ……レオの足形が……」

「ワフ……」

「おぉ、確かにな……レオ様の足は大きいな、私の手よりも大きいぞ」

「いや、エッケンハルトさん。大事なのはそこではなくてですね……」

日本とは違い、屋敷の中は土足だ。

玄関で靴を脱ぐという習慣もないのだから当然なのだが……一応、金属でできた先の丸い剣山のような、靴から土を取り除く物はある。

裸足で体重を乗せても、健康サンダルよりは痛くはない程度の物だ。

俺もそうだが、他の皆も外から屋敷に入る時は、それに乗って靴に付いた土や泥を落とすし、靴底を拭く布も用意されているんだけど……。

「レオ、もしかして……足に付いた土を落としていなかったのか？」

「ワ、ワゥ……キューン……」

レオを追及するようにジト目で聞くと、急に甘えた声を出した。

「ゲルダさん……レオが外から帰って来ると、掃除が大変じゃないですか？」

「え、えっと、そのぉ……」

「クゥーン、キューン……」

「いえ、大丈夫です！　掃除も私達の仕事ですので！」

一緒にいたゲルダさんに聞くと、レオはゲルダさんにも甘え、大丈夫だと言わせようとする。

まぁ、反応からどうなっているのかは想像できたが……。

「……それは大変、と言っているようなものだと思いますが。レオ……？」

「キュー？　クゥーン……」

「甘えても駄目だぞレオ……ちゃんと土を落とす物があるだろう？　それで土や泥を落としてから屋敷に入らないと、皆が大変なんだ。わかるな？」

「ワフゥ……クゥーン。ワウワフゥ……」

「あぁ、くすぐったいのか。……確かに肉球は敏感らしいからなぁ」

俺達人間が裸足で足を乗せても痛くない程度の丸みがあるんだが、レオの肉球にとってはそれがくすぐったいみたいだ。

人間からすると、足の裏をくすぐられているようなものかな？

とはいえさすがに、お世話になっている屋敷の人達に、掃除の手間を増やして迷惑をかけるわけにもいかない。

日本にいた時は、玄関に足を拭くための雑巾を用意しておいて、散歩から帰るとそれで俺が足を拭いて土を落としていたし、成長してからは自分で覚えて足を拭いたりもしていた。

この屋敷に来てしばらくして、マットの事も教えて、レオの返事もしっかり理解したようなものだったから、安心していて気付かなかった……。

床の事やレオが土を落としているかを、確認していなかった俺が悪いんだけど。

「とりあえずゲルダさん、雑巾を持って来てくれますか。できれば濡れている方が助かります」

「はい、すぐに！」

ゲルダさんに、雑巾を持って来てもらうようお願いする。

「すみません、エッケンハルトさん、クレアさん」

駆けて行くゲルダさんを見送った後、すぐエッケンハルトさんとクレアさんに謝る。

「はっはっは！　何を注意するかと思ったら、土が付いている事だとはな！　シルバーフェンリルの弱点は肉球なのか？　まぁタクミ殿、気にするな！」

「そうですよ、タクミさん。レオ様には自由に過ごして欲しいですから、気にしなくても良いのですよ？」

二人共気にしていないようで助かったが……それに甘えてこのままにするのは気が引ける。汚さずに済むのなら、それが一番いいからな。

ライラさん達を始めとした、この屋敷の人達にはお世話になっているんだから、できるだけ迷惑をかけたくない。

ちなみに、アンリネルゼさんはシェリーを撫でて我関せずというかそれだけでご満悦な様子で、ティルラちゃんはレオとエッケンハルトさんの模擬戦を見て、自分とは何が違うのかと首を傾げている。

「それでも、やっぱり汚さないに越した事はありませんから。ゲルダさんが雑巾を持って来たら、レオの足を拭いてすぐに行くので、皆さんは先に食堂へ行っていてもらえますか？」

「ふむ、そうか。わかった」

「はい……あまり気にしないで下さいね、タクミさん」

「レオ様、食堂で待ってますね！」

「キューン……クゥーン、クゥーン」

皆に食堂へ先に行ってもらい、ゲルダさんを待つ。

とりあえずレオ、置いて行かないでと皆に甘えた声を出すんじゃない！

「レオ……肉球が敏感でくすぐったいのはわかったけど、そういう事なら言ってくれ。皆に迷惑をかけるわけにはいかないだろ？」

「ワフゥ……ワフワフ、クゥーン」

「ん？　色々始めた俺に気を遣わせたくなかった？　それにくすぐったいからと言っても聞いてもらえるかわからなかった……と」

「ワフゥ」

レオがしょんぼりと項垂《うなだ》れながら、俺に理由を伝えて来る。

確かに、剣の鍛錬や薬草作り、薬の勉強等々、色々やる事が増えてきたが……レオの事は特別だ。

「馬鹿だなレオ。ちゃんと言ってくれれば、レオが嫌がらないようにちゃんと対処したぞ？長い付き合いの相棒だし、俺はレオにいっぱい助けてもらっているからな。これくらいの事は言ってくれれば、何とかするさ」

「ワフ……キューン」

「わぷ……こらレオ、待て、動くな……」

動いたら、また足跡が床に広がるじゃないか。

俺の言葉が嬉しかったのかなんなのか、俺に甘えるように顔を寄せて来て、舐めて来るレオ。

両手で顔を掴まえて、なんとか動かないように止める。

「わかったな、レオ。これからは何かあればちゃんと言うんだぞ？　俺ができる事ならなんとかするから。……まぁ、俺よりもレオの方ができる事が多そうだけどな」

「ワフワフ」

レオにしっかりと言い聞かせるように、顔を見ながら伝える。

嬉しかったのか、レオが尻尾を勢いよくブンブンと振っている……けどそれ、壁に当たったら壁が崩れたりしないか？　大丈夫か？

幸い、屋敷の廊下は幅が広く取ってあるおかげで、大丈夫そうだ。

この屋敷が大きくて良かった……。

「はぁ……はぁ……お待たせしました！」

「ゲルダさん、ありがとうございます。……そんなに急がなくても良かったんですよ？」

「いえ、タクミ様とレオ様のためですから！」

「ワフゥ……」

雑巾を持って、息を切らせるゲルダさんにお礼を言う……そこまで急いで帰って来なくても良かったんだが。

レオもすまなそうにゲルダさんに向かって鳴く。

どうもお手数をおかけしまして、と言っているように聞こえるのは、多分気のせいだろう。

それからレオの足を、持って来てもらった雑巾で土や砂を綺麗に拭きとってから、改めて食堂へ向かう。

「レオ、今度から外から屋敷に入る時は、誰かに雑巾なりなんなり、足を拭く物を用意してもらうんだぞ？　俺がいたら、誰かに頼むから」

「ワフ！」

食堂に向かう道すがら、レオに言い聞かせる。

これで、廊下の掃除が大変になる事は少なくなると思う。まぁ、完全というわけじゃないけども……多少は許して欲しい。

「あ、タクミ様。こちらにいましたか」

「ん？　あ、ライラさん」

「ワフ？」

食堂までもう少しという所で、後ろから声をかけられたので、振り向くとそこにはライラさんが。

「ミリシアに指示していた薬の調合ですが」

「どうでしたか？」

「あれから二度に分けて調合し、最初に作られた物と同じ物ができたのを確認しております。今、ミリシアがヘレーナの所へ持って行っております」

「そうですか、ありがとうございます。ライラさんもお疲れ様です」

「いえ、私は扇《あお》いで風を送っていただけですので……。ミリシアを労《ねぎら》ってあげて下さい」

「はい、それはもちろん」

ミリシアちゃんは、頼んでいた調合をちゃんと終わらせてくれたようだ。

ライラさんに言われるまでも無く、会ったらちゃんと労っておかないとな。

調合の時のミリシアちゃんの様子を聞きながら、ライラさんやゲルダさんと食堂へと向かった。

「では、頂こう」

「はい」

「頂きます」

「頂きますわ」

「はい！」

「ワフ」

「キャゥ！」

食堂での夕食、皆がテーブルについているのと配膳が終わったのを確認して、エッケンハルトさんの合図で皆食べ始める。

テーブルに並んだ料理はエッケンハルトさんがいるためか、肉料理が多めだ。

レオやシェリーは喜ぶだろうし、俺も嬉しいんだけど、クレアさんやアンリネルゼさんには少し重たいかな？　と思ってそちらを見ると、あまり気にせず食べているようだ。

ティルラちゃんは俺と一緒に運動をしているからなのもあるんだろう、食欲旺盛だ。

勉強は好きじゃないようだけど、いっぱい動いて、いっぱい食べる……健康的でいいな。

「んぐ……それでタクミ殿。グレータル酒は飲めるようになったみたいだが、どうだったのだ？」

肉に齧《かぶ》り付きながら俺に問いかけるエッケンハルトさんは、用意され始めているワイングラスに似た物にチラチラと視線を送っていた。

グラスの中には、昼に確認した時と同じ綺麗なピンク色のグレータル酒が注がれている。

……改めて見ても、透明感があってやっぱり綺麗な色だなぁ。

「何やら色がジュースの時とは違う気がするのだが……」

「それじゃあ、説明しますね」

説明という言葉に、後ろで控えていたセバスチャンさんの目が光った気がしたが、俺が説明するとなって少し落胆して肩を落としている。

まぁ……今回は仕方ないかな。

「えーっと、ラモギを入れてみたグレータル酒ですが、今用意されている物のように、色が変わりました」

説明を開始してから、クレアさんやアンリネルゼさんも、食事の手を止めて聞く態勢に入っている。

二人共、グレータル酒が注がれているグラスを興味深そうに見ながらだが。

エッケンハルトさんとは違って、お酒というよりも綺麗な色の液体になっている事が、気になっている様子だ。

ちなみに、ティルラちゃんとレオ、シェリーの分はジュースにした物が別のワゴンで用意されている。

「病の素の方はレオに確認をしたところ、ある程度以上のラモギを入れればなくなるようです」

「ある程度か……どのくらいだ？」

「小樽一つに対して一人分の治療に使うラモギの、約半分ですね。それより少ない量のラモギでは、病の素はなくなっていなかったようです。そうだよな、レオ？」

「ワフ！」

レオに聞くと、食べている途中の料理から顔を上げ、頷いた。

「ふむ、成る程な。しかしラモギを混ぜると、あのような色になるのか」

「はい。混ぜるラモギの量によって濃さが違いましたが、あの一番綺麗な色がラモギを半分混ぜた物です。それ以上になると、濃くなっていきます。――セバスチャンさん、確か……ラモギを水に浸けたら、色が出るんでしたっけ？」

「はい。ラモギが水に溶けた結果、紫色になるのが通常と言われています。ラモギの成分がそうしているのか、水が変質したためなのかはわかっておりませんでしたが……これを見ると、ラモギの成分が原因のようですな」

色を気にしていたエッケンハルトさんが、セバスチャンさんに話を振ると、目を輝かせて説明してくれた。

……よっぽど説明したかったんだな。

「綺麗ですね……」

「ええ。透き通るような色が、本当に綺麗ですわ」

クレアさんとアンリネルゼさんが、グラスに注がれたグレータル酒を眺めて、感嘆の息を漏らしている。

液体の向こう側が見えるくらいの透明感に、ほんのりピンク色。

女性の目を引くのもわかるかな。

「……女性に人気の出そうな色合いだな。確かに綺麗な色で、これはこれで良さそうだ。それで、味の方はどうだ？」

「味の方は……はっきりとは言えないのですが、ランジ村の物とはほんの少しだけ変わっていますね」

「そうなのか？」

「はい。俺自身が、ランジ村でグレータル酒を飲みましたが……あまりお酒には詳しくないので。なんとも言えないのですが、村で飲んだ物よりも苦みを感じました。おそらくラモギを混ぜているせいだと思いますが、それが甘みを引き立たせているようで、より強く甘みを感じたんです」

苦みと甘みだと、抑制効果で味が弱まるはずなのに、不思議と甘みを強く感じたんだよな。

スイカに塩を振りかけるように、甘みと塩味のように対比効果が出るのならわかるんだけど……。

そもそも、後から甘みを足したわけでもないのに、グレータルという果実単体でお酒になっていて強い甘みを感じるから、この世界特有のグレータルに何かしら秘密があるのかもしれない。

「ふむ、苦みか……成る程な。では、まずは飲んでみるとしよう」

「はい」

手早く食事を済ませ、グレータル酒が注がれたグラスが皆の前に置かれる。

レオ達はグレータルジュースだな。

「こんな綺麗な物、飲むのがもったいないように思いますが……」

「なんだか、ずっと見ていたいくらいですわ」

綺麗なグレータル酒を間近で見て、再び感嘆の息を漏らすクレアさんとアンリネルゼさん。

エッケンハルトさんも言っていたが、やっぱり女性に気に入られる色のようだ。

「う、うむ……まぁクレアは程々にな？　では、タクミ殿。いいか？」

「はい、どうぞ飲んで下さい」

何故か、クレアさんに一言伝えてから、俺を窺《うかが》うエッケンハルトさん。

クレアさんがどうしたんだろうと疑問には思ったけど、飲みたそうにうずうずしているから、これ以上待たせると悪いと思い、頷いて皆を促す。

俺以外の三人が、一斉にグラスを手に持って口を付けた。

すぐにグレータル酒を飲んだ皆が、美味しさに目を見張る。

「……甘いです！　これ程甘くて飲みやすいお酒は初めてです！」

「ですわね、クレアさん！　こんなに美味しいなんてっ！　綺麗な色合いと口に広がる甘さ。それでいて後味は爽やかなうえ、しっかりお酒としてのコクもありますわ！」

クレアさんとアンリネルゼさんは、味に感動してあまり苦みを気にしていない様子だな。

というかアンリネルゼさん、俺よりちゃんとしたグレータル酒の品評《ひんぴょう》ができている……これが育ちの違い、なのかな？

「ふむ、確かに美味いな。タクミ殿が言っていたように、ほのかに苦みも感じるが……それがまた甘さを引き立てている」

エッケンハルトさんは苦みにも気付いたようだが、それも一つの味として気に入ったようだ。

「はい。気になる人は気になるかもしれませんが……俺は、ランジ村で飲んだ物よりも美味しく飲めたと思います」

「そうか。これは良い物を作れたようだな」

ティルラちゃんやレオ、シェリーはそもそもお酒ではなくジュースなので、我関せずと甘いジュースを飲んで嬉しそうにしていた。

「セバスチャン、お前はどう思う？」

「はい。私は配膳される前に、一口味見をさせて頂きましたが……これは使えるかと」

「そうか……」

セバスチャンさん、味見していたんだ。

それなら、味の説明はセバスチャンさんに任せた方が良かったかな？　まぁ、もう説明してしまったんだからいいか。

「酒にラモギを混ぜる……新しい発想だ。色合いは変わったが、これはこれで綺麗な色だし、味も問題ない。……タクミ殿」

「はい？」

「もしタクミ殿が良ければなのだが、これをランジ村で量産してみないか？」

「ランジ村で、ですか？」

セバスチャンさんに確認をしたエッケンハルトさんが、頷きながらラモギ入りグレータル酒を見て、俺に提案をする。

ランジ村でこれを作るのか……。

「俺としては、あの村の産業になるのならいいのですが……グレータルの仕入れは大丈夫なのでしょうか？」

「確か、伯爵領から仕入れているのだったな？」

「はい。いつも仕入れている商人が入れ替わって、魔法具の人形を置いていたみたいです。なので、これまでと変わらず仕入れてもいいのか、不安は残りますね……」

グレータルを持ってきていた商人は伯爵領の人であり、バースラー伯爵からの指示で入れ替わって別の商人が来た。

もしかしたら、いつもの商人も企《たくら》みに関与している可能性もあるから、何もせず元のまま仕入れるのは不安だ。

ハンネスさん達もあんな事があったのだから、疑いもせず元の商人から仕入れる事は難しいだろう。

「仕入れに関しては問題ありませんわ。我が領内でこのお酒の果実を生産しているのは知りませんでしたが……汚名を挽回するために、出荷させるようにいたしますわ。商人も、信用を取り戻せる者を手配させます」

「アンゼ、汚名を挽回してどうするのよ。それじゃ信用を取り戻すどころじゃないわ。汚名は返上するものよ」

「そ、そうとも言いますわ」

そうとしか言わないんだけど……まぁ、アンリネルゼさんがグレータル酒を気に入って、品質も数も、それから商人も問題のない物を出荷してくれるなら、いずれ信用も回復するかもしれない。

「ふむ……いつも仕入れをしている所の商人は、一度関与を調べる必要があるだろうが……仕入れ自体には問題はなさそうだな。まぁ、アンリネルゼにはまだその権限はないが、私から連絡をしておこう。美味い酒を広めるためだ、その辺りは我が公爵家で手筈を整えねばな」

そういえば、今の伯爵領は王家の人が代理で治めているんだったたっけ。

エッケンハルトさんが連絡してくれるなら、安心して任せられそうだし、ハンネスさん達も信用できるはずだ。

「公爵家の方で動いてくれるのであれば、ランジ村も助かると思います」

「そうだな。伯爵領という距離のある場所での事だ。村単位ではどうにもできないだろう……最悪、仕入れを止めて酒作りをしなくなる事も考えられる。至急、調べさせてグレータルを仕入れる事ができるようにしよう。――セバスチャン」

「はい、畏まりました」

エッケンハルトさんがセバスチャンさんに声をかけると、頷いて食堂を出て行った。

色々と調べたり、王家と連絡を取ったりして、どうするかを決める手筈を整えてくれるんだろう。

「これで、ランジ村の産業を失わずに済むな」

「このお酒を失うのは損失と言えますからね、お父様」

ハンネスさんから聞いた話では、お酒造りは村の副業みたいだったけど、一つの産業として見るとなくなるのは惜しい。

ランジ村と関わった俺としても嬉しいし、クレアさんもグレータル酒の味を気に入って、損失とまで思ってくれているようだからな。

せっかく美味しいと思える酒と出会えたんだから、それが飲めなくなるのはもったいない。

……フィリップさんに意見を聞いても、同意見だろうなぁ。

「うむ。あとは、どう販売するかを考えねばな……通常の売り方では、民にはわかりづらかろう」

「そうですね……」

「通常の売り方はどうやるんですか？」

「樽で売る事が多いな。酒場など、大量に消費する場所だと、大樽で卸す事になるはずだ。それ以外では、小樽で販売するのが一般的だな」

販売方法をエッケンハルトさんに聞くと、普通は樽で売る事が多いらしい。

「そうですか……瓶に詰め替えて、というのはできませんか？」

瓶は、樽よりもコストがかかってしまうから、あまり一般的ではないんだろう。

「瓶か、成る程な。樽と比べると、少々値段が上がってしまうが……それが高級感を出して、逆に良いのかもしれんな」

「はい。瓶に入れてあれば、誰でもこの色を見て買う事もできますからね」

当然、瓶のコストを価格に追加すると、販売価格が高くなるのは当然か。

でも完全に別物として、味だけでなく見た目を売りにするのであれば、エッケンハルトさんが言っている通り高級感もあるだろうし、全く売れないという事はないと思う。

「これを見たら、欲しがる人が多そうですね」

「本当に、綺麗ですわぁ……」

クレアさんとアンリネルゼさんが、グラスに入ったグレータル酒をうっとりと見ているから、瓶に詰めてピンク色の綺麗な見た目を活かせば、多少高めの値段設定をしても買ってもらえそうだ。

「女性人気の高そうな物になりそうだな」

「はい、ロゼワインは味もそうですが、見た目でも人を惹きつけそうです」

「……ロゼワイン？」

グレータル酒は元が赤ワインのような見た目で、皆がワイングラスを使って飲んでいるから、ついついロゼワインという言葉が口を突いて出てしまった。

そもそも、似てはいてもワインですらないんだが……そこは気にしないでおこう。

「グレータル酒とは違いますが、こういった色合いのワインをロゼワインと言うのですが……ここではそういった呼び名はないのですか？」

「うむ、ワインは全てワインだな。色の違いで呼び方を変えたりはしていない」

この世界でもワインがあるのはいいとして、赤や白とかの区別も特にないのか。

まぁ、ロゼワインがどういう定義でそう呼ばれるようになるのか俺は詳しくないが、それっぽい色だからそう呼んだ方が目新しさがあるかもしれない。

「ただの思い付きですが、これはロゼワイン……ワインじゃないので別の名前が必要ですけど、別のお酒として売り出すのもいいかもしれません」

「ふむ、成る程な。グレータル酒とは、甘さと仄《ほの》かな苦みも違い色合いも違う。そして綺麗な色の酒として、新たに名付けて売ってみるのは悪くない考えだ。鋭い者は原料のグレータルに気付くかもしれないが、グレータル酒の悪いイメージは払拭できるだろう」

「そうですな。タクミ様のおかげで、疫病はラクトス周辺で止《とど》められましたが……ラクトスではグレータル酒が原因ではないか、と気付き始めた者もいるようです。まだ悪い噂などにはなっていませんが、ただグレータル酒を売り出すだけでは、売れなくなってしまう恐れもあります」

戻って来ていたセバスチャンさんの話に、エッケンハルトさんが頷く……グレータル酒を飲んだ人が感染源になっていた、というのは多少気付いている人も出てきているのか。

完全に特定できなくとも、なんとなくそうだと思う人がいてもおかしくはないか……多くの人が病にかかっていたみたいだし。

本当は人形が原因でバースラー伯爵が仕掛けた事なんだけど、ラクトスに住む人達は知らないし、知ってしまえばいくら美味しくてもグレータル酒を買わなくなる可能性もある。

だったら、原料は同じでも名前を変えて見た目も変えて、とした方が売れるかもしれないし、ランジ村としても助かるか。

「悪いイメージを払拭するなら特にですが、瓶に詰めて見た目を重視した売り方をすれば、広く売れそうです」

「味も良いですが、見た目が本当に素晴らしいので人気の商品になりそうですわね」

「うむ、要検討だが……一考の余地はあるだろう。だが、名称をどうするかだな」

アンリネルゼさんの後押しをするような言葉に、エッケンハルトさんが頷く。

ただ名称かぁ……。

「ワインではないので、ロゼワインという名前は使えませんね。原料がバレるにしても、悪いイメージを取り除きたいのならグレータルという名称は使えませんから……」

グレータルという名称を使ったら、本末転倒というか意味がないからな。

「ロゼ、という名称でもわかりやすくていいのだが、そうするか？」

短くてわかりやすいのは確かだけど、ロゼは色に関する意味があるから、お酒を指す名称としては微妙な気がするな。

「というか、俺に聞いていますけど……エッケンハルトさんが名付けるとかじゃないんですか？」

「私が決めても良いのだろうが、この酒はタクミ殿がいたからこそできた物だからな。シルバーフェンリルを従えている者が付けた名称を持つ酒、というのも面白そうだ」

「面白そうってだけで決めないで下さいよ……まぁ、名称なんてそこまで重要じゃないからなんでしょうけど」

「うむ。味と見た目で、十分売れると考えているからな」

「はぁ……」

何やら新しいグレータル酒、それもラモギを混ぜた物は俺に名称を決める権利が渡されたようだ。

レオと一緒にいる俺が名付けるという事で、箔を付ける意味ももしかしたらあるのかもしれないけど……クレアさんやアンリネルゼさんが、目を輝かせてこちらを見ている。

俺、ネーミングセンスないんだけどなぁ。

「ちょっと待ってください。今考えますから……」

「何も、今すぐ考えなくても良いのだぞ？　今すぐ売り出すわけでもないのだからな」

「いえ、時間があると延々と考えて、何がいいのかわからなくなってしまいそうですから」

エッケンハルトさんから、名称が重要ではないと言質《げんち》を取っているようなものだし、考え過ぎてしまうくらいなら、今ここですっぱり決めた方がいいだろう。

というわけで、少しだけ時間をもらって考える。

グレータル、ワイン、という単語は使えないとして……他に名称に使えるような要素はあったか？

ラモギを混ぜたくらいだし。

ん、待てよ？　ラモギの効果はともかく、見た目は日本で言うヨモギだ。

綺麗で透明感のある見た目にするには、必ずラモギを混ぜる必要があるため、ラモギを使ったお酒とも言えるのか。

だったら、ヨモギ……ロゼヨモギ？　ロゼラモギ？　いや、なんか違うし見た目との差異が大きい。

日本酒とかなら月の何々とか、雪の何々、みたいな名前が付けられている事があるけど、ヨモギの別名を使ってみるとかどうだろう？

確か、ヨモギはモチクサとも呼ばれていたはずだから、ロゼモチクサ？　いや、これも違うな。

ロゼをなくしてみるか？　いっそ、艾《がい》というのは……って、これも微妙だ。

他に別名ってあったっけ？　とそこまで考えて、良さそうな名称をひらめいた。

「……アルテミシア・ロゼ、というのはどうでしょう？」

「アルテミシア、か。ふむ、美しい響きだが……それはどこからだ？」

頭に浮かんだ名称を俺が口にすると、片手で髭《ひげ》をさすりながら感じ入るようにするエッケンハルトさん。

クレアさんやアンリネルゼさん、セバスチャンさんやライラさんなど、食堂にいる人達にも響いたみたいだ。

レオとシェリー、ティルラちゃんはグレータルジュースを飲んで、あまり気にしていないようだけど。

「アルテミシアは、ヨモギ……じゃない、ラモギの別名なんです」

狩猟と貞淑の女神、そして月や闇の女神ともされるアルテミス。

アルテミスを由来としたヨモギの学名が、アルテミシア・インディカだったはず。

そこからアルテミシアを使わせてもらって、アルテミシア・ロゼという、ネーミングセンスのない俺にとって会心の命名だ。

ヨモギに興味を持って調べたわけじゃなく、少しだけ神話に興味を持っていた時期があった時に、アルテミス関連として知った事だ。

男なら、そういう事に興味が出る時期があったりもするからなぁ……どんな知識が、いつ役に立つかわからないものだ。

とりあえず、アンリネルゼさんがいるので地球だとか日本でとは言わずにぼかして伝え、アルテミスという美しい女性の象徴がヨモギだとした。

本当は鹿だけど。

あと、アルテミスは動物を神聖なものとしていたから、公爵家から敬われるレオと一緒にいる俺が付ける名称としては、ある意味相応《ふさわ》しいかなと思ったのは自惚《うぬぼ》れか。

俺、男だし、女神様みたいに美しいとかじゃ全然ないから。

「女性に人気が出そうなら、綺麗な名称でちょうどいいかなと……」

男嫌いで男勝りな性格だったとも言われているけど、美しい女神というイメージもあるから、女性に好まれる物に付けるにはちょうどいい。

「ラモギを使った酒だから、そちらを主体にするわけか。面白い！　女性をターゲットにする酒というのは珍しいが、見た目といい味といい、女性には特に売れそうだ。そして男に売れないわけでもないだろう」

「私は、すごく気に入りました。薄いピンクの見た目と合っていると思います、お父様」

「クレアさんに先を越されましたが、わたくしも同様ですわ。美しい物に美しい名称。素晴らしいですわ」

「皆に気に入ってもらえて良かった……ふぅ」

レオの名前を始め、自分のネーミングセンスに自信はなかったけど、なんとかいい名称を決められたみたいだ。

意味を考えたのが良かったのかもしれない。

レオの時は勢いで決めたからなぁ……すまん。

「ワフ?」

「安心しただけだから、なんでもないよレオ」

溜め息を吐いた俺に、鼻先を近付けてくるレオを撫でた。

こうして、グレータル酒はラモギを混ぜてアルテミシア・ロゼという名称にし、瓶に詰めて見た目が美しく珍しい物として売り出す事が決まった。

レオを撫でる俺を余所に、セバスチャンさんを交えてエッケンハルトさんやクレアさんが、あれこれと話し合って決めていく。

……何故かアンリネルゼさんが公爵家の販売法に意見しているのは、この際だから気にしないでおこう。

客人扱いだから俺と似たような立場だと思えば……俺も意見しているからな。

広く意見を聞くのはいい事だし、それも公爵家の懐の広さでもあるのかもしれない、と思った。

「そうだ、タクミ殿。時間がある時でいいのだが、ラクトスの街にレオ様を連れて行ってくれないか?」

アルテミシア・ロゼに関する話が落ち着き、セバスチャンさんが再び退室した後、ふと思い出したようにエッケンハルトさんから言われた。

「レオをですか？」

「ワフ？」

聞き返す俺と一緒に、シェリーやティルラちゃんとじゃれ合っていたレオが、エッケンハルトさんを見て首を傾げる。

「これからもタクミ殿は、ラクトスの街に行く事があるだろう？　街を守る衛兵達のほとんどは大丈夫だろうが……街に住む者達はまだ、レオ様を知らない者もいる。レオ様を見ても混乱しないよう、多少は慣れて欲しいと思ってな？」

「そうですか、わかりました。レオを見て、怖がる人が減ってくれると俺も嬉しいですから。とはいえ、さすがに毎日は行けそうにありませんが……」

どのくらいの頻度で行けばいいのかはわからないが、さすがに毎日は行けないだろう。

薬草を作らないといけないし、剣の鍛錬もあるしな。

「あぁ、毎日でなくともいいんだ。数日に一度くらいで構わない。もし他の事があるのなら、それよりも頻度は少なくても良いだろう」

数日に一度程度でいいなら、無理じゃない範囲だな。

「わかりました。暇を見てラクトスに行こうと思います。――レオも、それでいいか？」

「ワフ！」

エッケンハルトさんに返答すると、レオが楽しそうに吠えて頷く。

レオも外を走る事ができるから、運動にちょうどいいだろう。

「よろしく頼む。もしラクトスの街に用事があるのなら、それを一度と数えても構わないからな」

「はい。ちょうどいいので、ラクトスの観光でもして来ますよ」

「ワフワフ」

ラクトスには何度か行ったが、ゆっくり見て回る事はほとんどなかったからな。

行った回数はラクトスの方が多いのに、のんびりと過ごさせてもらったランジ村の方が、よく知っているくらいだ。

規模が違うし、目的も違うから、比べるものでもないかもしれないが……。

「ラクトスについて知りたい事があれば、セバスチャンにでも聞くと良いだろう。どこに何があるか、とかな？　他にも、使用人や護衛にも出身者はいる」

「わかりました。何度か行った事があっても、どこに何があるかはまだよく覚えていないので……その時は誰かに聞く事にします」

俺が覚えているのは……カレスさんの店と孤児院、あとは仕立て屋とイザベルさんの店くらいか。

雑貨屋とかも行った事があるが、一度だけでセバスチャンさんに先導されながらだから、よく覚えていない。

あ、イザベルさんの所にも寄って、話し相手になるのも良さそうだし、魔法具の事を色々聞いてみたい。

「ふむ、とりあえずはこんなところか……しかし、妙に他が静かだな……」

「そうですね……？」

エッケンハルトさんの言葉に、視線を食堂内に巡らせた。

ティルラちゃんはレオに抱き着いたまま、うとうととしていて寝そうになっている。

シェリーも、ティルラちゃんに抱かれて寝ているな。

クレアさんとアンリネルゼさんは、俺やエッケンハルトさんの話に入らず、アルテミシア・ロゼを飲む事に集中していたようだ。

「ライラ、おかわりをちょうだい」

「ですが、クレアお嬢様……」

「いいから、持って来なさい。アンゼの分もよ」

「……はい、畏まりました」

「クレアさん、わたくしはもう限界ですわ……」

「何を言っているの、アンゼ。まだまだ飲めるでしょう？」

「こ、これは……クレア、いつの間にか酔っていたのか……？」

「そうみたい、ですね……」

俺とエッケンハルトさんのこめかみを、冷たい汗が流れたような気がした。

ワイングラスを傾けてアルテミシア・ロゼを飲むクレアさんは、一見して普通なのだが、目が据わっており、なんとなく纏《まと》っている雰囲気がいつもと違う。

顔が赤くなったり青くなったりはしていないから、俺もエッケンハルトさんも気付くのが遅れた。

クレアさんに付き合わされているアンリネルゼさんは、がっしりと腕を掴まれ、逃げる事ができなくなっているようだ。

「ん？　どうしましたか、お父様、タクミさん？」

「いや、そのな……飲み過ぎではないのか？」

「何を言っているんですか。公爵家の者ならば、この程度……なんともありません！」

「そ、そうか？　な、ならいいのだが……」

付き合いでの飲み会でよく見た光景を彷彿《ほうふつ》とさせる、酔っているのに酔っていないと言い張る酔っ払いの主張。

アルテミシア・ロゼは、元がランジ村のグレータル酒だからもちろんアルコール度数が高い。口当たりがいいから、ついつい飲み過ぎてしまったんだろう。

「お、お待たせいたしました、クレアお嬢様」

「えぇ。んぐ……はぁ、やっぱり美味しいわ。それにタクミさんが決めた名称と、うっとりする程の綺麗な色合い。――あ、アンリネルゼのグラスが空いているわね。ライラ」

「ちょ、ちょっとクレアさん!?」

「申し訳ありません、アンリネルゼ様……」

「くっ不覚を取った。クレアの変化を見逃していた」

エッケンハルトさんと二人、アルテミシア・ロゼを飲みつつアンリネルゼさんに絡むクレアさんを見て、注意して見ていなかった事を後悔した。

「いつの間にこんな事に……」

これは何度か経験がある……相手はクレアさんではないが。

お酒の席で、酔って自分も飲みながら他人にもひたすら勧める酔い方だ。

相手によっては、断る事もできずひたすら飲まされる事になるという、地獄の飲み会に発展してしまったりもする。

大体こういう時って、多くの場合は普段おとなしい人が思いもよらない酔い方をして、周囲を巻き込んで翌日にも影響が出る程の大惨事になるんだよなぁ……という経験則。

決して長いとは言えない人生で、幾度となく経験した記憶が蘇《よみがえ》る。

「タ、タクミ殿……これは早々に、離れた方が良さそうだと思うのだが？」

エッケンハルトさんがクレアさんに捕捉されないよう、小声で俺に言った。

「……そうですね」

「ワフ……」

俺もレオも、それには激しく同意だ。

俺とエッケンハルトさんとレオは、視線を交わし、小さく頷いた後、ゆっくりと椅子から離れ始める。

「ほらー、アンゼももっと飲みなさい！　まだまだこれからよ？」

「ク、クレアさん!?　美味しいからと言っても、わたくしはあまりお酒に強くないんですの……は、離して下さいまし！」

「何を言っているの、今飲まないと損、損なのよ～」

アルテミシア・ロゼはまだまだたっぷりあるし、今日一日で飲み干せるものじゃないから、何が損なのかクレアさんの言っている事はよくわからないが……。

ともかく、アンリネルゼさんを離さないようガッチリと腕を組んで注意が行っている間に、エッケンハルトさんが音を出さないようにしながら、素早い動きでティルラちゃんを回収。

うとうとしていたティルラちゃんが驚いた顔をするが、口の前に指を持って行って静かにと合図をする。

それが理解できたのかはわからないが、声を出さなかったティルラちゃんと、目を覚ましても鳴き声を上げなかったシェリーを褒めてあげたい。

ゆっくり、音を立てないよう、注意を引かないように気を付けて、なんとか食堂の出入り口まで辿り着く。

「……すまない、ライラ、ゲルダ。後は頼む」

「……畏まりました」

「お願いします」

「ワフ」

そっとドアを開けて食堂から出る間際、小さな声でエッケンハルトさんが、ライラさん達に謝りながらお願いする。

苦笑しながら仕方なさそうに頷くライラさんに、俺とレオも小さくお願いして、食堂を出た。

「あれ？　いつの間にか私とアンゼだけですねー？　ん、アンリネルゼさん。もっと飲みなさい！」

「わたくしの呼び方が不安定ですわよ!?　って、あぁ！　わたくしを置いて皆逃げましたわね!?」

「何を言っているの、ほぉら、いいから飲みなさい！　美味しくて楽しいわよぉ～？」

「あ、ちょ、ま……あ――――!!」

「アンリネルゼ……すまない」

「俺達が不甲斐《ふがい》ないばかりに、アンリネルゼさんを犠牲に……くっ！」

「ワフゥ……」

食堂の扉を閉める直前に聞こえた、混沌へと誘《いざな》うクレアさんの声と、アンリネルゼさんの断末魔の叫びにも似た声に、俺やエッケンハルトさんだけでなく、レオでさえも悔しそうに呟いた。

「はぁ、なんとか逃げ出せたな……」

「アンリネルゼさんは、犠牲になったようですけどね？」

「尊い犠牲だった……ありがとう、アンリネルゼ」

食堂から離れ、屋敷の廊下でエッケンハルトさん達と一息つく。

アンリネルゼさんの尊い犠牲のおかげで、多くの被害を出さなかった事には、感謝しないといけないな。

「おや、こんなところでどうなさいましたか？」

そんな事をしていると、用を済ませて戻ってきたらしいセバスチャンさんが、俺達を見て不思議顔。

「おぉ、セバスチャン。今食堂に近付いてはいけないぞ。クレアが目を離した隙に酔ってしまった……アンリネルゼが捕まっている」

「それはまた……では、明日まで食堂には近づかないようにします」

「その反応、セバスチャンさん達は知ってたんですか？」

「あぁ、まぁな……」

「クレアお嬢様が酔ってしまわれると、誰の言う事も聞かなくなります。一杯程度なら、大丈夫だと思ったのですが……」

エッケンハルトさんとセバスチャンさんは、クレアさんが酔うとどうなるかは知っていたらしい。

もしかすると、こうなる事が予想できるから、今までこの屋敷でお酒の類《たぐい》が出なかった……というのは考え過ぎかな？

「私とタクミ殿が話している隙に、何杯か飲んでしまったようだ。酒が美味いのが、裏目に出たか」

「そのようで……」

セバスチャンさんは首を振り、息を吐く。

二人をもってしても、酔ってしまったクレアさんは処置なし……という事だろう。

「クレアお嬢様は、多少好奇心に負ける事はございますが……常日頃から淑女であるために、色々と我慢なさっているようですし……」

「それが、酔った時に何かと表面に出て来るんだろうな」

色々と我慢して、溜め込んだストレスを酔うと同時に一気に放出、とかだろうか？

「お酒でストレス解消するのは……色々と危うい気もしますが……」

愚痴が出るとか、飲まないとやっていられないっていうのはまぁ、わかる気もするけど……それに依存したら悪い方向にしか転ばない気がする。

「そうだな……だからあまり飲ませないように注意していたんだが……」

「今回は私も離れていましたし、注意が足りませんでした。久々の事で気が緩んでいたようです」

「うむ……次回からは私も気を付ける事にしよう」

クレアさんが飲み過ぎないよう、いつもはセバスチャンさん達が見張っていたのか。

さっきのを見ると、わかる気もするが。

「とにかく今は、アンリネルゼさんの無事を祈りつつ、収まるのを待つしかないですね……」

「ティルラを救い出せたのだけは、僥倖《ぎょうこう》だな……」

「「はぁ……」」

「ワフゥ……」

廊下で大人が三人、頭を抱えて話すというシュールな光景。

俺もエッケンハルトさんも、セバスチャンさんもレオも、一緒に溜め息を吐き廊下に響かせた。

「皆、どうしたんでしょう?」

「キャゥー?」

エッケンハルトさんに抱えられていたティルラちゃんと、そのティルラちゃんに抱かれているシェリーは、状況がわからずに首を傾げている。

……今詳細を説明するのは、クレアさんの姉としての威厳がどうなるかわからないから、このままにしておこう。

「クレアさんがお酒を飲むと、ああなるとはなぁ……しかもまだ続いていたし」

あれから、すぐにエッケンハルトさんやセバスチャンさんと別れ、風呂に入って部屋へと戻ってきた。

今日は、お酒も入っている事だし……と、日課の素振りはなしにした。

「ワフ?」

ベッドに座った俺に向かって、レオがまだ? と首を傾げた。

「あぁ、風呂上がりに食堂近くを通って様子を見たんだけど、まだ飲んでいたみたいだ」

食堂の前を通ったら、アンリネルゼさんも酔わされたのか、笑い声と泣き声が入り乱れて、廊下まで聞こえてきたからな、まだ飲み続けているようだ。

泣いていたのはアンリネルゼさんのようだったけど……あの人、泣き上戸なのか。

「ワフゥ……」

「はぁ、ここに来る前も似たような事が何度かあったなぁ」

溜め息を吐いて丸くなるレオを見て俺も溜め息を吐きながら、思い出すのは会社での飲み会。

俺はあまりお酒が美味しいとは思えなかったんだが、無理矢理上司に付き合わされる事は何度もあった。

そのお酒の席で、クレアさんのように酔っ払って色んな人に絡む人等、色んな人を見てきた。

経験豊富とは言えないだろうが、酔っ払いに絡まれると面倒……というのはよく知っている。

エッケンハルトさんがすぐに決断して、逃げ出せて良かったと思う。

これからは、クレアさんがお酒を飲む時は飲み過ぎないよう、気を付けて見る必要がありそうだ。

なんて考えながら、アルテミシア・ロゼを飲んで少しの火照りを感じながら、レオと一緒に気持ち良く夢の世界へと旅立った。

翌日、朝の支度をしている間に朝食へと誘いに来てくれたティルラちゃんと、頭にシェリーを乗せたレオを連れて食堂へ。

「おはようございます」

「おはようございます、タクミ様」

挨拶をしながら食堂へと入ると、セバスチャンさんとゲルダさんだけがいて、他には誰もいなかった。

……エッケンハルトさんは、今日はまたいつもの寝坊のようだ。

「……クレアさん達はいないのですね？」

アンリネルゼさんは朝に強いか弱いかはわからないけど、クレアさんがいないのは珍しい。

「クレアお嬢様は昨夜《さくや》のお酒が原因で、まだ寝ておられます。おそらく、昼までは起きられないものと……」

「……そうですか」

深酒が原因で、二日酔いというよりもぐっすり寝ているといった感じかな？

「アンリネルゼ様は体調が悪いと仰って、部屋で休んでおられます。ライラも、昨日は遅くまで起きていたようで、今は休ませております」

「アンリネルゼさんも、災難だったようで」

俺とエッケンハルトさんは食堂から逃げ出し、アンリネルゼさんを生贄《いけにえ》に後の事をライラさんに任せたからなぁ。

起きてはいるみたいだけど、二日酔いだろう。

次に顔を合わせたら、エッケンハルトさんと一緒に謝っておいた方がいいかもしれない。

「……ライラさんは、ゆっくり寝て欲しいですね。ゲルダさんは、大丈夫でしたか？」

「はい。私は早い段階でライラさんに食堂から出されましたから」

ライラさんは、ゲルダさんを避難させてクレアさんに絡まれる役目を引き受けてくれていたようだ……ゆっくり休んで下さい……ごめんなさい。

「では、朝食の用意を致します」

「すみません、お願いします」

今日は俺とレオ、ティルラちゃんとシェリーの、いつもより少し寂しい朝食になるようだ。

まぁ、たまにはこういうのも良いかもな。

「あ、師匠！　おはようございます！」

「ミリシアちゃん。おはよう」

朝食の後のティータイムを終え、薬草作りのために裏庭へ行く途中で、ミリシアちゃんと遭遇。

元気よく挨拶するミリシアちゃんに、笑顔で返す……少し、右腕をさすっているな……筋肉痛かな？

「ミリシアちゃん、ライラさんから聞いたけど、薬を作ってくれてありがとう」

「はい、頑張りました！　……ちょっと、腕が痛いですけどね」

「まぁ、あの作業を続けていたらね……」

やっぱり筋肉痛だったようだ。

お礼を言った俺に腕の痛みを訴えながら苦笑するミリシアちゃんに、俺も苦笑で返す。

「あ、ヘレーナさんから伝言です。ラモギを使ったお酒に、昨日の調合した薬を混ぜてみるそうです。近いうちに試飲をお願いします、との事です」

「わかった。ありがとう」

さすが、ヘレーナさんは仕事が早い。いや、この屋敷の人達皆仕事が早いのかな？

それはともかく、もう少しで健康促進のお酒、薬酒《やくしゅ》の試作品が完成するようだ。薬草の効果は確認済みだし、どんなものができるのか楽しみだな。

そのまま少しだけミリシアちゃんと話してから別れ、裏庭に出て俺は薬草作りを始める。

「よし、これくらいで良いか」

「ワフ」

お昼が近くなったくらいで、予定の薬草を作り終えて体を伸ばしてから、見守ってくれていたレオを撫でる。

中腰になっていたので、結構腰に負担をかけてしまっていたからなぁ。

「あ、ゲルダさん。このラモギを、ヘレーナさんに渡しておいてくれますか？　お酒に混ぜる用です」

「はい、畏まりました」

カレスさんの店に卸す分よりも、多めに作っていたラモギをゲルダさんに渡す。

ラモギ以外の薬草は、少しずつ余ってきているようだし、例の店もなくなって買い占めをされていないからだろう。

少し発注される量が抑え気味ではあるけど……アルテミシア・ロゼにするために、まだまだラモギを作る必要があるし、他の場所でも薬草を流通させるために、ラクトス以外の薬草もいずれ作らないといけない。

公爵家との契約は、ラクトスの街で売るだけじゃないからな。

『雑草栽培』を使い過ぎると倒れてしまう可能性があって、作る数には上限があるため、十分な量を行き渡らせる事ができるかが問題だけど……。

どこかで薬草を作って、それを増やすような薬草園が必要かな？　まぁ、それは近いうちにセバスチャンさんやエッケンハルトさんと相談しよう。

「あの……タクミさん……？」

「クレアさん、どうしたんですか？」

そんな事を考えていた俺に、屋敷の中から出てきたクレアさんがおずおずと声をかけてきた。

二日酔いという程顔色は悪くなく、はっきり目が覚めてはいるようだけど……と、振り返って不思議に思っている俺に対し、クレアさんが深々と頭を下げる。

「昨日は、醜態を晒してしまい……申し訳ありませんでした。今後、あのような事がないよう、気を付けます」

謝っているのは、昨夜《さくや》酔ってアンリネルゼさんに絡んだりしていた事だろう。

クレアさんは、酔っぱらっても記憶が残るタイプなのか……そこまで飲んでいないから、という事かもしれないが。

「ははは、クレアさんもたまにはお酒を飲んで、羽目を外したくなる事もあるんでしょう。気にしていませんから、大丈夫ですよ」

「申し訳ございません。それと、ありがとうございます」

淑女然としているクレアさんにとって、昨日の事は恥ずべき事なのかもしれないけど、そんなクレアさんだからこそ、ああいう事は必要なんじゃないかと思う。

ずっと張りつめた状態だと、人はいつか疲れてしまいそうだからな。

「あ、俺はともかく、一応アンリネルゼさんにも謝っておいた方が……？」

「アンゼはまだ、部屋から出て来ていないみたいです。……昨日のお酒が残っているようで」

「あーははは、あっちは二日酔いですかね」

クレアさんは、こうして話している分には調子が悪いようには見えないから、二日酔いとかにはなっていないようだけど、巻き込まれたアンリネルゼさんはそうじゃなかったようだ。

意外と、クレアさんはお酒に強いのかもしれない。

「アンゼには後で改めて謝るとして……タクミさんの前であのような醜態を晒さないために、今後はお酒を控えます！」

むん、と気合を入れるクレアさん。

俺がここに来てから、クレアさんのあんな様子は昨夜を除いて見た事がないから元々気を付けていたのかもな。

「そうですね……と言いたいところですけど、せっかく体にいい薬酒を作れそうなんですよね」

意気込んでいるクレアさんの決意を無駄にする気はないけど、せっかくだから薬草を混ぜた薬酒は飲んで欲しい。

効果が確かであれば健康にはいいはずだし、飲み過ぎて酔ってしまわないように気を付ければ、多分大丈夫だろうから。

今後はセバスチャンさんやエッケンハルトさんも、気を付けるって言っていたし。

「タ、タクミさんが作った物なら……ですけど、昨日のような姿をお見せするわけには……」

そう言って、恥ずかしそうに顔をそむけるクレアさん。

自分で醜態と言っていたのもあって、昨夜のような姿はあまり見られたくないんだろう。

……俺に見られたくない、というのは考え過ぎか。

「少しくらい、酔わない程度になら大丈夫だと思いますよ。クレアさんも、そこは気を付けるでしょうし。薬酒は体にいい物ができそうですから、できれば飲んで欲しいかなって」

あと、クレアさん自身がお酒を嫌いなわけではないようだし、飲まないように我慢して逆にストレスを溜めないかの方が心配でもある。

エッケンハルトさんとか、その辺りを気にせずクレアさんの前でも喜んで飲みそうだからなぁ。

飲めないのに、目の前で飲まれるとそれはそれで耐え難い人だっているだろう。

「うぅ……タクミさんがそこまで言うのなら、わかりました。ですけど、他のお酒は……特にアルテミシア・ロゼは、今後控える事にします。あれは、美味しくてついつい飲み過ぎてしまいます」

「そうですね、その方がいいかもしれません」

ランジ村でのフィリップさんは自分から望んでだったけど、美味しかったのもあって深酒してしまった、というのもある。

美味しいお酒というのも、なかなかままならないものだな……と思いつつ、クレアさんの言葉に苦笑して、酔わない程度に少しだけでも薬酒を飲んでもらえる事に、安堵した。

第五章　ラクトスの街へ観光に行きました

クレアさんから酔った時の事を謝られてから数日後の夜、明日の予定のための準備を終わらせる。

予定というのは、エッケンハルトさんから頼まれたレオをラクトスに連れて行く、というやつだな。

準備とはいっても、あれこれと持っていくわけでもなく、着ていく服とか護身のための剣を用意するだけなんだけども。

「それじゃレオ、そろそろ……」

数分程度で終わった準備の後、寝るために俺の様子を見ていたレオに声をかけようとした時、コンコン……というやや遠慮がちなノックの音が部屋に響いた。

「……誰だろう？　はい！」

一体誰だろうと首を傾げながら、外へ向かって声を出す。

レオも、顔を上げて扉の方を向いた。

「私だ。タクミ殿、今良いか？」

「エッケンハルトさん？　はい、大丈夫です」

「失礼する」

扉の外から聞こえた声はエッケンハルトさんのもののようだ。

夜の素振りやらでさっきまで一緒だったんだけど、こんな夜遅くに改めて部屋を訪ねて来るなんて、どうしたんだろう？

「すまないな、寝る所だったか？」

「いえ、ちょうど明日の準備を終えたところでした」

「ワフ」

部屋へと入って来たエッケンハルトさんは、俺がベッドの近くにいるのを見て、寝る前かと思ったようだ。

何もなければこのまま寝ても良かったんだが、すぐに寝ないといけない程眠くもないし、問題はない。

レオもリラックスした状態で、ベッドの横で伏せをしているだけだし。

「それで、どうしたんですか？」

「あぁ……そのな？　タクミ殿にラクトスへ行くよう頼んだ事なのだが……」

何かを考えながら、エッケンハルトさんが言いづらそうに話す。

俺がラクトスへ行くのに、何か問題でもあったかな？　明日行こうとしている事は、既にエッケンハルトさんだけでなく、クレアさんや皆に伝えてはいるけど。

「何かありましたか？」

他に急ぐような事もなかったはずだから、毎朝の日課になっている薬草作りをしたらラクトスへ行こうと考えていた。

レオに乗ればすぐだし、ニックが来る前にラクトスに行って、カレスさんに直接薬草を渡すのもいいだろうな。

「何かあったというわけではないのだ。えぇとだな、その……」

歯切れの悪いエッケンハルトさんがぼちぼちと話すのは、ラクトスに俺が行く時、自分も連れて行って欲しいというお願いだった。

特にラクトスへ行っても用があるわけではないみたいだが、要は他の人達には内緒で……お忍び的にラクトスへ行きたいという事らしい。

セバスチャンさん達にも秘密で。

公爵家の当主様だから、普段街へ行くときは護衛さんや使用人さんを連れている事が多いそうだけど、そういった人たちを連れずに楽しみたいという事だった。

とはいえさすがに護衛さんすら連れて行かないのは……と思ったが、レオがいるしエッケンハルトさん自身も、剣を教えてもらっている俺やティルラちゃんがまだまだ絶対敵《かな》わないと思える程の腕前なので、危険は少ないと言われた。

とはいえ、さすがにセバスチャンさんだけでなくクレアさん達にも言わずに、というのはどうかと渋る俺に、頭を下げるエッケンハルトさんのお願いに折れ、承諾する事になった。

相変わらず、頼まれたら弱いなぁ……と思いながらも最低限、街に着いたら衛兵さん達くらいには話を通す事を条件として出しておく。

一緒に街を歩くというわけではないけど、衛兵さんに知らせておけば何かあった時の保険にもなるだろうからな。

あと、できるだけレオと離れないようにする事を伝えて、少なくとも俺よりは街に詳しいはずだし、俺が異世界から来たという事情を知っているから案内役も引き受けてもらった。

俺とレオだけだったら、カレスさんに断ってニック辺りに案内してもらったり、街の事を聞いたりしようと思っていたから、ちょうど良くもある。

「では、明日は頼む」

「はい」

「ワフ！」

話を終えて、意気揚々と退室して行くエッケンハルトさん。

レオは元気よく頷《うなず》くように鳴いて返す。

人を乗せて走るのが好きだから、乗せる人が多くなって嬉しいのかもしれない。

「エッケンハルトさんと一緒か……まぁ、慣れてきたからなんとかなるか」

「ワフ？」

「エッケンハルトさんは偉い人だからな。さすがに緊張くらいはするさ。……さて、そろそろ寝るか」

「ワフゥ」

俺とレオだけになった部屋で、少しだけ話してからベッドへと潜り込む。


「シェリーに怒られました……」

エッケンハルトさんが部屋を訪ねてきた翌日、朝食が始まってしばらく、しょんぼりしながらティルラちゃんがポツリと漏らす。

静かに食べ進めていた朝食中、先に食べ終えたティルラちゃんがまだ食事をしているシェリーを触り、手が偶然シェリーの口の近くへと行ってしまった。

食べ物を取られると勘違いしたんだろう、シェリーがティルラちゃんに唸って怒ったわけだ。

「ははは、ティルラちゃんが食べている途中のシェリーに、ちょっかいをかけるからだよ？」

「ワフ」

「ごめんなさい、シェリー」

「キャゥ！」

レオも、怒るのは当然とばかりに頷いている。

ティルラちゃんが謝っても、すぐに機嫌が直らないらしく、シェリーは一声鳴いて、プイっと顔を背けた。

「嫌われました……」

「まぁ、しばらくすれば機嫌も直るだろうから、大丈夫だよ、きっと」

フェンリルがどうなのかはわからないが、動物って馴れないと食事中でも周囲を警戒するものだからなぁ。

俺も昔は、ティルラちゃんと同じように食べているレオに手を出してしまって、噛まれそうになった事があった。

今では慣れたもので頭を撫でるくらいならできるし、こちらの世界に来てからは意思疎通ができるようになったから、噛まれる心配はないけどな。

ともあれ、まだシェリーは人の住む所に来てそんなに経っていないから、馴れていないんだろう。

野生動物……というか魔物だから、警戒心が強くても仕方ない。

「後でまた、シェリーに謝ります……」

「そうだね、それがいいと思うよ」

「ところで、今日はタクミさんはどうするのですか？　昨日、街に行くと言っていたと思いますが……」

皆にラクトスへレオを連れて行くと伝えた時、レオに抱き着いて眠そうにしていたのに、ティルラちゃんはしっかりと聞いていたみたいだ。

子供は、意外と大人の言う事を聞いているらしい。

「うん。レオと一緒に、ラクトスの街へ行って来るよ。……薬草を作ってからだから、もう少し後だけどね」

「わかりました。私は昼食まで勉強ですが……その後はシェリーに謝って一緒に遊びます。それに、昨日は夜の素振りができなかったので、タクミさんがいない間にやっておきます！」

「ははは、頑張ってね」

「はい！」

ティルラちゃんはクレアさんから言われなくても、ちゃんと勉強をするみたいだ。鍛錬もするみたいだし、頑張るなぁと思う反面、俺も負けていられないとも思う。

まぁ、今日は剣の鍛錬ができなそうだから、その分別の日に頑張ろう。

シェリーの方は、ティルラちゃんが遊びと言ったからか、顔をティルラちゃんへと向けた。

この分なら、すぐに仲直りできるだろう。


「よし、レオ。そろそろ行こうか」

「ワフ！」

一度部屋に戻り、屋敷を出る支度をしてレオに声をかける。外に出て走れる事が楽しみなのか、尻尾をぶんぶん振って、レオは楽しそうに鳴いた。

カレスさんに渡す薬草も持ったし、忘れ物がない事をもう一度確認して、部屋を出た。

「タクミ様、これから出発ですかな？」

「セバスチャンさん。はい、今からラクトスに行ってきます」

「ワフ」

玄関ホールに到着してすぐ、セバスチャンさんに声をかけられる。

レオは、早く行こうとばかりに尻尾を振っているな……すぐに出発するから、もう少し落ち着くんだ。

「旦那様から聞き及んでおります。レオ様、ラクトスの住民は、レオ様の姿に驚くかもしれませんが、何卒《なにとぞ》穏やかにお願いします」

「ワフ！」

セバスチャンさんが頭を下げてお願いし、レオが承知したと言うように頷く。

「子供達には人気でしたけどね。大人たちは……まぁ、怖がりますか」

「はい。恐らく遠目に見ている者が多いとは思いますが……中には過剰に反応する者もいるかもしれません。衛兵達には通達し、危険がない事を周知していますので、大丈夫だと思いますが……」

「まぁ、何か問題があったら、すぐにレオに乗って走って逃げる事にしますよ」

「わかりました。レオ様に襲い掛かる愚を犯すような者は、対処しても構わないとは思うのですが……レオ様が暴れると、被害が大きくなる可能性がありますので」

「気を付けます」

「ワフ」

魔物も簡単に倒すレオだし、エッケンハルトさん程の達人でもかなわないのはこの目で見た。

そこらの人間が束になって襲い掛かっても、レオには勝てないだろうな。

けど、もしレオが全力で対処した場合、もしかしたら建物とかに被害が出るかもしれないから、セバスチャンさんの心配もわかる。

ほとんどの人は怖がって、逃げるとか遠巻きに見るだけだろうとは思うけど……もしもの事があったら、レオに乗ってさっさと逃げる事にしよう。

レオの足について来られる人間なんて、いないだろうし。

「護衛は付けますか？　一人や二人なら、レオ様に乗って移動する事も可能でしょう」

「いえ、大丈夫です。適当に街を見て来るだけなので、手間をかけさせたくありませんし」

「手間という程ではありませんが……畏まりました」

護衛を付けてもらうと、それだけ誰かの手を煩わせてしまうからな。

ラクトスの街に行くくらいでは大きな問題も起きないだろうから、護衛を付ける程でもないだろうし、俺にはレオがいてくれるから大丈夫だ。

「それでは、行ってきます」

「はい、お気をつけて行ってらっしゃいませ」

「「「行ってらっしゃいませ！」」」

セバスチャンさんと話しながら玄関まで行き、そこから扉を開けて外に出る。

見送りに来てくれたのは、セバスチャンさんだけでなく、他の使用人さん数名。

エッケンハルトさんやクレアさんが屋敷を出る時程じゃないとはいえ、俺にこんな見送りは必要ないんだけど……まぁ、いいか。

とりあえず、セバスチャンさんを始めとした使用人さん達は、エッケンハルトさんを気にしている様子は見られなかったと思うので、計画は悟られていないようだ。

一安心ってところかな。

「それじゃ、レオ。行こうか」

「ワフ！　ワフワフ」

「ははは、そんなに走るのが楽しいのか？」

「ワフゥ！」

外に出て、すぐに俺に背を向けてお座りをしたレオが、楽しそうに鳴く。

裏庭だけじゃレオが走るのに狭いだろうから、外を走れるのはやっぱり楽しいんだろう。

レオの散歩的な意味もあって、ラクトスの街へ行くのはちょうど良かったのかもな。

そうして、屋敷の門を出て数分程レオが走った頃……。

「レオ、ストップだ！」

「ワフ！」

「……おぉ、タクミ殿。こんなところで会うとは、奇遇だな」

ラクトスへつながる街道、いつも馬車などで通る道の途中にある木の陰に人影……というよりエッケンハルトさんの姿が見えたので、レオに声をかけて止まってもらう。

木の陰からゆっくりと出てきたエッケンハルトさんは、何故か偶然を装っている。

「はぁ……奇遇って、昨日の夜話したじゃないですか。わざわざ部屋を訪ねてきてまで」

「はっはっは、こういうのは様式美みたいなものだな。一応、私とタクミ殿は、ラクトスへの道すがら偶然会った、というな」

「そういうものですか？」

「ワフ？」

……様式美とかはよくわからないが、エッケンハルトさんがそうしたいと言うのなら、そういう事にしておこう。

レオも首を傾げているけどな。

昨夜《さくや》、ラクトスへ行く準備を終えたところに、部屋を訪ねてきたエッケンハルトさんから、今日のこの事を頼まれたわけだ。

「……すまないな、タクミ殿」

エッケンハルトさんが俺の後ろに乗り、立ち上がったレオが走り出して少し、背中越しに謝られた。

「いいえ、一緒にラクトスに行くくらいなら、別に構いませんよ……俺は、ですけど。それに、まだ街の中に詳しくないので、誰かいてくれた方が安心です」

「まぁ、他の者に見つかるとうるさいだろうが……私が言っているのはそうじゃなくてだな……」

「え？」

付いて来る提案をした事や、他の人に内緒にしている事に対して謝っているのかと思ったが、違うようだ。

「レオ様に一緒に乗るのが、こんな男ではな……クレアの方が良いだろう？　……ライラでも良いかもしれんがな？」

「なっ！　い、いや、何を言っているんですか！」

「いやなに、レオ様に乗って後ろからしがみ付くのであれば、女性の方が良いだろう？　それとも、タクミ殿は男の方が良いのか？」

エッケンハルトさんは、俺にしがみ付いてレオに乗っているため、その事を謝って来たらしい。

確かに、男にしがみ付かれて喜ぶという趣味は、俺にはないが……だからと言って、自分の娘であるクレアさんや、使用人のライラさんの名前を出すとは。

「……そりゃ、俺も男ですから……女性の方がいいかもとは思いますけど」

「だろう？　男が男にしがみ付かれても、何も嬉しい事なんてないからな！　だからすまないなと……」

「別に謝る必要はないですけど……」

まぁ、あの二人は女性としてその……胸部が特に分厚いように感じるけど。

後ろからしがみ付かれると想像すると……いかんいかん、本人のいないところでこんな想像するもんじゃない……本人がいるからといって、想像していいものでもないけどな。

「ふむ……想像したか？」

「……エッケンハルトさんが変な事を言うからですよ」

想像を振り払うように、頭《かぶり》を振って失礼な考えを頭から追い出していると、後ろから鋭い指摘。

　けどあんな事を言われたら、誰だって想像するよな？

「はっはっは！　男ならそういうものだ！　……これなら、クレアも望みがないわけではないのかもしれないな……」

「ん、なんですか？」

豪快に笑った後、何か呟《つぶや》いたような気がしたけど、よく聞こえなかった。

「いや、なんでもないぞ。そういえばタクミ殿、クレアが最近よく着けている髪飾りなのだが……あれはタクミ殿が？」

話題を変えるようにエッケンハルトさんは、俺がクレアさんにプレゼントした髪飾りの話を切り出した。

「え？　あ、はい。初めてラクトスに行った時、雑貨屋にあったので思い切って買ってプレゼントしました。ティルラちゃんにもあげましたよ？」

「ティルラのは……あぁ、あのネックレスか。狼の意匠だったか……喜んだだろう？」

「そうですね。喜んでくれました」

あの髪飾り、クレアさんは気に入ってくれたようで、よく着けてくれているからなぁ。父親としては、娘が見覚えのない物を身に着けていたら、気になるものなのかもしれない。

「……さすがに姉妹相手に二股というのは、父親として黙ってはいられないぞ？」

「ぶっ！　そ、そんなつもりはありませんよ！　感謝の気持ちとしてプレゼントしただけです！」

「ふむ……そうか？」

まったく、何を言い出すんだエッケンハルトさんは。

そもそも、女性慣れしていない俺が、いきなり二股なんてできるわけないじゃないか。いや、慣れていてもやろうとは欠片《かけら》も思わないが。

ティルラちゃんはまだ子供だし、クレアさんは……この前少しいい雰囲気だったし、美人だし、性格もいいし……あの時邪魔が入らなかったら……じゃない！

「父親が娘を使って何を言っているんですか、まったく！　普通、父親なら娘が誰かと……と考えるのは嫌なんじゃないですか？」

「まぁ、そうなんだがな。だが、クレアとティルラ……特にクレアに関しては、大分前から覚悟をしていたのだ。ほら、お見合い話を持ってきていただろう？」

「あぁ、確かに。エッケンハルトさんから積極的に、お見合い話を持ってきていたんだと思っていましたけど……」

「最初に言い出したのはクレアからだからな。それで、そんな事があったから、他の娘を持つ父親よりも覚悟が決まっているぞ」

お見合い話を父親が持ってくる、というのは……娘を可愛がっている父親なら、相当な覚悟があったんだろう。

既に覚悟が決まっているから、こんな事を言って来るのかもしれないが……。

「クレアが良いと思った相手なら、私は何も言わん。タクミ殿なら私も気に入っているから、ちょうど良いと思うのだ」

「そう言ってもらえるのは嬉しいんですが、クレアさんがどう思うかも重要でしょう？」

「うむ。だがまぁ傍《はた》から見ていると、クレアがどう考えているかわかってしまってな？」

「はぁ……」

「大丈夫だ、レオ様の事も関係ないし公爵家を盛り立てるためとは考えてはおらんぞ！」

「そこでアンリネルゼさんとは違うとアピールしなくても……とにかく、エッケンハルトさんから何を言われても、微妙な気分になるので、ここまでです！」

何が楽しくて、気になる女性の父親からアピールを受けなきゃならないのか……。

いや、相手側の父親というのは最大の障害とも考えられるから、それがないだけでかなりハードルを下げられているとは思うが……それでもやっぱり微妙だ。

「むぅ……だがな、今はアンリネルゼもいるしな。早いうちに手を打っておかないといかんのではとな……」

「……レオ、もっと速度を出してくれ！」

「ワフ？　ワフゥ……ガウ！」

話を続けたいエッケンハルトさんの雰囲気を感じ取り、レオに頼んで走る速度を上げてもらう。

あまり気が進まない話を打ち切るためには、さっさと到着するに限る。

レオは首を傾げて仕方ないなぁと溜め息を吐いた後ではあるが、吠えて速度を上げてくれた。

……そういえば、レオも俺に早く相手を見つけろと考えているようだったな……まったく、セバスチャンさんもそうだが、俺の周りはそういう事を考える人ばかりか？

「ちょ、ちょっと待ってくれタクミ殿！　速過ぎる！　くっ！」

レオが速度を上げてすぐ、後ろからエッケンハルトさんの叫びが聞こえると共に、俺を掴む力が強まった。速度を出し過ぎたようだ。

「はぁ……仕方ないか。もう少しだけ速度を落としてくれ、レオ！」

「ワフ」

「ふぅ……よくタクミ殿は平気だな……」

レオに頼んで少し速度を落としてもらう事で、なんとか人心地付いたようだ。

「レオには慣れたと思ったんですけど……？」

「いや、レオ様には慣れてはきてるんだがな。しかし、さすがにあの速さはな……馬より大分速かったぞ」

「そうですか？」

「ワフ？」

馬に乗った事がないからはっきりとわからない、かなり速かったとは思うが……俺はランジ村に行く時結構急いで走ってもらったから、それで慣れていたのかもしれない。

「よーし、レオそろそろ止まってくれ！」

「ワフ！」

そんなこんなでしばらくレオに乗って走り、ラクトスの街入り口近くで止まってもらう。

「はぁ……馬より速いのはわかっていたが、ここまでとはな……以前乗った時より速かったぞ？　馬での強行軍よりも速度を出すとはなぁ……」

止まったレオから降り、少しふらつくエッケンハルトさん。

馬より速くても、レオが気を遣ってくれているのか、フィリップさん達が馬に乗っているのと見比べると、馬より揺れていないんだけど……慣れの問題かな。

「ありがとうな、レオ。また帰りも頼むよ」

「ワフワフ」

街の入り口近くでレオから降り、お礼を言いつつレオの体を撫でる。

「……レオ様、帰りはもう少し遅めで頼みます」

「ワフ？」

エッケンハルトさんも、俺に倣《なら》ってレオの体を撫でながら希望を言うが……レオは首を傾げているな。帰りもそれなりの速度で走りそうだ。

「……こ、公爵様！」

ひとしきり撫でたレオを連れて、エッケンハルトさんと一緒にラクトスの入り口まで来ると、見張っていた衛兵さんが気付いてこちらに駆け寄ってきた。

「すぐに、隊長を……」

「そのままで良い。今日は公務などで来たわけではないからな。私の事は気にせず、仕事に励め。あぁそうだ……」

「はっ！」

衛兵さんが上司か誰かを呼びに行こうとするのを、エッケンハルトさんが止める。

あまり大事《おおごと》にしたら、内緒で屋敷を抜け出した意味がなくなるからな。

とはいえ、一応エッケンハルトさんがラクトスにいる事や、何かあれば呼ぶ可能性もある事などを伝えていた。

「お疲れ様です」

「ワフ」

門を通りながら、会釈をする俺と一言かけるように鳴くレオ。

衛兵さんは、エッケンハルトさんがいるからか、直立不動で見送ってくれた……レオがいるからという事もあるかもしれない。

衛兵さんも見知った人だから慣れていると思ったけど、そうでもないのかな？

「ワフゥ？　スンスン……ワウゥ？」

街の中に入ってすぐレオが顔を首を上げて、さらに鼻を鳴らして不思議そうに首を傾げた。

「ん？　どうしたレオ？」

「レオ様、何かありましたか？」

俺と同じく、レオの様子に気付いたエッケンハルトさん。

「ワフ、ワッフワフ……」

俺達に答えるレオによると、何か気になる気配のような、匂いのような物を感じたらしい。

「気配とか匂いとか、ちょっとレオが気になったみたいです。――また、病の気配とかそういうのなのか？」

「ワッフ！　ワフワウ」

「違うのか……危険な感じもしないと」

「ふむ……？」

以前のように、病の気配とかを感じたのかと思って聞いてみるが、そうではないらしく首を振るレオ。

「ワウゥ……スンスン……ワウー」

もう一度、空を仰いで鼻を鳴らすレオだが、わからないみたいですぐに顔を下げて軽く首を振った。

「どうやら、気になった気配とか匂いは、もうなくなったみたいです」

「そうか……」

「ワフワフ、ワウーワフ」

レオ曰く、人や物に紛れてしまって、話しているうちになんとなく気になる気配とか匂いというのはなくなってしまったらしい。

人通りの多い街だし、物も行き交うし、大通りでは食材だけでなく食べ物をその場で調理して売っていたりもする。

いくらレオの嗅覚とかが鋭いとはいっても、微《かす》かに感じた程度ならすぐわからなくなってしまうか。

「レオ様がというのは気になるが……ここで考えていても仕方あるまい。とりあえずどこへ行こうか、タクミ殿？」

レオもわからないようだし、気にはなってもここで立ったまま考えていても仕方ないと、エッケンハルトさんが切り替えてくれた。

危険な感じじゃないらしいし、一応気に留めておく事にして、まずは動こう。

「最初はカレスさんの店ですね。薬草を届けなくてはいけないので」

「そうか、わかった」

街の中に入り、何処へ行くか聞くエッケンハルトさんに言って、薬草を届けるためにカレスさんの店へと向かう。

先に済ませないと、持って来ていた薬草が荷物になってしまうからな。

「あ、アニキ！　……と、公爵様⁉」

「ニック」

「お、この前会った者だな」

カレスさんの店に到着し、俺達が中へ入るより先に、店の中からニックが出てきた。

ニックは、俺の後ろにいるエッケンハルトさんに驚いたようだ。そりゃそうか。

「アニキだけじゃなく公爵様も……ど、どうしてこちらへ？」

直立不動になり、緊張した様子のニック。

前回ラクトスに来た時、エッケンハルトさんとは会って覚えていたんだろう、失礼な態度を取らないのは、少し安心した。

何度か顔を見た事のあるはずのクレアさんには、気付かず変な事を言っていたからな……。

「ラクトスの街を見て回ろうと思ってな。色々あって、エッケンハルトさんも一緒なんだ」

「はっはっは、そう畏まらなくても良い。それで、ニックはどうして店から出て来たのだ？」

「あ、これからアニキの薬草を受け取りに行こうかと……」

「なら、ちょうど良かった。これが今日の薬草だ」

「確かに、受け取りやした！」

タイミングが良かったみたいで、ニックはこれから屋敷へ出発するところだったみたいだ。

入れ違いにならなくて良かった。

「カレスはいるか？」

「へい……あ、はい！　少々お待ち下さい！」

エッケンハルトさんがカレスさんの事を聞くと、すぐにニックが店の中に引っ込む。

カレスさんを呼びに行ったんだろう。

「これは公爵様！　申し訳ありません、こんな所でお待たせしてしまって！」

「うむ。まぁ、気にするな」

「ニックには、よくよく言い聞かせておきますので」

ニックに呼ばれ、慌てた様子で店から飛び出してきたカレスさんがエッケンハルトさんに謝る。

公爵様であるエッケンハルトさんを、店の外で待たせるという失礼をニックがした……と考えているからだろう。

エッケンハルトさんは気にしていない様子だが、これは俺が気にしないといけなかったかな？

ニックは、こういう事に慣れていないのが明白だからなぁ。

「それで、本日はどうしてこのようなところに来られたのですか……？　あ、申し訳ありません、立たせたままで……ささ、どうぞ中に……」

「あぁ、特に用があるわけではないのだがな。ラクトスを見て回るタクミ殿について来ただけだ。これから街に繰り出すから、中に入らずとも良い」

「そうですか……しかし護衛も付けずに、ですか？」

「まぁ、そこはセバスチャンに言っていないからな。カレスも、屋敷の者には言ってはならんぞ？　護衛に関しては、レオ様がいれば十分だろう」

「確かに、レオ様がいれば護衛はいらないでしょうな。畏まりました」

「うむ」

カレスさんとエッケンハルトさんの話で、セバスチャンさんに内緒にする事が決まったようだ。

……そこまでしていても、結局セバスチャンさんにはすぐにバレそうな気がするのは、俺だけだろうか？

「そうそう、タクミ様。レオ様の事なのですが……」

「はい、レオが何か？」

「ワフ？」

カレスさんが、今度は俺に話しかけて来る。

レオがどうしたんだろう？

「いえ、その……以前レオ様が店の前で、子供達と遊んだ事がありましたよね？」

「あぁ、はい。薬草を販売する初日でしたね」

「そのような事があったのか」

「はい。その時、レオ様と遊んだ子供の数人が、またレオ様がここに来ないかと、時折訪ねて来るのです」

あの時レオを取り囲むようにしていた子供達が、また遊びたいと期待してこの店に来る事があるようだ。

「そうなんですか……レオ？」

「ワフワフ！」

レオの方を見ると、子供好きだからか、尻尾を振りながら少し嬉しそうな雰囲気で鳴いた。

大丈夫そうだな。

「それじゃあ、また今度その子供達を集めて、レオと遊んでもらいましょう。レオは子供好きですからね」

「ありがとうございます。それでは子供達にはそのように伝えておきます。タクミ殿とレオ様が来られるときは、前もって連絡を頂ければと思います」

「はい、わかりました」

「ワフ！」

いきなり来て、すぐに子供達が集まるかはわからないからな。前もって報《しら》せれば、カレスさんが子供達を集めてくれるんだろう。

レオの方も、あの時の子供達と遊べるとあって嬉しそうに吠えた。

最初はただ集まって来るだけでレオも対処に困っていたが、子供達にちゃんと教えたらレオの事を考えて遊んでくれたし、特に変な事態にはならないだろう。

俺の方は、そのあとニックとひと悶着あったが。

「では、そろそろ行こうか」

「はい」

「あ、少々お待ち下さい。これから街を回るのでしたら、こちらを……」

「これは……？」

話も終わり、エッケンハルトさんが店を離れようとすると、カレスさんに止められた。

そのカレスさんは何やら布を数枚取り出し、エッケンハルトさんに渡す。

「公爵様の事を知っている者が街にもいる事でしょう。騒がれないためにも、顔を隠すべきかと」

「ほぉ、成る程な。助かる」

カレスさんから渡された布を、頭や口元に巻き付け、エッケンハルトさんが顔を隠した。

確かに、街の中にはエッケンハルトさんの顔を知っている人もいるかもしれないから、顔を隠して騒がれないようにというのはわかる、わかるんだけど……。

貴族らしからぬ服装のエッケンハルトさん、しかも中々にガタイがいい。

巻いた布の隙間から見える目つきも鋭いし、エッケンハルトさんと断定されなくとも、不審者に見られないかちょっと心配だ。

衛兵さんに職務質問とかされるかな……？　もしされても衛兵さんには話を通してあるし、大丈夫か……と無理矢理納得しておく。

「よし、それでは行こうか、タクミ殿」

怪しい見た目のエッケンハルトさんは、意気揚々と歩き出す。

「はぁ……わかりました。それじゃ、カレスさん。また来ます」

「ワフ」

「お気をつけて、行ってらっしゃいませ」

深々と頭を下げるカレスさんに会釈をして、俺とレオもその場を離れた。


カレスさんの店から離れた後は、大きな通りに出てエッケンハルトさんと歩く。

すれ違う人達の半分くらいが、レオを見て驚いたり、逃げて行ったりしているが、もう半分は特に気にしない人達だ。

一部、レオを拝むようにしている人もいるけど……もしかして初めてラクトスに来た時、レオに触れた人かな?

何度かレオを連れて来ているからか、多少は慣れている人もいるようで少し嬉しい。

エッケンハルトさんと大通りを歩く途中、屋台で焼かれている、串焼きの肉が気になった。

特にレオが、だけどな。

その場で焼いて渡す形式で、牛肉らしき肉に秘伝のタレを使っているらしく、さらに炭火焼になっていて大変美味しい。

「はふはふ……んぐ……美味い! こういった物も良いな」

「そうですね。ふー、ふー。ほら、レオ」

「ワフ!」

口元を覆っていた布を顎まで下げ、豪快にかぶりつくエッケンハルトさんに返事をしながら、息を吹きかけて冷ましてからレオに食べさせる。

今はどうかわからないけど、犬は猫舌だし、串は危ないからな……レオなら器用に串から食べられそうだが。

「専属の料理人が作る物も美味いが、こういう風に食べるのもやはり美味いものだな……」

食べ終わったエッケンハルトさんが、通りに並ぶ屋台を見ながら言う。

「やはりという事は、以前にも？」

「うむ……まぁ昔の話だがな。まだ私がクレアくらい……いや、もう少し下の年頃だったか」

「若い頃の思い出ですね」

昔を思い出すように、懐かしそうに眼を細めるエッケンハルトさん。今回のように屋敷を抜け出した時の思い出なのかもな。

公爵家の当主ともなれば、外に出るのにも護衛が付くだろうけど、その頃はまだ当主にはなっていなかったんだろう。

単なる想像だけど、当主になる前の方が誰かが付いてこないように抜け出しやすいのかもしれない。

「時にタクミ殿、アンリネルゼの事はどう思う？」

思い出話が始まるのかと思っていたら、急に振られるアンリネルゼさんの話。

「また、男女の関係がどうとか、そういう話ですか？」

「違う違う！　そうじゃなくてだな……お、オヤジ、三つくれ！」

「はいよ！」

ラクトスに来るまでの事があるから、そういう事かと思ったが、違うらしい。

話の途中で気になった屋台の前で足を止め、注文をするエッケンハルトさん。

「ほぉ、これもまた美味そうだ……それでだな、タクミ殿。アンリネルゼの事なんだが……タクミ殿から見てどう思う？　性格とか、考え方の話だぞ？」

「鳥肉ですか……確かに美味しそうですね。アンリネルゼさんですか。俺の感覚での話でいいですか？」

「うむ、それで良い……ほふほふ、これも美味いな！」

「ありがとよ！」

鳥肉を焼いた物を受け取り、お金を払ってすぐに頬張りながら、俺に視線を向けてくるエッケンハルトさん。

俺がアンリネルゼさんと話して、見て、どう思うかを聞きたいらしい。

大きな声で褒められた事に、笑顔になる屋台のオヤジさんから、残りの二つを受け取りながら考える。

アンリネルゼさんか……そこまでしっかり話したわけじゃないが、部屋に行って話した時の事を思い出しながら、エッケンハルトさんに答える。

「そうですね……アンリネルゼさんは貴族としての常識なのか、自分一人で考える事に慣れ過ぎているかと思います。……んぐ、確かに美味しいですね。ふー、ふー、ほら、レオも」

「ワフワフ！」

考えて答えながら、鳥肉を食べる。塩味の焼き鳥で、これも美味しいな。

レオは尻尾を振りながら俺を見ていたので、先程とおなじようにしてから食べさせる。

「自分一人で……か。貴族の常識というわけではないんだがな……」

「あぁいえ、貴族の常識というのは……なんていうか特権階級の意識が強いように思うって事ですね。だから、俺に結婚の申し出とかをいきなりしたんでしょうけど」

「成る程な。確かに、貴族の子女は時折、その貴族家のために嫁ぐという事もあるようだ。貴族家は、女性も継げるから多いわけではないが……まぁ、当主の考え次第だな。だから、相手が自分の家にとって有用であると考えれば、嫁ぐ事を厭《いと》わないという者もいる。相手がどういう者かは関係なくな」

「女性が継げるというのなら、あまり多くはないんでしょうけど……その考えはわかります」

日本にも、そういった事はあるからな。

俺がいた頃はほとんどなかったと思うが……昔はそういう事が当然、とも考えられていた時代もあったくらいだ。

「そういった意識が強いうえで、一人で考える事に慣れ過ぎているせいで、突拍子もない事を考えるのかな……と感じました。人との関わりを重視していないような……人の内面を考えないような……ですかね」

「ふむ……私も確かにそのように感じるな。まぁ、これは父親であるルーブレヒトのせいだろうな……」

「父親の？」

「うむ。バースラー伯爵家は前当主の頃……数十年も前に商売に失敗してな。まぁ、それくらいならよくある事ではあるし、贅沢をしなければ領地からの税収でなんとかなる。そもそも、貴族として生まれた者に商売の事がわかる者が少ないのだ。貴族である者が何かを売れば、それがどのような物でも売れる……しかも、物に見合わない値段でも売れると考える者すらいるくらいだ」

「それは……確かに失敗するでしょうね」

一概には言えないが、商品というのは需要と供給で成り立っている。

需要がなければ当然売れないし、高く売ろうとするなら、供給を減らして、需要を高めるという手もある。

だがそれを無視して、需要のない物を高く売ろうとしても売れるわけがない。

無理に売ろうとしても押し売りになってしまうし……売れる物を適正な価格で、利益をむさぼらない値段にしないと、商売なんてできたものじゃない。

消費者の目は、厳しいものだからなぁ。

「そして、その失敗を取り戻そうと焦り、さらに失敗を繰り返す……」

「悪循環ですね」

「うむ。そうして伯爵家は余裕がなくなっていき、税収すらもそちらに回してどんどん追い詰められていったのだ。そしていつの頃からか、どんな手を使ってでも儲ける事を第一とし、領民を顧《かえり》みない手段に出るようになったのだろう。いや、領民を苦しめてでも、法を犯してでも、か」

「借金に追われて、犯罪に手を出すろくでなしですか？」

「はっはっは！　あながち間違っていないな！　まぁ、それでルーブレヒトは先代から続く負の連鎖を止めようと、アンリネルゼを放ったらかしにして卑劣な商売に精を出していたのだ
……それが悪循環になっていると気付かずにな」

「成る程。それでアンリネルゼさんは、一人でいる事に慣れたんですね」

「そのようだな。まぁ、隣の領地という事もあって、伯爵家とは古くから交友があったのだが
……ここ十年くらいは、年に一度会うかどうか程度になっていたな。おそらくアンリネルゼは、その時に会うクレアくらいしか、まともに対等に付き合える知り合いがいないのではないかな？」

「他の貴族達が集まったりはしないんですか？」

「それはあるがな。ルーブレヒトはアンリネルゼを、貴族の集まりに連れては来なかったな。自分が他の貴族に顔を売り、商売を成り立たせようとそちらには気が回らなかったようだな。言葉は悪いが、娘を使えば、上手く事を運ばせる事もできたのだろうが……」

貴族の集まりがあるのなら、そこにアンリネルゼさんを連れて行って、他の貴族の子息に売り込んだりすれば……とエッケンハルトさんは暗に言っているんだろう。

もしアンリネルゼさんが他の貴族に嫁ぐか、もしくは婿養子を迎える……となれば、その相

手貴族は伯爵家に援助をしたり、商売の助けをしたりという事になったのかもしれない。

「まぁ、ルーブレヒトの方も、全くそういう事を考えなかったわけではないのだろう。アンリネルゼには、いずれ伯爵家を盛り返すためにその身を使うような事を言っていた節がある。何故今回の事をする前にそうしなかったのかは、本人にしかわからないが」

「だから、伯爵家を盛り返すため、レオを連れている俺に結婚の誘いをしたんですね」

「ワフ？」

「うむ。我が公爵家はもちろんの事だが……この国ではシルバーフェンリルは特別だからな。レオ様がいるというだけでも、伯爵家は簡単に盛り返す事ができただろうな」

「そうですか……」

「ワフワフ」

エッケンハルトさんの話を聞きながら、自分の名前が出た事に首を傾げているレオを撫でて考える。

そういう事情があったから、突然ではあるがあの時馬車の中で、あんな申し出をしたんだろう。

伯爵家を盛り立てるために……と考えると、アンリネルゼさんも自分だけのために動いていたとは考えられず、だとすれば同情の余地はあるのかもしれない。

かと言って、レオを利用するように結婚して、貴族になるつもりは全くないんだけどな。

「ま、そういうわけで、アンリネルゼは伯爵家の屋敷をほとんど出た事がなく、周囲の使用人達に囲まれて過ごしたのだ。文字通りの箱入り娘だな。アンリネルゼ自身が外に出ようともしなかったため、本人にも原因はあるがな。そして、タクミ殿の言ったように、一人で考える事に慣れ過ぎてしまったんだろう」

「周りは使用人だけ……貴族の事はよくわかりませんが、使用人の心情を察して行動する貴族というのは、少ないのでしょうね。そして、使用人達を使用人としか見る事ができず、一人で考え、他人を考える事をしなくなった……と」

クレアさんやティルラちゃん、エッケンハルトさんを見ていると、こんな貴族ばかりだと勘違いしそうだが、本来は違うのかもしれない。

エッケンハルトさん達のような貴族が他にいないとは思わないが、特権階級だから自分は特別……と考える人ばかりでもおかしくない。

実際、この世界じゃなく、日本でもそういう人はいたからなぁ。あの会社の社長とか……あっちの会社の役員とか……。

「ルーブレヒトには同情の余地はなく、自領他領問わず民を苦しめた事は許されない。あいつには判断できるだけの余地があったはずなのにだ。一度立ち止まり、冷静になれば自分が間違った事をしていると考える事もできただろうに」

「そう、ですね」

公爵領での事以前に、自身の伯爵領でも領民を苦しめていたバースラー元伯爵。

いつ頃からそうしていたかはわからないけど、それが間違っている事や、その時は儲かったとしてもいずれ身の破滅を招くだろうと気付くきっかけは、いくらでもあったのかもしれない。

「しかしアンリネルゼはな……その父の姿を見て反発する性根はあっても、誰にも相談できず、一人で考えるしかない状況に追いやられてしまっていた」

「環境のせい……と言えなくもないですか」

「うむ。本来はアンリネルゼを正すためにループレヒトが教えなければならい事なのだがな。そんなわけで、王家に頼んで私が教育を請け負ったのだ」

「……ん？」

「どうした？」

あれ？　エッケンハルトさん、今王家に頼んだって言ったのか？

「いえ、その……以前、アンリネルゼさんを連れて来た時は、王家から頼まれた……と言っていましたよね？」

「うむ……まぁ、実は、私が頼んだのだ。アンリネルゼが貴族として相応《ふさわ》しい人物にならなければ、他領に手を出した伯爵家ごと、取り潰しとなるという条件でな。もちろん、先にも話したように悪事を暴く協力をしたのだから、アンリネルゼ自身が罰せられる事はないがな」

アンリネルゼさんが今も、バースラー伯爵家次期当主としての肩書を持っていられるのは、エッケンハルトさんが温情を願ったからって事でもあるのか。

まぁその後に面倒そうな表情で、隣領に新しい別の貴族が来る事や、選定されるのを待つ方が面倒だからな……なんて小さく呟いていたんだけど。

「……とにかく、アンリネルゼさんは環境が悪かっただけで、ちゃんと人と話す環境を用意すれば、まともになると考えたんですね？」

「そういう事だ。私のように外に出る事、人と関わる事を考えねばな」

いえ、エッケンハルトさんはちょっと外に出過ぎというか、護衛も付けずに街へ遊びに出たいと考えるのはどうかと思うし、アンリネルゼさんには真似をして欲しくないですけど、と心の中で呟く。

とはいえ俺もレオと協力している以上同罪なので、この事をエッケンハルトさんにとやかく言う資格はないため、黙っておく。

「とまぁこうして話したが、結局アンリネルゼ次第ではある。あぁ、この話はクレアやセバスチャンには言うなよ？　色々と面倒だ……」

「ははは、またクレアさんに怒られそうですしね？」

「……うむ」

「ワフゥ」

俺やエッケンハルトさんから見ると、強く当たっていても、仲が良さそうに見えるクレアさんとアンリネルゼさん。

でも、エッケンハルトさんが自分から王家に頼んだ……というのが知られたら、反発からクレアさんに怒られてしまいそうだしな。

しかし、クレアさんは時折アンリネルゼさんへの当たりが強い気がするのは、何故だろう？

ボケとツッコミみたいに見えて、微笑《ほほえ》ましい部分もあるんだけどな……まぁ、同年代の同性の友人というのは大事にして欲しい、と思うばかりだ。

「さてタクミ殿、こんな話ばかりではなく、今は腹を満たす事を考えよう。ほらあっちにも肉を焼いている屋台があるぞ！」

「……そうですね」

「ワフ！」

少し重い話になったからか、エッケンハルトさんが話題を変えるように明るく言って、先にある屋台に向かう。

結局は、アンリネルゼさんがどうするか次第なのだから、俺達がここで話していてもどうにもならない事だしな。

どう接するか……というのは多少参考になったが、とりあえず今はラクトスの街を楽しもう。

レオもまだ食べ足りないようで、肉を見て尻尾を振っているから。

というか、エッケンハルトさんもレオも、目につくのは肉ばかりか……野菜系の料理を売っている屋台が少ないせいなのもあるかもしれない。

「おぉ、これも美味いな。ラクトスは色々な物があるから、美味い物も多いな。ほら、タクミ殿、こっちも食べてみろ」

いくつかの屋台を回り、買った物を両手に持って齧《かぶ》り付くエッケンハルトさん。

今日は注意するクレアさんもいないから、思いっきり食べられて楽しそうだ。

「はいはい。……うん、確かに美味しいですね。――レオも」

「ワフ！　ワフワフ」

エッケンハルトさんに勧められ、屋台で買った物を食べ、レオにも食べさせる。

どれも美味しい物だからいいんだけど、さすがに肉ばかりは飽きるなぁ……エッケンハルトさんやレオは、もっと肉を食べたいようだけども。

「もう少しあっさりした物というか、肉以外に美味しい物はありませんかね？」

「ふむ、確かに肉ばかりだと飽きて来るか……。私はもっと肉ばかりでも良いのだが」

「ワフ！」

肉を買った屋台から離れ、他にもないかキョロキョロと視線を巡らせつつ、肉以外の屋台を探す。

エッケンハルトさんは肉でも構わないようだし、レオもそれに同意するように頷いているが、やっぱ肉ばかりだとなぁ……口の中がギトギトだし。

「お、あそこの屋台は……」

視線を巡らせた先、他の屋台とは少し違う屋台を発見した。

大体は肉料理の見た目や匂いで客寄せするためにだろう、前面に押し出して売り出しているのに、そこは鉄板の上で色んな具材を焼いているようだった。

「む？　ほぉ、他の屋台とは違いそうだな。行ってみるか？」

「はい。行ってみましょう」

エッケンハルトさんと一緒に、レオを連れてその屋台の前まで行くと、嗅いだ事のある香ばしい匂いがしてきた。

「らっしゃい！」

「これは……パスタか？　しかし、黒いな……匂いは美味そうなのだが……」

「……焼きそば？　でも、どうしてこんな所で……」

屋台から香るのはソースの焦げる匂い。祭りの屋台や、海の家とかで食欲をそそる匂いを振りまいているあのソースの香りだ。

日本の食べ物、だよな……どうしてこんな所にあるんだろう？　いや、作れないわけじゃないと思うから、あっても不思議じゃないんだろうけど。

「店主、これはどういうものなのだ？　私は見た事がないのだが……」

「へい！　これはヤキソバという物でして。パスタを特製のソースに付けて、野菜と一緒に鉄板で焼くんでさぁ！　肉は少ないので、肉好きにはお薦めしませんが、食べ応えもあって、美味いですぜ！」

「ふむ……ヤキソバか。聞かない名だな……」

エッケンハルトさんは当然ながら、聞いた事がないようだ。

だが俺は聞いた事がある、というより日本人なら誰でも知っているだろう。

「ワフ、ワフ」

レオの方も覚えているのか、尻尾を振ってよだれを垂らしそうな勢いで、鉄板で焼かれていい匂いを出すヤキソバを見ている。

「おやじさん、三人分下さい！」

「へい、ありがとうございます！」

「タクミ殿、食べるのか？　黒くてあまり美味そうには見えないが……」

屋台に駆け寄っておじさんに注文する俺を見て、若干引き気味のエッケンハルトさん。

確かに、鉄板の上で焼かれているヤキソバは、ソースが多いのか濃い黒色をしている。

こちらの世界でのソースは色が濃いのか、それとも屋台のおじさんが多めにソースを使っているのかはわからないが……見つけたからには買わずにはいられない。

「はい、もちろんです。これは美味しいですよ！」

「そう、なのか？　しかし、タクミ殿は食べた事があるのか？」

「ええ。俺がいた場所では、よく食べられていましたから」

「そ、そうなのか……成る程な」

「ワウ！」

エッケンハルトさんには、俺が異世界から来たというのを話してある。そこで食べられていた物とわかって、興味深そうに鉄板を見るようになった。

レオはそもそも知っているから、嬉しそうに出来上がりを待って尻尾を振っている……知っていてもほとんどは俺が食べるところを見ていただけだったろうになぁ。

あと、嬉しいのはわかるが吠えるのは止《や》めような？　屋台のおじさんがビクッとしているから。

「へい、お待ち！」

「ありがとうございます。エッケンハルトさん、レオ、どうぞ。熱いのでお気をつけて」

「うむ……食べてみる事にしよう」

「ワフゥ！」

紙を使った器に手早くヤキソバを入れてくれた屋台のおじさんから受け取り、エッケンハルトさんに渡しつつ料金を払う。レオは持てないので、食べ物を地べたに置く申し訳なさを感じつつも、そうした。

自分の分のヤキソバ、その器に添えられていた木のフォークを手に取り、黒い麺を具材と一緒にすくい上げる。

できれば箸が良かったと思うが……贅沢は言うまい。エッケンハルトさんとか、箸を使えそうにないしな。

「では、頂きます。……ズルズルズル！　うん、美味い！」

「タクミ殿……クレアではないが、音を立てて食べるのは良くないのではないか？」

「あはは、確かにそうですね」

汁物じゃないからすすらなくてもいいんだが、久しぶりで勢いよくいってしまった。

そして口の中に入ったヤキソバの味は、麺がパスタだからか少し違うように感じたが、十分に美味しい。

ソースも俺が慣れ親しんだ物とは少し違う気がしたけど、でもどこかで食べた覚えのある気もした。

なんにせよ、思わぬところで出会ったヤキソバは、満足のいく味だ。

「……だが、勢いがあってそれも良さそうだな。クレアもいないし……ズルズルズルズル！ん！」

「美味しいでしょう？」

「うむ！　これは美味いな！」

「ワフワフ！」

エッケンハルトさんは俺の真似をして勢いよく口に入れた後、目を見開いて美味しさに驚いていた。

レオも少し冷ましてから勢いよく食べているから、味に満足しているようだ。すすりはしないけど、麺を食べる犬……もとい狼というのもちょっと面白い、今更だけど。

でもこのヤキソバ、できれば青のりが欲しいなぁ……。

あれって海藻だけど、植物と言えるんだろうか？　……よくわからないが、なんとなく『雑草栽培』では作れないような気がするな。

土から芽を出して、地中に根を張るわけでもないし。

ともあれ、絶対またこのヤキソバをここに食べに来ようと決意しつつ、他の人の邪魔にならないようレオを移動させてから、エッケンハルトさんと完食した。

「あぁ……さっきのヤキソバというのは良かったな。色が黒いのは味が濃いからなのか？　野菜や肉もあって、バランスの取れた物だ」

「配分を変えれば、野菜多めとか、肉多めとかもできますね」

「ふむ……ヘレーナに作らせてみるか……しかし、クレアの前ではあのような食べ方はできないだろう」

「そうですね。こちらでは、音を立てて食べるのはマナー違反でしょうし……よし、レオ。粗方取れたぞ」

「ワフ！」

ヤキソバを食べ終わり、口の周りをソースで汚したレオを拭きながら、エッケンハルトさんと話す。

エッケンハルトさんも、ヤキソバを気に入ってくれたようで何よりだ。

レオの方は、布を湿らせて拭いてあげたんだが……やっぱり少し残っているか。

帰ったら風呂で洗う事にしよう。

「でもエッケンハルトさん。ヘレーナさんに作らせるにしても、あのソースを再現しないといけません」

「ふむ、そうなのか？」

「はい。味の決め手というか……全てはヤキソバにかかっていたソースのおかげですから」

ソースヤキソバに一番重要なのは、美味しいソースだ。他の味付けで別物にするなら、できなくもないけど。

「先程の店主に、作り方を教えてもらうのは……」

「さすがに、味の秘訣を教えてくれる事はないと思いますが……」

「そうだな……。権力を使えばなんとかなるだろうが、それはしたくないしな」

「はい」

エッケンハルトさんが本気になれば、公爵家という権力を使って、あの店主さんからソースの事を聞き出せるだろう。

だけど、以前クレアさんが言っていたように、公爵家は強権を使う事をよしとしない家風だ。無理に聞き出す事はないだろうし、この人達はそれをしようとは思わないだろうな。

「街の者達も、中々侮れんな……よし、他にも何か良い物がないか探すとしよう」

「そうですね、色々と掘り出し物が見つかるかもしれません」

「ワフ！」

ちょっと違う感じがしたとしても、ほぼ日本食のような物が見つかったんだ、他にも何かあるかもしれない。

ラクトスに来た目的を忘れて、食べ歩きになってしまっているが……まぁ、いいか。

俺もレオも楽しんでいるし、これも異世界の街観光の一種とも言えるだろうから。

というより、一番楽しんでいる様子のエッケンハルトさんを止める事ができなそうだ。

「ふぅ……結構歩いたな」

「そうですね」

「だが、この街にも色々な物があるという事がわかったな。こういう機会は少ないから、私でも新しい発見がある」

「はい。人の出入りが多い街だからという事もあるんでしょう、色んな屋台がありましたし」

ヤキソバを食べてから、他にも何かあるのかと大きな通りをエッケンハルトさんと一緒に歩いた後、お腹も膨れたため、休憩しようと大通りから離れた場所にある、人通りが少なめの所にあったカフェに入っていた。

オープンカフェになっているので、店の中に入れないレオも、俺とエッケンハルトさんが座っている椅子の近くにいる。

ちなみにこのカフェは、カレスさんの店で薬草を販売した時にレオと触れ合った子供の親がやっている店らしく、レオが来た事を歓迎してくれた。

あの時のおかげで、レオが危険ではないと理解してくれていたようだ。

「ワフガフガフ……」

「レオ、落ち着いて飲むんだぞ?」

「ガフガフ……」

俺の声が聞こえているのか、聞き流しているのか……用意してもらった大きめの桶いっぱいに入った牛乳を、勢いよく飲むレオ。

わざわざ用意してもらってありがたいと思いつつ、俺とエッケンハルトさんに出されたお茶を飲んで一息。

食べている時もそうだったが、エッケンハルトさんの顔を隠す布は頭と顎に巻かれるだけになっており、それだけで隠せているのか少し心配だったが、なんとかなっている。

整えられていない顎鬚《あごひげ》が隠されているため……とかかもしれないな。

まぁ一緒にいる俺としては、不審者にしか見えなかった目だけ出している状態よりマシだが。

「ヤキソバの他にも、中々面白い食べ物もあったな。あれは……」

「そうですね」

お茶を飲みながら、さっき食べた屋台の物を思い出す。

焼き団子もあれば、塩鮭を焼いて出している所もあった。

焼き鮭の皮を食べながら、エッケンハルトさんは酒が欲しい……とか呟いていたな。

他にも、うどんっぽい太めのパスタ麺を、昆布の味が懐かしい汁に入れて出しているところもあったし、から揚げもあったなぁ。

なんだか、こっちでも結構日本食に似ている味の物が食べられるとわかって、俺も上機嫌だ。

なんとなく似た物のような感じで、一味足りないようにも感じたけど、ここに来てもう食べられないかも……と思っていたくらいだし、贅沢は言うまい。

あとはできれば、米があると嬉しいんだけどなぁ……。

やっぱり日本人は米で育っているから、それを探してしまうのは仕方ない事だろうと思う。

今回は見つからなかったけど、今度来た時も探してみるつもりだ。

俺の『雑草栽培』だと、農作物の栽培は駄目だから米の栽培はできないだろうしなぁ……。

「今日は感謝するぞ、タクミ殿。おかげで楽しく街を見て回れた」

「いえいえ、俺も楽しんでいますから気にしないで下さい。まぁ、ほとんど食べてばかりでしたが」

「考えてみればそうだな」

カレスさんの店に行った以外は、ほぼ屋台を回っているだけだった。

大きな通りで行き交う人の数は多かったから、レオを見慣れさせる……という目的の方は十分達成できただろうけど。

もう少し他にも見た方が良かったかな？　まぁこれは、後日ってところだろうな。

「あぁそうだ、タクミ殿」

「はい？」

お茶を飲み、レオの様子や街並みを見ていた俺に、エッケンハルトさんが改まって声をかけてきた。

何を急に……と思い、そちらに顔を向ける。

「いずれになるが、私はランジ村に行くつもりだ。グレータル酒やアルテミシア・ロゼの事もあるしな。村の者には何も罪はない事と、魔物に襲われた事に対する慰労も兼ねてな」

「そうですか。ランジ村でグレータル酒がまた作られるようになるなら、良い事だと思います」

「うむ。アルテミシア・ロゼの販売や、グレータルの仕入れに関しても、村長と話をしてみたいしな」

「そうですね。でも、あまり村の人達が仕事に追われるようにはしないで下さいね？」

「うん？　それはどうしてだ？　仕事があるのは良い事だと思うが」

「えっとですね……」

ランジ村を離れる前、ハンネスさんと話していた事を思い出しながら、エッケンハルトさんに伝える。

本来の村の産業である木材の加工に加えて、グレータル酒作りを優先する事で、子供達の相手をろくにできなかったという話だ。

「ふむ、そうだな……子供は国の宝だ。子供をないがしろにするのは良くないな。わかった。働き詰めで子供に影響が出る事のない程度にするよう、心がけよう」

「すみませんが、お願いします」

ここで俺からエッケンハルトさんにお願いしたのは、村の子供達を思っての事もあるが、俺の過去も少し関係している。

お金を稼ぐ必要があるとはいえ、働いてばかりで、他の事が全くできないという状況は、人間にとっていい事とは言えないからな。

誰かが倒れるまで働く……なんて状況にはしたくないから。疲労で頭が鈍り、精神的にも追い詰められて……なんて事を、あの村の人達に経験はさせたくない。

まぁ、あそこまでの事はさすがにエッケンハルトさんが許さないだろうし、村人達もしないだろうけど。

「それでだな、タクミ殿。その時にタクミ殿も、一緒にランジ村まで来て欲しいのだ」

「俺がですか？」

アルテミシア・ロゼの事があるから、ラモギを作らないといけないのはわかっていたけど……カレスさんの店の時のように、誰かに渡して運んでもらうくらいかと考えていたんだが。

「あぁでも、俺はランジ村の人達と面識がありますから、村長さん達を安心させるために、行く必要があるかもしれませんね」

「ふむ、確かにそういう意味でもそうだな……」

「あれ、エッケンハルトさんもそう考えていたのでは？」

商人に騙された村人達を安心させるために必要だから、とエッケンハルトさんは考えていると思ったんだが、どうやら違ったみたいだ。

「タクミ殿には、ランジ村で薬草作りに集中して欲しいと思ってな……」

「薬草作りに？」

「うむ。タクミ殿の能力は、限界があるだろう？　作り過ぎると倒れてしまうとクレア達から聞いた」

「……そうですね。推測ではありますが、そういう事になっています」

「だからタクミ殿さえ良ければ、ランジ村で薬草園のようなものを作って欲しいのだ。それがあれば、タクミ殿の能力を過剰に使用したりせず、領内へ薬草を供給し、アルテミシア・ロゼも作る事ができる……とな？」

「薬草園……確かにそれがあれば、毎日俺が薬草を作らなくても、多くの薬草を作れるかもしれませんね」

俺が『雑草栽培』を使って作れる薬草の数には、限界がある。

シェリーの時以来倒れた事はないが、それは無理をしないよう大量の薬草を作らないようにしていたからだ。

セバスチャンさんと話した推測が正しいなら、ギフトを使い過ぎると倒れてしまうし、クレアさんやレオ……皆に心配や迷惑をかけてしまうから、その対策と考えればありがたい。

「だろう？　まぁ、能力を使った時とは違って、急遽数を追加……という事はできないかもしれんが、それでも数を増やせるのは強みになるだろう。タクミ殿が作った薬草が、土地に根付くかどうかという問題はあるがな……」

「そうですね。今まで、他の場所で薬草を栽培するような事は？」

「ないな。いや、どこかでやっている可能性もあるが、少なくともこの国ではしていない。薬草というのは、自然に生えている物を摘み取って、各地に運んでいる物だけだ。だから、場所によって店で売っている薬草にも偏りがある」

「そうですか……ですが、試すのなら屋敷でもいいのでは？」

「それも考えたんだがな。屋敷ならクレアや使用人達もいるし、管理は楽だ。だが、広さがな……」

「あぁ……確かに。レオが走り回ったりもしますからね」

屋敷の裏庭でも多少はできるんだろうが、レオが走り回ったりもするし、そもそも広さが足りないかもしれない。

レオに気を遣ってもらうのも、自由に出来る範囲が減ってしまうだろうし……。

それに公爵家にとってシルバーフェンリルは特別な存在らしいから、自由に動けなくなるようなお願いはしたくないのかもしれない。

「レオ様の事もあるし、もし上手くいった場合、屋敷内では広げる事もできないからな。外に作るのも少々難しい」

「そうですね。上手くいくものだとして……そこからさらに場所を移したり広げたりしようとすると、屋敷だと不便でしょうね」

「うむ。まずは試す事から始めないといけないだろうがな。それに、あっちでなら世話をする者を複数雇えるだろう？」

「世話をする者、ですか？」

「あぁ。最初はまだしも、上手くいったとして……広い薬草園を、タクミ殿一人で全て管理する事はできないだろう。屋敷では、複数の者を雇う事もできないだろうし、ランジ村なら、そういった者を雇って暮らさせるにもちょうど良いしな」

「それは確かに……」

管理してくれる人を雇う……か。図らずも、ライラさんと以前話していた事だ。

まぁ、まずは色んな種類の薬草が根付くかどうかを試してみないといけないから、そちらが成功してから考えればいいかも。

「まぁ、そうは言っても、すぐにランジ村に行って薬草作りができるかどうかはわからないから、屋敷で実験しないといけないだろうがな？」

「……そうですね。それじゃぁ、屋敷に戻ったら暇な時間を見つけて、『雑草栽培』で作った物をそのまま育てられるか、増やせるかを試してみます」

屋敷で少し実験をしてからという事で決まり、了承する。

「あぁ、頼む。私もすぐにセバスチャンに話して段取りをつけておく事にする」

「エッケンハルトさんは戻ったら、まず説教からだと思いますけどね？」

「……やはり、そう思うか？」

「はい」

あのセバスチャンさんが、部屋を抜け出したエッケンハルトさんに、ずっと気付かないとは思えないからなぁ……。

「一応、部屋には書置きを残して来たのだが……」

「まぁ、いなくなった事に対しての心配とか、捜索だとかはなくなるかもしれませんけど」

「はぁ……何も言わずに、護衛すら付けずに出た事は言われるか」

「でしょうね。それに、クレアさんからも何か言われるでしょう？」

「クレアは……なんとかなりそうだな。酒の時の事を言えば、話を逸らす事ができそうだ」

エッケンハルトさんは、クレアさんの方は大丈夫だと思っているようだけど、本当にそうだろうか？

クレアさんだけなら、確かに話を逸らして……とできるかもしれないが、もしセバスチャンさんと組んだら、手が付けられなくなりそうだ。

……俺も多少は覚悟を決めておこう。

頼まれたからだとしても、実際にここまで連れて来たのは俺とレオだしな。

「そういえば、クレアさんはお酒に強いんですかね？　酔ってアンリネルゼさんを巻き込んでも、特に体調に問題はなさそうでしたけど……」

「あぁ、あいつは私に似たのか、多く飲んでも大丈夫だ。酔うと数日前のようになるが、翌日になれば何事もなかったかのようにケロッとしている。本人としては、後悔して反省しきりなんだろうがな」

「二日酔いとか、気分が悪くなった事は、今までなかったんですか？」

「体調が悪くなったのは見た事がないな。だが、酔っていてもやった事は覚えているし、眠りが深いせいなのか、飲んだ翌日は昼過ぎまで寝る事がほとんどだ。そして起きたら……」

「前日の自分の行いを思い出して、後悔する……と？」

「うむ。クレア自身も反省し、後悔する事であまり酒を飲まないようにしているようだが……

タクミ殿が作ったアルテミシア・ロゼだったからな。飲みやすく、色も美しい。初めての物でつい飲み過ぎてしまったのだろう。あの屋敷に移ってから、酒を飲んでいなかったのもあるかもな」

クレアさんは二日酔いにはならないが、記憶はしっかりしているらしく、翌日に後悔するタイプらしい。

それは、二日酔いとどっちが良いかはわからないが……二日酔いは体調が悪くなるし、後悔する方は精神的に辛いだろうからなぁ。

それなら、酔わない程度に薬酒《やくしゅ》を飲むくらいにすれば問題なさそうだ。

俺はどちらかと言うと少量で二日酔いになるタイプで、アンリネルゼさんの辛さはわかるが……クレアさんの方はあまりわからなかったりする。

酔って行動が変わるというのはこれまでなかった。しかも今は、理由はわからないが酔えなくなって二日酔いにもならなくなっているし。

ただ酔っていい気分にならない、というのは人によってはマイナスかもしれないけどな。

「……そうですか。大丈夫ですかね？　明日にもう一つ新しい薬を入れたお酒を試飲する予定なんですが」

屋敷を出る前にミリシアちゃんに伝えられたけど、クレアさんが深く後悔している場合、飲んでくれるだろうか……？

「む、そうか。新しい物も作っているんだったな、薬酒だったか。クレアが昨日の事で、どれだけ後悔しているかだが……タクミ殿に見られた事が大きいかもしれん」

「俺にですか？　アンリネルゼさんやエッケンハルトさんではなく？」

「アンリネルゼはどうか知らないが、私は何度も見た事があるからな。しかし、淑女たれと自分に課しているクレアが、肉親や使用人以外の男に見られるのは……」

「あぁ……そうかもしれませんね。なら、クレアさんが飲まないようなら、ティルラちゃんと同じくグレータルジュースにしてもらいましょう」

「うむ、それが良いだろうな」

淑女たれ、か。俺にはどういった女性が淑女と言えるかわからないが、そんなクレアさんが醜態を晒した……と数日前の事を激しく後悔していてもおかしくはない。

しばらく、お酒自体を避けるかもしれないな……クレアさんに飲んでもらえないのは残念だが、仕方ないか。

一応、飲んだ翌日にクレアさんと話して、飲みたいとは言っていたけれども。

「さて、随分話し込んだが、これからどうする？」

「そうですね……レオを連れているので店に入る事はできないでしょうから。今回は他に誰も連れて来ていないので、外でレオを見てくれる人もいませんし」

レオはその体の大きさから、基本的に店の中には入れない。屋敷のような広さがあれば大丈夫だろうが、そんな大きさの店とかはないからな。

今回は屋内に入るのは止《や》めておいた方が無難だな。

「では、店に入るのではなく、単純に街を見て回る事にするか」

「はい、そうですね。――レオも、それでいいか？」

「ワフ」

カフェから出て、レオを連れてエッケンハルトさんと一緒に街を見て回る事にする。

街のどこに何があるのかだとか、今のうちに見て覚えておくのもいいかもな――。

「待てっ!!」

「ん？」

レオやエッケンハルトさんと一緒に、街中の探索をして人通りの少ない路地に入った時、男性の大きな声が聞こえた。

俺達に向けられているわけではなさそうだけど……。

「あっちから聞こえたようだぞ、タクミ殿」

エッケンハルトさんの示す方に視線を向けると、別の路地を小柄な影が走り去るのが建物の隙間から一瞬だけ見え、その後を大柄な男性が追いかけて走っていくのも見えた。

おそらく、後から走っていた男性が声の主だろう。

「……何やら、騒がしいな？」

「そうですね。――って、レオ？」

「スン、スンスン……」

何かあったのだろうか、とエッケンハルトさんと顔を見合わせる。

そんな俺達の後ろで、レオが人の走り去っていった路地の方へ顔を向けて、鼻を鳴らした。

「ワッフワウ！」

「え？　また気になる匂いがした……？」

「ワフワフ、ワウー！」

レオ曰く、ラクトスに入ってすぐ気になる匂いや気配が、向こう側……人が走って行った路地の方から漂ってきたらしい。

もしかして、さっき少しだけ見えた影か、追いかけて行った男性のどちらかからの物って事だろうか？

「ワフ、ワフワフゥ？」

「追いかけてもいいかって？　んー、どうしますかエッケンハルトさん？」

「そうだな……大きな騒ぎが起こっているという程ではなさそうだが、自ら首を突っ込むのもな。だが、レオ様が気になるというのがな。確かめてみる価値はあるかもしれん」

「レオが、というのは俺も気になりますけど……」

「一応、様子を見る程度という事にしておくか」

「そうですね」

「ワッフー！」

エッケンハルトさんと相談時、大勢が集まって大きな騒ぎが起こっているわけではなさそうなのもあり、とりあえずレオを連れて追いかけてみる事になった。

レオの先導で、匂いや気配を追ってしばらく……先程大きな声を出した主と思われる男性が、道端で息を切らして座り込んだのを発見。

危険な人物ではない事を見て確認した後、事情を尋ねる。

するとその人は、大通り付近で食料を売るお店をしている主人との事だが、お店の商品を盗まれ、その犯人を追いかけていたのだというのを、レオを見て震えながら教えてくれた。

レオは怖くないですからねー。

「ふむ、盗人《ぬすびと》か。衛兵に伝えるか？」

「いえ……まぁあまり多くを盗まれたわけではありませんし、子供のようだったので。すばしっこかったので逃げられましたが、諦めますよ」

「そうか」

エッケンハルトさんに、溜め息交じりで答える食料品店の店主さん。

子供が食べ物を盗むのか……。

盗まれたのは野菜が二つ程度で、思わず追いかけたけど子供みたいだし、泣き寝入りというわけじゃないけど、とりあえず今回は諦めるとの事だった。

「そういえば、エッケンハルトさん。この街の北側は、何があるんですか？」

店主さんから話を聞き、再びレオの先導で気になる匂いとやらを追いかける途中、ふと気になってエッケンハルトさんに聞いてみる。

ちなみにレオが気にしている匂いや気配は、店主さんとは一切関係がないらしい……状況から、食べ物の匂いを追いかけているわけではないと思う。

それなら、食料品を扱っている店主さんの方が食べ物の匂いをさせているはずだからな。

「向かっているのは、街の北側か……」

進行方向に視線を向けたまま、何やらエッケンハルトさんが険しい表情になった。

西側は屋敷から来た時に通る西門、そこからやや南にカレスさんの店がある。

東側は、ウガルドの店やランジ村へ行く時に通った東門と、孤児院があったっけ。

西門東門を繋《つな》ぐ、街中央を走る大通りは何度か通ったし、南側は少し行った事があり、なんとなく街の中枢機関が集まっているんだろうなという印象だった。

門の傍《そば》だけでなく、衛兵さん達の詰所らしき建物も見かけた。

ただこれまで、今回のラクトス観光も含めてこの街の北側にはあまり行った事がない。

「あまり大きな声では言えないのだが……タクミ殿は、スラムというのを知っているか？」

「スラム……えっと、貧困層というか、困窮している人達が住んでいて、犯罪率の高い場所ですかね？」

話には聞いた事があるし、地球でも日本以外の国にはそういった場所があるらしい。

日本にもスラムに近い所はあると聞いた事はあるし、場所によって治安の良し悪しというのはあった。

けど平均的な日本人にとっては、聞いた話で想像するくらいしかできない。

「概《おおむ》ねその考えで合っている。まぁ、犯罪に関しては厳しく取り締まっているので、多いわけではないがな？　とはいえ多少は、街のほかの場所よりは治安が悪いか」

「そのスラムが、北側にあるんですか？」

「うむ……公爵領では、そういった場所を減らすようにしている。実際、本邸がある付近の街にスラムはない。だがここは本邸から離れている事と、人の出入りが多くてな……なくす事ができないのが現状だ」

「そうなんですか……」

本邸から離れている分だけ対処は遅れて、エッケンハルトさんの目が届きにくいこの街では、スラムをなくす事が難しいのかもしれない。

日本みたいに数十キロから数百キロを数時間で移動する事なんて、この世界じゃできないからな。

それに、人の出入りが激しいとならず者が来たりする事もあるんだろう。クレアさんのような女性に対処させるというのも、危険だろうし。

「多少北側に行くくらいなら大丈夫だろうが……いくらレオ様がいるとはいえ、北の端までは行かない方が良いな」

君子危うきに近寄らずとも言うから、危険な場所に自分から近寄るのは止めておこう。

あくまで、自分からは……。

「ただ、エッケンハルトさん。レオがその北に向かっているんですけど？」

「うむ……このままだと、スラムに行ってしまうな」

「危険そうですし、止めましょうか……」

「ワフ？　ワフ、ワフゥ！」

俺達の話を聞いていたのか、上機嫌だったレオがこちらに向かって抗議をするように鳴く。

自分がいるから大丈夫、とも言いたいようだ。

とりあえず、レオの意思をエッケンハルトさんに伝えた。

「むぅ……本来なら、護衛を複数連れて行くような場所なのだが、レオ様だからな。あまり邪魔するような事はしたくない。何を気にしているのか、確かめねばという思いもある」

エッケンハルトさんは、レオが先導している状況を邪魔したくないようだ。これも、シルバーフェンリルを敬うという、公爵家の決まりがあるせいかもしれないな。

レオはそういう事を気にしていないようだから、大丈夫だと思うんだが……。

とはいえ、レオが何を気にしているのかが気になるのは、エッケンハルトさんも俺も一緒。

レオの事は信頼しているし、もしもの時はエッケンハルトさんと二人でレオに飛び乗って、走って逃げる事もできるだろうから、今は従ってみるのもいいかもしれない。

「俺も同じく、レオが何を気にしているのか気になります。ただ、エッケンハルトさんは離れた方が……」

「いや、私も行こう。いざという時は私も戦えるからな。それに、この街のスラムは他領のスラムよりはマシなはずだから、大きな事にはならないだろう……おそらくな……」

「わかりました。それじゃあ、いつでも動けるようにしておきます」

「うむ」

レオについて歩きながら、念のため俺もエッケンハルトさんも、持って来ていた腰に下げた剣をいつでも抜けるよう態勢を取っておく。

街中で剣を抜きたくないが、もしもの時は仕方ないだろう。

警戒しながらレオの方も見ると、あちらはあちらで、鼻で何かを探るようにしながら、顔を動かしてキョロキョロしている。

気になる匂いや気配を探して辿っているんだろう。

それにしても、レオがここまで気にするってなんなんだろうか？　これで、美味しそうなソーセージの匂いがした……とかだったら、レオを説教だな。

「スンスン、ワフ！」

こっち！　というように鳴いて、俺達の前を歩くレオ。

尻尾が上機嫌に揺れているから、レオが喜ぶ何かがあるのかもしれない。

「ここが、スラム……」

しばらく北に向かって真っ直ぐ進んでいるうちに、寂れた雰囲気の場所にきた。

目に入る建物の大半はどこかしら壊れた部分があって、店らしき建物もあるが、客は入ってなさそうだ……というか商品すら並んでいるように見えないんだが、開いているのかどうかすら怪しい。

「タクミ殿、気付いているか？」

「ええ、まぁ。さすがにここまであからさまだと……」

さらにしばらく北へ進むと、複数の人達が路上や家の隙間にいるのが見えた。

それぞれ汚れた衣服で、汚れた毛布のような物を持っており、それら全てが俺やエッケンハルトさん、レオを見ている。

ほとんどが驚きというか、怯えているようにも感じるが……これはレオのような大きな狼がいるからかもしれない。

さすがにここまであからさまに見られていると、エッケンハルトさんに言われるまでもなくわかる。

「この場所で綺麗な衣服を纏っていると、さすがに目立つな」

「……そうですね」

俺やエッケンハルトさんが着ているのは、屋敷でしっかり洗濯されているし、服としても上質な物なんだろう。ここでは目立って当然か。

ただそれよりも、綺麗な銀色の毛並みをしたレオの方が目立っているような気もする。

俺達を見ている視線をどうする事もできず、ただ警戒しつつ家々の隙間を通って歩く。

「ワフ……？　ワフ、ワフワフ！」

その途中、俺達を先導していたレオが急に立ち止まり、何かを伝えるように振り返った。

「レオ、どうした？　何かあったのか？」

「……あまり長居はしたくない雰囲気だな。レオ様、どうしましたか？」

レオの鳴き声を聞いて、周囲の人達がビクッとしたようにも思うが、今は無視しよう。

多分、レオを警戒しているだけだろうからな。

「ワフ……」

「あっちに何かあるのか？」

「ふむ……？」

レオがあっちを見ろと言わんばかりに、顔と右前足を建物の隙間へと向ける。

それを見て、俺とエッケンハルトさんは覗き込むように隙間の方へ近付いた。

「……！　……！」

「……!!」

建物の隙間の奥からは、誰かの声が聞こえて来る。

「何か、争うような声が聞こえるな……誰かが襲われているのか？」

「確かにそんな感じにも聞こえますが、危険ならすぐにレオが飛び込んでそうです」

「ワフワフ。ワフ！」

「え、子供？　助けたい？」

この先で子供が襲われているらしく、それを助けたいと言うレオ。

「ワッフ！」

確かに子供が襲われているなら助けた方がいいと思うが、なんでレオが行かないんだろう？

子供好きだから、そんな事があったら真っ先にレオが向かって行きそうだけど……と思ったところで気付いた。

建物の隙間は人が一人歩くので精一杯な広さしかないから、レオが通れないのか。

だから、俺達に向こうへ行くようにレオは言っているんだろう。

「仕方ないか、わかった。……エッケンハルトさん」

「うむ。あまりここでの揉め事には関わらない方が良いのだが……レオ様がそう言っているのなら、行くしかあるまい」

「はい。……俺が先に行くので、エッケンハルトさんは後ろから来て下さい。……レオは、回り込んで向こうへ行ってくれ」

「わかった。タクミ殿、気を付けるんだぞ？」

「ワフ」

簡単に打ち合わせをして、エッケンハルトさんとレオが了承したのを見て、建物の隙間に足を踏み入れる。

エッケンハルトさんは俺の後ろで剣を鞘《さや》から抜き、もし後ろから何か来ても対処できるように警戒してくれているようだ。

レオは俺の言葉を聞いて頷いた後、すぐに建物を迂回するため走り出した。

さて、この向こうはどうなっているのか……見えてきた隙間の向こう側を窺《うかが》う。

「ちっ！　たったあれだけかよ！」

「使えねぇな！　誰のおかげでここにいられると思ってるんだ！」

「おら！　黙ってないで何か言ってみろよ！」

「……っ！　……っ！　……っ！」

隙間を抜けた先は、元々何か建物があった場所なのか、ぽっかりと開けていて十メートル四方くらいの空き地になっていた。

その場所に、先程聞こえた争うような声……というより、一方的に何者かを責めるような声が聞こえる。

空き地の真ん中あたりに子供が一人蹲《うずくま》っていて、それを四人の中学生か高校生くらいに見える男達が取り囲んで、殴ったり蹴ったりしていた。

真ん中に蹲っている子供は、声を出さないようにしてひたすらそれに耐えているようだ。

「おい、お前達！　なにしてるんだ!!」

「タ、タクミ殿……！」

見ていられず、気付けば俺は建物の隙間から飛び出していた。

どんな理由があるにせよ、小さな子供を複数で囲んでイジメるのは、いい事には見えない。

後ろからエッケンハルトさんの声が聞こえたが、体が勝手に動いたんだから仕方ない。

「あぁ？　なんだよオジサン！」

「うるせぇな、黙ってろよ！」

「俺達はこの人を食う魔物を、躾《しつ》けてやってるんだ！」

「人を食う魔物だって……？」

囲んでイジメていた連中が、一斉に俺の方を向いて叫ぶ。

……ちょっと、ほんのちょっとだけ、オジサンという言葉に傷ついたが……今はそんな事に構っている状況じゃないな。

人を食う魔物という言葉にはちょっと引っかかったが、囲まれているのは小さな少女だ。

蹲っているから顔まではわからないが……多分ティルラちゃんよりも小さい。

おそらくだけど、さっき食べ物を盗んで逃げていた子だろう。

一瞬だけ見えた走る影だし、もしかしたらレオが気にしていた気配とか、匂いとかを持っているのかもしれないが、とりあえずそれは後回しだ。

「どんな理由があっても、寄ってたかって小さい子をイジメるのはいけない事だろう！」

その子が物を盗んだ、という事実はあれど囲んで暴力を振るう理由にはならない。

というより、先程の声の中でむしろその子供は強要されて盗んだんだと察せられる。

実際、盗ってきたと思われる野菜は、四人いるうち直接殴ったり蹴ったりせず、少し離れた所にいる男の子が持っていた。

「何言ってんだ、このオジサン？」

「こいつは人を食うんだよ！　だから、今のうちに躾けておかないといけないんだ！」

「小さいとかそんなの関係ねぇ！　こいつは魔物と一緒なんだ！」

「だからって、それはお前達のやる事じゃないだろ。もし本当にその子が人を食うのなら、衛兵に任せればいい事だ」

俺からすると、頭を押さえて蹲っている女の子は人にしか見えない。

人の形をした魔物がいるのかどうか、魔物に詳しくない俺にはわからないが、こんな所に魔物なんているのか？

それに、本当にその子が魔物だとしても、衛兵に頼めばなんとかしてくれるはずだ。

さすがにスラムといえど、魔物が入り込んでいたら衛兵も動いてくれるだろうからな。

子供達が集まって躾《しつけ》というか、どう見てもイジメにしか見えない事をするのは違う。

「へっ！　そんな事言って、こいつを使って自分が楽しようってんだろ、オジサン！」

「いや、そうじゃなくてな？　あと、俺はオジサンじゃ……」

「いいからどっかに行ってろよ！　この魔物は俺達が使ってやってるんだ！」

「いい加減にしないと、オジサンも痛い目見るぞ！」

使うとか、楽しようなんてどっから出て来るのか……あぁ、食べ物を盗ませて俺が食べようと、って事かな。

ともかく、オジサンと呼ぶのを訂正しようとするも遮られ、聞く耳を持たない様子。

話し合いで解決できればとは思っても、そうできる雰囲気じゃないなこれは。

「……エッケンハルトさん」

子供達から目を離さないようにしながら、後ろで様子を見ていたエッケンハルトさんに、小さく声をかける。

「ふむぅ……タクミ殿、子供相手に大人げないとは思うが、ここは実力行使しかないかもな。

あまりこういった場所で武力を行使するのは、おすすめしないが……」

「まぁ、周りの人を刺激しそうですからね……」

俺達がこうしているのも、子供達が騒いでいるのも、そして女の子がイジメられている事も、建物の中や外から見ている人達が結構いる。

「うむ。下手をしたら、スラムの者達とも戦う事になる」

小声でエッケンハルトさんと話している間にも、俺達を見ている人達が周囲に集まって来ていた。あからさまに外から来た俺達は、向こうからしたら敵……という事か。

女の子を囲んでいる子供達は、大柄なエッケンハルトさんが俺の後ろにいると知って驚いたけど、こちらを睨んで威勢良く叫んでいたりもする。

「けど、見逃すわけにも……」

「そうだな。タクミ殿の考えに私も賛成だ。仕方ない、やるか。だが向こうは武器を持っていない、手加減はするんだぞ？」

「……そうですね。さすがに、命までは取ったりしませんよ」

自信があるわけじゃないけど、エッケンハルトさんがいる事だけじゃなく、女の子を寄ってたかってイジメるような、しかも武器を持っていない子供達に負けるわけにはいかない。

エッケンハルトさんを、危ない目にあわせてしまうのだけは頂けないけどな……後でセバスチャンさんやクレアさんに怒られそうだ。

なんて事を考えていると……。

「ガウワウ!!」

「な、なんだ!?」

「ひっ!」

「ま、魔物だ! でかい狼の魔物だ!」

エッケンハルトさんと蹲っている少女を助けようと覚悟を決めた時、俺達から離れていたレオが、別の方向から走り込んできた。

早かったなぁ……レオ。

「グルルルル……ガウ!」

「ひぃぃ! た、助けてくれっ!!」

「魔物が、魔物がっ!」

「食われるっ……!」

レオが子供達に対して、唸り、吠えると、子供達だけでなく見ていた他の人達も体を震わせ、全力で逃げて行った。

周囲には俺とエッケンハルトさん、レオと未だ蹲っている少女だけが残った。

ただ、一人だけレオに食べられると勘違いした人もいたようだけど、レオは人間を食べるような事は絶対にしないぞ!

「……あっさり逃げたな」

「そうですね。レオのおかげで、余計な戦闘は避けられた……んですかね?」

「そのようだ」

「ワフ！」

「よしよし、レオ、偉いぞー！」

あっさりと皆が逃げて行った事に安心していると、レオがどうだと言わんばかりに得意気になっていたので、体をワシワシと撫でて褒めておく。

おかげで、無駄な戦闘をしなくて良くなったし、エッケンハルトさんも巻き込まなくて済んだからな。荒事にならなくとも巻き込んでいる、という考えは無視しよう。

「さて、そこの子供をどうするか……」

「……ここに置いておいても、またさっきの子供達に狙われそうですよね」

剣を鞘にしまい、エッケンハルトさんが少女を見て呟く。

少女は体を震わせたまま、まだ蹲っている。レオが吠えたから、もしかするとさらに怯えさせてしまったのかもしれない。

それに、強要されていたようではあっても、盗みを働いた張本人って事になるわけで……話くらいは聞いておかないとな。

「ワフ？　ワフワフー」

衛兵さん達に事情を話さないといけないかもしれないし。

「……ひぃ！」

「ワフゥ！　ワフワフ。ワーフ、ワーフ！」

レオがのそりと少女に近付き、大きな顔で少女の顔を覗き込んで鳴く。

ちらりと少女が顔を上げ、レオの顔を見た瞬間、また蹲って体を震わせ始めた……急にあの大きな顔が目の前にあったら、驚いても仕方ないか。

レオは怯えなくても大丈夫、と言っているようだけど、恐怖に支配されている少女には伝わってないようだ。

「た、食べられる⁉」

「ワフ⁉　ワフワフ！　ワフーワフー！」

少女が食べられると勘違いして叫んだ言葉に、レオが驚き「食べないよー」と言うように、少女に鼻を付けたり、前足の肉球でプニプニと体に触れていたけど、効果はないようだ。

まぁ、俺もこの世界で初めてレオを間近で見た時は、食べられると思ったからな。

「はぁ……レオ、怖がらせるだけだから、ちょっと離れておいてくれ」

「ワフゥ……」

レオにはすまないが、仕方なく少女から離れてもらう事にした。

「ワウゥ、クゥーン……」

「気持ちはわかりますぞ、レオ様」

あ、レオが空き地の隅に行っていじけた……背中をこっちに向けて、しょんぼりしている。

エッケンハルトさんがそれを見て、レオを慰めに行ってくれた。

すみませんがお願いします、エッケンハルトさん。

「えーと……だ、大丈夫だよ。もう誰も、君の事を殴ったりしないし、食べたりもしない。ほら、顔を上げてみて？」

少女の近くでしゃがみ込み、優しく声をかける。

全身を震わせていた少女は、子供達に攻撃されていた事よりも、後から来たレオの方に強く怯《おび》えている様子だったけど……気にしない。

とにかく今は少女を落ち着かせて、もう危険はないんだと教えてあげないと。

レオの大きな背中をポンポンと叩くエッケンハルトさんを横目に、少女に声をかけ続ける。

「誰も君を口汚く罵ったり、手を出したりはしないから。大丈夫、大丈夫だよ……」

優しく声をかけ、何度も大丈夫だと伝え続ける。

こういう時怯える子供にどう接すればいいのか、経験があれば良かったと思うが、生憎と俺にそんな経験はない。

そうそうあるものじゃないし、怯える子供なんていない方がいいんだけどな。

「……ん、ほ、本当に……？」

とにかく、俺が安心してもらえるよう大丈夫と伝え続ける事で、ようやく小さく声を漏らした少女。

もう少し……かな？

「大丈夫。何も怖い事なんてないから……」

「……ほん……とに？」

「っ……ほんとだよ。何も怖い事なんてないんだからね？」

体の震えも収まり、俺が大丈夫と言っているのを信じてくれたのか、少女は頭を抱えていた手を離し、ゆっくりと顔を上げた。

その顔……というより、今まで手で押さえていた頭の部分からピョコっと起き上がった物体？　に驚いたが、すぐに気を取り直して優しく微笑みかける。

……驚いた表情をしたりしていないだろうか、ちゃんと微笑んでいる表情ができているだろうかと少し不安になったが、少女の目がこちらをしっかりと見ているのがわかって、驚きを表に出さないよう気を引き締めた。

「ほら、さっきまで君をイジメていた人達はいないだろう？　大丈夫だからね」

「……あの、おっきな狼さんは……？」

「あー、えっと……」

狼さんというのは、レオの事だろう。

まだ目に怯えが見える少女は、レオを捜すようにキョロキョロとする。

今見せても大丈夫かな……？　レオの方はエッケンハルトさんに慰められながら、少女の後ろでこちらを窺っている。

背中を向けたまま、自分の体越しに少女の様子を見るようにしているけど……子供に食べられると思われたのが、よっぽどショックだったんだろう。

レオは子供が好きだし、今まではすぐ懐かれていたからなぁ。

「あの狼さんも……いなくなったの……？」

「い、いや、あのね。えっと……あの狼さんは、君を食べたりはしないし、痛い事は絶対にしないよ？」

「……でも、あんなにおっきいのに」

「大きくてもね、大丈夫なんだ。見た目が怖くても、優しい狼さんなんだよ？」

「……本当？」

少女と目線を合わせて、安心させるように言い聞かせる。

俺が「見た目が怖い」と言った瞬間、レオがビクッとしてショックを受けたようだけど……すまない、後で謝るから許してくれ。

……大きく精悍な顔つきをした狼って、近くで見ると怖いだろう？　いや、俺はレオの事を怖いとは一切考えていないけどな。

って、誰に言い訳しているのやら……とにかく今は目の前の少女の事だ。

「うん、本当に優しい狼さんなんだよ。人を食べたり襲ったりはしないんだ。じゃないと、街の中まで入って来られないだろう？　衛兵さん達に捕まっちゃうからね？」

「……そう、なのかな……？　よくわかんない」

「まぁ、そうかもね。でも、俺を信用してくれるなら、後ろを振り返ってごらん。大丈夫だから、何も怖い事はないからね？」

「う、うん……わかった……」

しょんぼりしているレオを見ても、まだ少女が怯えるかわからなかったが、この場にいる以上見せないと話が進まない。

あの体の大きさで少女に見せないように去るなんてできないし、この場所でレオと離れて行動するのも危ないからな。

会ったばかりではあるが、優しく声をかけ続けたおかげで、少女は俺を信用してくれたみたいだ。

俺の言葉に頷いて、恐る恐る振り返った。

「……っ……え、えっと、狼……さん？」

後ろを振り返った少女は、しょんぼりしながらこちらを見ているレオの大きさを見て、一瞬だけ体を震わせたが、勇気を出してレオに声をかけた。

「キューン……」

その声に応えるように、少女に対して情けない声を出すレオ。

どれだけ怯えられたくないんだ……とは思うが、こんな小さな少女に食べられるとまで怖がられたら、ショックだよなぁ。

「っ！　んん！　ほら、大丈夫だろう？　狼さんは優しいから、君を襲ったりはしないよ？」

そんな事を考えながら、レオから少女へ視線を移した時に、少女のお尻……というより、腰くらいの位置に人間にはないはずの物を見て、驚いた。

その驚きを表に出さないように、一度咳払いをして、少女に優しく声をかける。

「うん、本当みたい。……ごめんね、狼さん」

「キューン、クゥーン」

優しい子なんだろう、怯えた事をレオに謝る少女。

レオも大丈夫だよと言うように、ゆっくりと体を少女の方に向け、鼻先を近付ける。

相変わらずレオの声は情けなかったが……というより、お座りの体勢のまま立たずに体を反転させるって、中々面白い事をするなぁ、レオ。

とにかく、これでレオとは仲良くなってくれるかもな……と一安心しつつも、少女を見る俺の顔は神妙にならざるを得なかった。

レオと向き合う少女の頭には、レオやシェリーに似た獣のような耳。

そして俺に向けた背中の下側、腰辺りにはレオと比べても遜色ない程フサフサな毛で覆われた、尻尾が左右に振られていたのだから。

物語の中でしか知らない、けど物語の中ではよく語られる、獣人という言葉が頭に浮かんだ
――。

あとがき

五巻を手に取って頂き、誠にありがとうございます。個人的に最近ワンちゃん成分が足りていなくて動画を漁っている、どうも龍央です。

五巻、楽しんで頂けましたでしょうか？　四巻から登場したアンリネルゼとの関わりなど、WEB版からの設定変更に伴い、書き直した部分などが多く、色々と頭を悩まされました。

その分、クレアさんやエッケンハルトさん、それにタクミやレオとの関わりが少し変わっていますが、楽しく書けた部分でもあり、少しでも読者の方々に伝わっていれば幸いです。

それはともかく、ラスト部分ではありますが今度はケモミミの登場です。

え、ケモミミなら既にレオやシェリーがいるって？　いえいえ、人型のケモミミ持ちというのはそれだけでレア度が高いのだと、個人調べで確認しております（ソース適当）。

モッフモフな尻尾もついておりますので、お得さ数倍！

モフモフや可愛い子は、増えれば増えるほど良い！　が身上ですので、これからもモフモフをモフモフにモフモフな感じでモフっと書き続けられたらと思っています。

何を書いているのか、自分でもよくわからなくなってきましたがそれは良しとして下さい。

そういえば、書き下ろし部分の「間章」では、WEB版よりも早くメイド長のエルミーネさんが登場しています。

キャラ付けなども、WEB版では語られていない部分もあり、クレアさんがアンリネルゼの登場でやきもきしている部分と合わせて、楽しんで頂けたらと。

少しずつではありますが、クレアさんに対してタクミが照れさせるだけでなく、タクミの方も反応が変わってきていたりもします。

二人のこれから、新しいモフモフ……もとい女の子も登場し、アンリネルゼの事も含めて、これからが楽しみですね。


さて、話は変わりまして、五巻が発売された翌日にはコミックスの四巻も発売になります。

こちらは一花ハナ先生の可愛らしい絵柄で、レオやシェリーが描かれております。

また、三巻のラストから登場のエッケンハルトさんの活躍もきっと！

原作小説のみならず、コミックスも合わせて是非お楽しみ下さいませ！


それではここからは、作品に関わっている方々への謝辞を送らせて頂きます。

まず、ゴージャスな縦ロールのアンリネルゼ、それに新登場のモフモフキャラを描いて下さいました、りりんら先生。ありがとうございます。

続いてコミカライズを担当して下さっている、一花ハナ先生。ありがとうございます。

そして、担当編集のN様、W様、K様、並びにGCノベルズ編集部の方々と関係各社の皆様方。五巻まで出版できているのも、皆様が尽力して下さったおかげです。本当にありがとうございます。

X（旧Twitter）にて募集させて頂きました、帯のワンちゃん&ネコちゃんの写真募集に応募して下さった皆様方、ありがとうございます。

写真をお寄せ下さった、きた様。ゴールデンレトリバーのヴィーナちゃんが、顔だけを覗かせて窺っている様子がとても可愛く、よしよししたくなりますね。ありがとうございます！

最後になりましたが、Ｗｅｂ版連載でも応援して頂いている読者の皆様と、本書を手に取って頂きました皆様に、感謝を申し上げます。

それでは、今度は六巻で皆様とお会いできる事を願いまして、今後ともよろしくお願い致します。

２０２３年12月　龍央

GC NOVELS

異《い》世《せ》界《かい》転《てん》移《い》したら 愛《あい》犬《けん》が最《さい》強《きょう》になりました 5

～シルバーフェンリルと俺《おれ》が異《い》世《せ》界《かい》暮《く》らしを始《はじ》めたら～

2024年2月5日　初版発行

著者　龍央《りゅうおう》
イラスト　りりんら

発行人　子安喜美子
編集　野田大樹／和田悠利
装丁　横尾清隆
印刷所　株式会社エデュプレス
発行　株式会社マイクロマガジン社
〒104-0041　東京都中央区新富1-3-7　ヨドコウビル
［販売部］TEL 03-3206-1641／FAX 03-3551-1208
［編集部］TEL 03-3551-9563／FAX 03-3551-9565
https://micromagazine.co.jp/

ISBN978-4-86716-526-3　C0093

本書は小説投稿サイト「小説家になろう」（https://syosetu.com/）に掲載されていたものを、加筆の上書籍化したものです。

ファンレター、作品のご感想を
お待ちしています！

〒104-0041 東京都中央区新富1-3-7 ヨドコウビル
株式会社マイクロマガジン社　GCノベルズ編集部
「龍央先生」係「りりんら先生」係

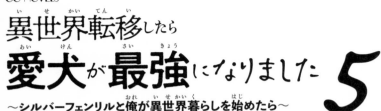

「美人でお金持ちの彼女が欲しい」と言ったら、ワケあり女子がやってきた件。
モンスターの肉を食っていたら王位に就いた件
クラスメイトの元アイドルが、とにかく挙動不審なんです。
魔女と傭兵
恋も青春も、ファンタジーも。
GCN文庫
最新情報はコチラ!
https://gcnovels.jp/gcnb
放課後の迷宮冒険者
～日本と異世界を行き来できるようになった僕はレベルアップに勤しみます～
『人斬り』少女、公爵令嬢の護衛になる
世界で一番『可愛い』雨宮さん、二番目は俺。
ハブられルーン使いの異世界冒険譚
'23年12月発売!
毎月20日頃発売

GC NOVELS 話題のウェブ小説、続々刊行！